古典詩歌研究彙刊

第十三輯

龔鵬程　主編

第 3 冊

晚唐五代詠史詩之美學意識

賴　玉　樹　著

國家圖書館出版品預行編目資料

晚唐五代詠史詩之美學意識／賴玉樹 著 —— 初版 —— 新北市：
花木蘭文化出版社，2013〔民 102〕
目 2+220 面；17×24 公分
（古典詩歌研究彙刊 第十三輯；第 3 冊）
ISBN 978-986-322-071-8（精裝）
1. 隋唐五代詩 2. 詠史詩 3. 詩評
820.91   102000922

ISBN-978-986-322-071-8

9 789863 220718

古典詩歌研究彙刊
第十三輯 第三冊   ISBN：978-986-322-071-8

晚唐五代詠史詩之美學意識

作　　者　賴玉樹
主　　編　龔鵬程
總 編 輯　杜潔祥
出　　版　花木蘭文化出版社
發 行 所　花木蘭文化出版社
發 行 人　高小娟
聯絡地址　235 新北市中和區中安街七二號十三樓
　　　　　電話：02-2923-1455／傳眞：02-2923-1452
網　　址　http://www.huamulan.tw 信箱 sut81518@gmail.com
印　　刷　普羅文化出版廣告事業
初　　版　2013 年 3 月
定　　價　第十三輯 20 冊（精裝）新台幣 28,000 元

晚唐五代詠史詩之美學意識

賴玉樹　著

作者簡介

賴玉樹，一九七〇年生，台灣省彰化縣人。中國文化大學中國文學研究所博士班畢。曾任中國文化大學兼任講師、銘傳大學兼任助理教授、國立台灣海洋大學兼任助理教授，現為萬能科技大學通識教育中心國文組專任助理教授。

提　　要

　　近人王國維說：「一切之美皆形式之美也。」；朱光潛以為「美是心靈的創造。」；海德格則強調「美是真實的一種存在形式。」本論文從美學的角度探索晚唐五代詠史詩審美特質，共分為六個章節：

　　第一章緒論。敘述研究動機、目的，乃是藉由前人研究基礎，擬對晚唐五代詠史詩作深一層的探討。而研究範圍所以限定在晚唐五代，因為詠史詩是中國古典文學中一種獨特的詩歌體裁，經過發展至晚唐五代而達花繁葉茂之境，甚有價值。並且以文藝美學為範圍來分析其審美特質。至於研究方法則以詠史詩為經，歷代詩話中關於詠史的評說、美學家相關文藝美學理論為緯，交相融攝，抽繹出詩人詠史作品中之美學意識。

　　第二章晚唐五代詠史詩溯源與美學內涵。任何主題詩歌均有其源流與發展脈絡，詠史詩也不例外，本章探討的重點是晚唐本代之前詠史詩的發展情況、晚唐五代詠史興盛原因及其美學內涵為何？

　　第三章晚唐五代詠史詩美學表現。詩人的情感須透過意象化和文辭化，才算得到表現。因此，本章從意象塑造、時空設計、聲情辭情三方面來分析詩人詠史的美學表現。

　　第四章晚唐五代詠史詩美學特徵。以歷史真實與藝術真實的統一、主觀情意與客觀物境交融等層面分析其美學特徵。

　　第五章晚唐五代詠史詩美學風格。觀乎眾詠史作品歸納出含蓄美、精警美和悲慨美等美學風格。

　　第六章結論。總結晚唐五代詠史詩美學價值與地位。

目

次

第一章　緒　論

第一節　研究動機與目的

　　美的事物，引人關注，來自中國古典詩歌裏頭，我們發現它蘊藏著豐厚的美的特質，經過前輩學者們篳路藍縷的開創和許多人的共同努力，主題詩歌的美學研究宛如諸星羅列，溢彩流光。以「詠史詩」美學研究而言，早期蕭馳所撰〈中國古典詠史詩的美學結構〉具有一定程度的價值與地位，他曾分析詩人創作中主體與對象的審美關係說：「詠史像自然詩一樣，意在『從對象中尋回自我』。……表達的是『理性的激情』，它所憑藉的往往是對歷史和現實的冷峻思索聯想。」，「惟其出自對個人命運的哀歎，因而也就更情感化、情緒化，而不是更哲理化。這體現在藝術功能手段上就是以情動人的『唱歎』。」，「由於唱歎意在抒懷，作者所描繪的歷史事件和歷史人物，實際上也就是詩人自身情感的客觀化所著意製造的心理距離，詩人在現實中的痛切感受要通過一面歷史的鏡子返照出來。」〔註1〕讓我們知道詠史詩創作的時代背景一般是國家政局處於動蕩之際，知識分子本身襟抱難以伸展，而且生活偃蹇困頓。在這種前提下，詩人對自己

〔註 1〕蕭馳：〈中國古典詠史詩的美學結構〉，《學術月刊》頁 43，上海：上海人民出版社，1983 年 12 月。

的命運往往會有沉痛的思索、憂憤的情感，以及對過去的嚮往，從而將自我感情投射於客體對象，這對象或是歷史事件，或是歷史人物，或是時代興亡之感。

當詩人主體意識與客體對象契合產生了共鳴，乃藉語言藝術表達出來，詠史詩的作者即在如此審美心裡基礎上，創作出詠史詩。

同時，蕭馳在文中，也用了些許篇幅，從詠史詩的源頭、漢魏六朝詠史詩到晚唐五代詠史詩作了藝術特徵的探討，他歸結詠史詩的藝術功能是「從述史向詠懷發展，而結束于史論詩體。」〔註2〕爲後來研究詠史詩及其相關美學問題的考察，奠立良好的基石。蕭馳之外，不少重視詠史詩的專家學者，以宏觀視角致力於中國歷朝詠史詩的注解分析，如降大任選注、張仁健賞析《詠史詩注析》，〔註3〕儲大泓《歷代詠史詩選註》，〔註4〕岳希仁《古代詠史詩精選點評》，〔註5〕萬萍、葉維恭主編《中國歷代詠史詩辭典》〔註6〕等；也有從一點切入著重在著名詩人詠史詩的美學特徵，如葉繼奮〈杜牧詠史詩的審美特徵〉〔註7〕。

至若以特定時代爲範疇，描繪整個大環境裏所欲凸顯的詠史詩審美特徵，知見者有王紅〈試論晚唐詠史詩的悲劇審美特徵〉〔註8〕之篇，王氏從詩歌美學視域著手剖析晚唐詩人的悲劇心理，非常具有參考價值。他提出唐代約有詠史詩一四四二首，晚唐達一○一四首占全

〔註 2〕同註 1。
〔註 3〕降大任選注、張仁健賞析：《詠史詩注析》，太原·山西教育出版社，1985 年 12 月第一版。
〔註 4〕儲大泓：《歷代詠史詩選註》，西安·陝西人民出版社，1990 年 12 月。
〔註 5〕岳希仁：《古代詠史詩精選點評》，桂林·廣西師範大學，1996 年 10 月。
〔註 6〕萬萍、葉維恭主編：《中國歷代詠史詩辭典》，南昌：江西教育出版社，1998 年 9 月第一版。
〔註 7〕葉繼奮：〈杜牧詠史詩的審美特徵〉，浙江《寧波高等專科學校學報》，2000 年 3 月，第十二卷第一期。
〔註 8〕王紅：〈試論晚唐詠史詩的悲劇審美特徵〉，西安《陝西師大學報（哲學社會科學版）》，1989 年，第三期，頁 83～89。

唐詠史詩總數的百分之七十；唐代有詠史詩傳於今日的詩人共二一三人，晚唐有九十五人，占作者總數的百分之四十五。當中較爲可惜的是，只有統計數字而未能見其統計內涵。（筆者爬梳晚唐和五代詠史詩人約九十九人，詠史詩數約有一一三六首（參見附錄一））。

在王氏文中，曾列舉晚唐詩人的詠史作品加以評析，計有李商隱三首，羅隱一首，溫庭筠一首，唐彥謙一首，許渾二首，劉滄二首，李頻一首，李九齡一首，李山甫一首，貫休一首，陸龜蒙一首，杜牧一首，劉威一首，韋莊一首，羅鄴一首，吳融一首，共十六位詩人，二十首詠史詩作，而撰作詠史專集的胡曾（詠史詩一五〇首）、周曇（詠史詩一九三首）卻一首也不論述。原因是胡曾、周曇的創作缺乏內在心理動力，難以做到對歷史悲劇的眞正感悟和對悲刻美的藝術創造，爰是王紅將其摒除不論。

王紅於文章中所引用的晚唐詠史詩人與詠史作品數目，相對於他所統計的數字是少的，我們可以用見微知著，一葉知秋來涵蓋，因其論文重視實質與精審。要說明的是，王氏徵引的十六位詩人中有幾位是歸屬於五代時期的，依據李調元《全五代詩》的編輯，李山甫屬五代後梁，唐彥謙屬五代後唐，李九齡屬五代後周（案陳尚君考其爲北宋人），韋莊、貫休是前蜀人，羅隱是吳越人。本文的重心並不在評斷前輩學者的得失，即使偶有異說，究竟瑕不掩瑜；能夠從前人文章獲得靈感，提昇自我能力，進而說出一番道理，才是本文之旨。經由王紅的論文觸發筆者幾個想法，如：晚唐時期可否與五代縮合而研究？如果可以，晚唐五代時期的詠史詩算不算古典詠史詩的高峰？在悲劇審美特徵之外，是否還有其他探討的空間？這些是本文的寫作動機。

提出問題，尋找解答，信守求眞態度，是寫作的原則。首先，晚唐與五代合觀，學者有諸多發微，像羅根澤編著《晚唐五代文學批評史》，〔註9〕逕取晚唐五代之稱；張宗原的《唐詩淺說》云：「習

〔註9〕羅根澤編著：《晚唐五代文學批評史》，台北：台灣商務印書館，民國 85 年 4 月台二版一刷。

慣上，晚唐時期與五代並稱『晚唐五代』。」；〔註10〕羅聯添編輯的
《隋唐五代文學批評資料彙編》將隋唐五代三百七十多年文學理論
的發展與演變，分爲四個時期，其中第四個時期爲晚唐到五代一百
多年（唐文宗開成元年起至五代周恭帝元年止，西元 836～960）；
〔註11〕邱燮友則以時代的觀點說明：「五代在晚唐後，五十四年間，
歷五個小朝廷，文風仍沿續晚唐的綺靡、冷豔」；〔註12〕至如呂武
志《唐末五代散文研究》也將唐末五代視爲一個範疇作整體研究。
〔註13〕

　　通過這些考察，晚唐與五代時間相連，文學風格相類，可以置於
同等位置研究，起迄時間斷限參照羅聯添、葉慶炳、葛芝青三氏的觀
點，〔註14〕自唐文宗開成元年（西元 836 年）至後周恭帝元年（西元
960 年）止。

　　其次，晚唐五代詠史詩是否爲詠史詩的高峰？廖振富指出「唐詩
發展至晚唐，一般認爲已漸趨衰落，然而就詠史詩而言，卻進入空前
繁榮的全盛階段，從本期大家：杜牧、李商隱、溫庭筠，至次要詩人：
如羅隱、唐彥謙、吳融、徐夤等（案：《全五代詩》裏羅隱屬吳越人，
唐彥謙屬五代後唐，徐夤屬閩人），無不致力於詠史詩的創作；乃至有
胡曾、汪遵、周曇、孫元晏（案：《全五代詩》裏孫元晏屬南唐人）等
人更專門大量創作七絕詠史詩，從五六十首至一二百首不等；後者之

<hr>

〔註10〕張宗原著：《唐詩淺說》，上海：東方出版中心，1999 年 12 月一版一
　　　　刷，頁 34。
〔註11〕羅聯添編輯：《隋唐五代文學批評資料彙編》，台北：成文出版社，
　　　　民國 67 年 9 月，頁 1。
〔註12〕姜一涵等：《中國美學》，台北：國立空中大學，民國 81 年 12 月二
　　　　版，頁 189。
〔註13〕呂武志：《唐末五代散文研究》，台北：臺灣學生書局，民國 78 年 2
　　　　月初版，頁 7。
〔註14〕葉慶炳：《中國文學史》據元・楊士弘《唐音》定晚唐爲文宗開成元
　　　　年至昭宣帝天祐三年（西元 836～907），台北：臺灣學生書局，民國
　　　　81 年 9 月三刷，頁 317。葛芝青：《中國詩詞史》同上，新加坡・文
　　　　心出版社，1959 年 1 月初版，頁 109。

文學價值雖不高，卻足以反映晚唐詠史詩的極度盛行。」〔註15〕這是從詩人群與詩歌作品數量上的觀察來印證詠史詩的繁榮；王紅也從詩歌數量、作者陣容的強大與風格體式的多樣化和採用歷史題材範圍廣闊等方面說明詠史詩於晚唐的繁盛情形。〔註16〕韓人任元彬則申論說：

> 唐末五代，一般認為是整個文學方面的衰落時期，而對詠史詩來說，卻是空前繁榮的全盛期。唐末五代的文人基本上以儒家積極入世精神為基礎，他們以自身的政治理想期望改造不安現實，對時代衰敗的痛感要求借前代誤國的事實作為反省、警戒的借鏡，頗有現實意義。〔註17〕

這些研究成果顯示一些特點，即晚唐五代詠史詩在數量上佔絕對優勢，〔註18〕在內容風格和藝術技巧的表現上胥見創新，同時所反映出來的時代意義也具有特色，因此，晚唐五代可以說是古典詠史詩的高峰，擁有研究的價值。

最後，談到晚唐五代詠史詩的審美問題，朱光潛《談文學》中提到「美是文學與其他藝術所必具的特質」，那怎樣的作品才算美呢？即「作者對於人生世相都必有一種獨到的新鮮的觀感，而這種觀感都必有一種獨到的新鮮的表現；這觀感與表現即內容與形式，必須打成一片，融合無間，成為一種有生命的和諧的整體，能使觀者由玩索而生欣喜。達到這種境界，作品才算是『美』。」〔註19〕前述王紅的文章，藉由晚唐詠史詩找到悲劇美的形態，他所採取的是斯馬特《悲劇》一書的思想，經演繹晚唐詩人的悲劇性心態，而歸納晚唐詠史詩審美特徵，這是正確

〔註15〕廖振富：《唐代詠史詩之發展與特質》，台北：國立臺灣師範大學國文研究所碩士論文，民國78年，頁153。

〔註16〕同註8。

〔註17〕任元彬：〈唐末五代的詠史詩〉，北京《中國人民大學學報》，2000年，第一期，頁94。

〔註18〕據王紅估算，唐以前詠史詩數目約五十餘首，遠不及唐代一四四二首，而晚唐詠史詩一〇一四首已佔唐代詠史詩總數的百分之七十，加上五代詠史詩篇，在數量上是絕對優勢。

〔註19〕朱光潛：《談文學》，錄自《朱光潛全集》第四卷，合肥·安徽教育出版社，1987年8月一版，頁157。

的看法。大凡文學藝術之作，均有其創作「動機」，所謂「動機」（MOTIVE）或「驅力」（DRIVE），乃是指引起個體活動，維持該種活動，並導使該種活動朝向某一目標進行的一種內在的歷程。〔註20〕此種「內在歷程」可以藉觀詩人何以要創作詠史詩篇？除了悲劇心態，若自細部再探究，應該還有其他的創作要素相輔，如法國學者泰納（TAINE）在他的《英國文學史》中標出種族、時代、環境三大要素來解釋一切文藝作品。而朱光潛則主張三大要素之外，作者的「個性」也不可一概抹煞。〔註21〕因為同樣題材的詠史詩，不同的作者依其個性，詮釋的角度不同，呈現的美感也不盡相同，這是可以探討的問題。意即晚唐五代詩歌美學的走向，詩人所持詩論、文論中的審美主張和後世詩評家的品評均是不容忽視的環節，這些也是筆者努力的方向。

　　英人培根曾說：「我們欣賞『美』的作品，要領悟作者的心境而和他的心聲發生共鳴，轉變自己的思想、性格、情緒為理想的人生而奮鬥，這樣就能有完美的創造了。」〔註22〕品味鑑賞晚唐五代詩人豐厚的詠史詩歌，體驗其中美的特質，從而感受這個時期的詩人心靈和掌握時代意義與價值，統縮成系統的審美詮解是為研究目的之所在。

第二節　研究範圍與方法

一、研究範圍

（一）以「晚唐五代」為畛域

　　「晚唐」之稱緣於唐詩的分期，唐詩的分期向來成為文學史論著和研究唐代詩歌者不可避免的問題，傳統唐詩學中有所謂「初唐體」、

〔註20〕張春興、楊國樞合著：《心理學》，台北：三民書局，民國59年9月再版，頁120。
〔註21〕朱光潛：《文藝心理學》，錄自《朱光潛全集》第一卷，（合肥安徽教育出版社，西元1987年8月一版），頁405。
〔註22〕管梅芬主編：《培根金言集》，台南・文國書局，未註出版年月，頁89。

「盛唐體」、「中唐體」、「晚唐體」等「四唐」分期，「四唐」分期，肇始嚴羽，成於高棅。

宋・嚴羽在《滄浪詩話・詩體》裏，以詩風興替因革的角度，分唐詩為「唐初體」、「盛唐體」、「大歷體」、「元和體」、「晚唐體」五種體式，〔註23〕並通過對五種體式的簡要辨析，鉤稽唐詩演變的全部流程。嚴羽的「五體」可以說是唐詩演變的五個階段，為後來「四唐」分期的提出奠定了基礎。

嚴羽而後，生當宋元之際的方回于其《瀛奎律髓》中說：「中唐則大歷以後，元和以前」，儘管界分未必準確，卻率先提出「中唐」此一觀念，將之比較嚴羽之說，則初、盛、中、晚「四唐」說已略具雛型。迨元・楊士弘選編《唐音》，即正式列出「初、盛、中、晚」之標目，「四唐」概念大體定型。

明・高棅《唐詩品彙・總敘》則將「初、盛、中、晚」之粗略斷限，推演為由「初唐之始製」歷「初唐之漸盛」而致「盛唐之盛」，而後由「中唐之再盛」轉入「晚唐之變」以致于「晚唐變態之極」〔註24〕的複雜衍變過程，且由此一系統動態歷時性階段劃分之基礎中，對各個時期的代表詩人，以及同一時期詩人之間的遞嬗因革與主從高下作了靜態共時性的描述，如同陳伯海于《唐詩學引論》所稱：「世次為經，品第為緯，組成了一個更嚴整而細密的理論框架，唐詩的分期至此進入圓熟的境地」。〔註25〕

正當一個理論架構進入圓熟之時，不免隨即而來的是許多修正與批判，高棅之後，論者曾對「四唐」分期作進一步之修正完善，如徐師曾將元和詩壇從晚唐歸入中唐，並對「四唐」分期具體界標：由高

〔註23〕郭紹虞撰：《滄浪詩話校釋》，台北：里仁書局，民國76年4月，頁53。

〔註24〕高棅編：《唐詩品彙》，上海：上海古籍出版社，1993年11月，頁40～41。

〔註25〕陳伯海：《唐詩學引論》，上海：東方出版中心，1996年10月第四次印刷，頁99。

祖武德初至玄宗開元初爲初唐，由開元至代宗大歷初爲盛唐，由大歷
至憲宗元和末爲中唐，自文宗開成初至五季爲晚唐。（《文體明辨·序
說》）民國以來，伴隨著新的學術思想之輸入與興起，傳統「正變」
觀念的揚棄，唐詩研究者不滿足於「四唐」分期，試圖從新的視角、
新的方法重新建構唐詩發展觀，從而提出一些新的分期說。如胡適《白
話文學史》、陸侃如和馮沅君《中國詩史》的兩期說，蘇雪林《唐詩
概論》、羅宗強《隋唐五代文學思想發展史》的五期說，中科院《唐
詩選》的八期說，陳伯海《唐詩學引論》的三期說等。這些說法，雖
然都從不同視角切入，企圖打破「四唐」分期的框架，把握唐詩之特
質和流變規律，究其實質，仍未真正超越「四唐」分期的精神與意義。
（兩期說實爲初盛與中晚之合併；三期說實將初盛合併，由四期而三
期；五期說將中唐分爲二期，或將杜甫從盛唐分出與大歷合一爲一
期；八期說則基本上把「四唐」各析爲二而成。）

　　而今，「四唐」分期仍普遍爲學者所接受沿用，因爲它突出的優
點在：「從唐詩發展的總體風貌來把握，著眼于總體性的發展變化。
初、盛、中、晚這些概念又是哲學意味很濃的觀念，頗能反應出事物
本質的發展變化，在講究辯證法的中國，無疑更容易獲得人們的理
解。其次初、盛、中、晚這些概念不僅僅是對時代的劃分，實際上還
包含審美評價在內。人們一提起初唐，盛唐，中唐，晚唐，總很容易
喚起相應的美感。」〔註26〕

　　至於「四唐」之起訖時間斷限，各家說法頗有歧異。以「晚唐」
來說，李日剛《中國詩歌流變史》定西元八二七～九〇六年爲止，
〔註27〕劉開揚《唐詩通論》定西元八二五～九〇七年爲止，〔註28〕

〔註26〕吳承學：〈關於唐詩分期的幾個問題〉，北京《中國古代、近代文學
　　　　研究》，1989 年，第十一期，頁 97。
〔註27〕李日剛：《中國詩歌流變史》，（台北文津出版社，民國 76 年 2 月出
　　　　版），頁 374。
〔註28〕劉開揚：《唐詩通論》，（成都巴蜀書社，西元 1998 年 10 月第一次印
　　　　刷），頁 7。

葉慶炳《中國文學史》定西元八三六～九○六年爲止，〔註29〕本文
採用西元八三六～九○六年爲「晚唐」，「晚唐」之後的「五代」，起
訖時間爲西元九○七～九六○年。

　　時代確立，相關的詩人與作品也要加以說明，晚唐五代的文壇仍
以詩歌爲主流，這個時期的詩人留下大量的詩篇，從不同的角度眞實
地反映時代之面貌，反映人民之生活。就其內容而言，抒情詩、寫景
詠物詩和詠史詩佔較大的比重，其中詠史詩人與詠史詩更可以「更僕
難數」形容之，詩人在詠史詩中，或對歷史事件及歷史人物發表評論；
或借詠史抒發自己的情懷，均具有獨特興味。爲清眉目，本文以張祜、
杜牧、李商隱、溫庭筠、皮日休、陸龜蒙、韋莊、韓偓、鄭嵎等詩人
作品爲主，其餘詩人作品爲輔，加以分析。主要詩人的詩集、詩歌總
數、詠史作品臚列如下：

張祜：《張承吉文集》十卷，凡四六八首，詠史詩五十九
首。

詩人	詩　　　　題	出　處	體式
張祜	一、讀狄梁公傳	張承吉文集卷一	五律
	二、吳宮曲	卷一	五律
	三、賦昭君塚	卷一	五律
	四、讀始興公傳	卷一	五律
	五、南宮歎亦述玄宗追恨太眞妃事	卷二	五律
	六、隋宮懷古	卷二	五律
	七～八、詠史二首	卷二	五律
	九、李謨笛	卷二	七絕
	一○、感春申君	卷三	七絕
	一一、元日仗	卷三	七絕

〔註29〕葉慶炳：《中國文學史》，（台北台灣學生書局，民國81年9月三刷），
　　　　頁317。

	一二、連昌宮	卷三	七絕
	一三、正月十五日夜燈	卷三	七絕
	一四、上巳樂	卷三	七絕
	一五、千秋樂	卷三	七絕
	一六～一七、大酺樂二首	卷三	七絕
	一八、邠王小管	卷三	七絕
	一九、寧哥來	卷四	七絕
	二〇、鄴中懷古	卷四	七絕
	二一、邠娘羯鼓	卷四	七絕
	二二～二三、退宮人二首	卷四	七絕
	二四、耍娘歌	卷四	七絕
	二五、悖拏兒舞	卷四	七絕
	二六、洛中作	卷四	七絕
	二七～三〇、華清宮四首	卷四	七絕
	三一、長門怨	卷四	七絕
	三二、讀老莊	卷四	七絕
	三三、偶題	卷四	七絕
	三四、春鶯囀	卷四	七絕
	三五、玉環琵琶	卷四	七絕
	三六～三七、集靈臺二首	卷五	七絕
	三八、阿鵅湯	卷五	七絕
	三九、馬嵬坡	卷五	七絕
	四〇、太眞香囊子	卷五	七絕
	四一、雨霖鈴	卷五	七絕
	四二、馬嵬歸	卷五	七絕
	四三、李夫人詞	卷五	七絕
	四四、過石頭城	卷五	七絕
	四五、鉤弋夫人詞	卷五	七絕
	四六、鴻溝	卷五	七絕
	四七～四八、昭君怨二首	卷六	五絕

	四九、松江懷古	卷六	五絕
	五〇、題孟處士宅	卷六	五絕
	五一、經咸陽城	卷八	七律
	五二、上元懷古	卷八	七律
	五三、隋堤懷古	卷八	七律
	五四、讀韓文公集十韻	卷八	五古
	五五、吳中懷古十六韻	卷九	五古
	五六、讀西漢書十四韻	卷九	五古
	五七、華清宮和杜舍人	卷十	五排
	五八、大唐聖功詩	卷十	五古
	五九、夢李白	卷十	雜言

杜牧：馮集梧《樊川詩集注》，凡五一九首，詠史詩三十七首。

詩　人	詩　　　題	出　　處	體式
杜牧	一、過驪山作	樊川詩集注 卷一	七古
	二、登樂遊原	卷二	七絕
	三、華清宮三十韻。	卷二	五排
	四、題永崇西平王宅太尉愬院六韻	卷二	五古
	五、過勤政樓	卷二	七絕
	六、題魏文貞	卷二	七絕
	七～九、過華清宮絕句三首	卷二	七絕
	一〇、春申君	卷二	七絕
	一一、讀韓杜集	卷二	七絕
	一二、故洛陽城有感	卷三	七律
	一三、西江懷古	卷三	七律
	一四、江南懷古	卷三	七絕
	一五、題宣州開元寺水閣閣下宛溪夾溪居人	卷三	七律

	詩 題	出 處	體式
	一六、蘭溪	卷三	七絕
	一七～一八、臺城曲二首	卷四	五古
	一九、題武關	卷四	七律
	二○、詠歌聖德遠懷天寶因題關亭長句四韻	卷四	七古
	二一、赤壁	卷四	七絕
	二二、雲夢澤	卷四	七絕
	二三、題桃花夫人廟	卷四	七絕
	二四、題烏江亭	卷四	七絕
	二五、題橫江館	卷四	七絕
	二六、汴河懷古	卷四	七絕
	二七、和野人殷潛之題籌筆驛十四韻	卷四	五排
	二八、題商山四皓廟一絕	卷四	七絕
	二九、題青雲館	卷四	七律
	三○、題木蘭廟	卷四	七絕
	三一、金谷園	別集	七絕
	三二、隋宮春	別集	七絕
	三三、經闔閭城	別集	五律
	三四、青塚	別集	七絕
	三五、邊上聞胡笳之一	別集	七絕
	三六、悲吳王城	外集	七律
	三七、華清宮	外集	七絕

李商隱：馮浩《玉谿生詩集箋注》，凡六○一首，詠史詩七十二首。

詩人	詩 題	出 處	體式
李商隱	一、韓碑	玉谿生詩集箋注卷一	七古
	二、富平少侯	卷一	七律
	三、陳後宮	卷一	五律
	四、陳後宮	卷一	五律

五、覽古	卷一	七律
六、隋師東	卷一	七律
七、五松驛	卷一	七絕
八、漫成三首之一	卷一	七絕
九、漫成三首之二	卷一	五絕
一○、漫成三首之三	卷一	五絕
一一、四皓廟	卷一	七絕
一二、曲江	卷一	七律
一三、景陽井	卷一	七絕
一四、詠史	卷一	七律
一五、潭州	卷一	七律
一六、楚宮	卷一	七絕
一七、漢宮詞	卷一	七絕
一八、自眤	卷一	五絕
一九、寄蜀客	卷一	七絕
二○、茂陵	卷一	七律
二一、漢宮	卷一	七絕
二二、華嶽下題西王母廟	卷一	七絕
二三、瑤池	卷一	七絕
二四、過景陵	卷一	七絕
二五、四皓廟	卷一	七絕
二六、岳陽樓	卷二	七絕
二七、宋玉	卷二	七律
二八、賈生	卷二	七絕
二九、舊將軍	卷二	七絕
三○、過楚宮	卷二	七絕
三一、武侯廟古柏	卷二	五排
三二、井絡	卷二	七律
三三、梓潼望長卿山至巴西復懷譙秀	卷二	七絕
三四、漫成五章之一	卷二	七絕

三五、漫成五章之二	卷二	七絕
三六、漫成五章之三	卷二	七絕
三七、漫成五章之五	卷二	七絕
三八、題漢祖廟	卷二	七絕
三九、隋宮守歲	卷二	七律
四○、讀任彥昇碑	卷二	七絕
四一、有感	卷二	七絕
四二、籌筆驛	卷二	七律
四三、鄠杜馬上念漢書	卷二	五律
四四、齊宮詞	卷三	七絕
四五、吳宮	卷三	七絕
四六、華清宮	卷三	七絕
四七、華清宮	卷三	七絕
四八、驪山有感	卷三	七絕
四九、思賢頓	卷三	五律
五○、龍池	卷三	七絕
五一、馬嵬二首之一	卷三	七絕
五二、馬嵬二首之二	卷三	七律
五三、咸陽	卷三	七絕
五四、代魏宮私贈	卷三	七絕
五五、代元城吳令暗爲答	卷三	七絕
五六、東阿王	卷三	七絕
五七、涉洛川	卷三	七絕
五八、楚吟	卷三	七絕
五九、楚宮	卷三	五律
六○、夢澤	卷三	七絕
六一、南朝	卷三	七絕
六二、南朝	卷三	七律
六三、隋宮	卷三	七絕
六四、隋宮	卷三	七律

	六五、詠史	卷三	七絕
	六六、過鄭廣文舊居	卷三	七絕
	六七、楚宮	卷三	七絕
	六八～六九、北齊二首	卷三	七絕
	七○、過華清內廄門	卷三	七絕
	七一、王昭君	卷三	七絕
	七二、曼倩辭	卷三	七絕

溫庭筠：曾益等《溫飛卿集箋注》，凡三三○首，詠史詩二四首。

詩人	詩　　題	出　處	體式
溫庭筠	一、雞鳴埭歌	溫飛卿集箋注 卷一	七古
	二、湖陰詞	卷一	七古
	三、謝公墅歌	卷二	七古
	四、達摩支曲	卷二	七古
	五、春江花月夜詞	卷二	七古
	六、馬嵬驛	卷四	七律
	七、奉天西佛寺	卷四	七律
	八、題望苑驛	卷四	七律
	九、過陳琳墓	卷四	七律
	一○、老君廟	卷四	七律
	一一、經五丈原	卷四	七律
	一二、蔡中郎墳	卷五	七絕
	一三～一五、渭上題三首	卷五	七絕
	一六、四皓	卷五	七絕
	一七、過孔北海墓二十韻	卷六	五古
	一八、過華清宮二十二韻	卷六	五古
	一九、蘇武廟	卷八	七律

詩人	詩　　題	出　處	體式
	二〇、馬嵬佛寺	卷九	七律
	二一、鴻臚寺有開元中錫宴堂樓臺池沼雅 爲勝絕荒涼遺址僅有存者偶成四十韻	卷九	五古
	二二、過吳景帝陵	卷九	七絕
	二三、龍尾驛婦人圖	卷九	七絕
	二四、簡同志	卷九	七絕

皮日休：《松陵集》、《皮子文藪》、《全唐詩》、《全唐詩補編》，凡四二〇首，詠史詩十四首。

詩人	詩　　題	出　處	體式
皮日休	一、七愛詩	全唐詩 卷六〇八	五古
	二、襄州漢陽王故宅	卷六一三	七律
	三、南陽	卷六一三	七律
	四、館娃宮懷古	卷六一三	七律
	五、女墳湖	卷六一五	七絕
	六、泰伯廟	卷六一五	七絕
	七～一一、館娃宮懷古五絕	卷六一五	七絕
	一二～一三、汴河懷古二首	卷六一五	七絕
	一四、泰伯廟	補編頁四三四	七絕

陸龜蒙：《松陵集》、《甫里集》、《全唐詩》、《全唐詩補編》，凡六〇四首，詠史詩十五首。

詩人	詩　　題	出　處	體式
陸龜蒙	一、奉和襲美館娃宮懷古次韻	全唐詩 卷六二五	七律
	二、離騷	卷六二七	五絕
	三、和襲美泰伯廟	卷六二八	七絕
	四～八、和襲美館娃宮懷古五絕	卷六二八	七絕
	九、景陽宮井	卷六二九	七絕

一○、嚴光釣臺	卷六二九	七絕
一一、讀陳拾遺集	卷六二九	七絕
一二、吳宮懷古	卷六二九	七絕
一三、范蠡	卷六二九	七絕
一四～一五、連昌宮詞二首	卷六二九	七絕

韋莊：江聰平《韋端己詩校注》，凡三一九首，詠史詩十八首。

詩人	詩　　　題	出　處	體式
韋莊	一、尹喜宅	韋端己詩校注 卷一	七律
	二、立春日作	卷二	七絕
	三、合歡蓮花	卷二	七絕
	四、楚行吟	卷二	七絕
	五、洛陽吟	卷三	七律
	六、題李斯傳	卷三	七絕
	七、題潁源廟	卷三	七律
	八、上元縣	卷四	七律
	九、金陵圖	卷四	七絕
	一○、謁蔣帝廟	卷四	七律
	一一、題淮陰侯廟	卷四	七律
	一二、過當塗縣	卷四	五律
	一三、臺城	卷四	七絕
	一四、過揚州	卷四	七律
	一五、雜感	卷四	七律
	一六、江邊吟	卷六	七律
	一七、謁巫山廟	卷六	七律
	一八、咸陽懷古	補遺	七律

韓偓：《韓內翰別集》、《韓翰林集》、《全唐詩》、《全五代詩》，凡三四四首，詠史詩五首。

詩人	詩　　　題	出　　處	體式
韓偓	一～二、北齊二首	全唐詩 卷六八二	七律
	三、吳郡懷古	卷六八二	七律
	四、過茂陵	卷六八二	七絕
	五、金陵	卷六八三	雜言

鄭嵎：《唐詩紀事》卷六二，《全唐詩》卷五六七，詠史詩一首，一千四百言，成一百韻。

詩人	詩　　　題	出　　處	體式
鄭嵎	一、津陽門詩	全唐詩 卷五六七	七古

（二）以「文藝美學」為範圍

論題以詠史詩的美學意識為研究目標，必須界定「美學」範圍。首先，要提出說明的是，這裏的「美學」一詞是引用西方的名稱，〔註30〕其定義是「以審美經驗為中心研究美和藝術的學科」。〔註31〕中國古代並無美學學科，但在歷代哲學家、思想家、文學家的著作中卻凝結著豐贍的美學思想，通過近代學者的深拓經營，逐漸生成屬於中國自己的美學，如王國維、朱光潛、宗白華、李澤厚……等在中國美學的研究上作出了卓越的貢獻。

〔註30〕「美學」一詞由西文 Aesthetics 翻譯而來，美學學科的名稱 Aesthetica 最早由德國哲學家鮑姆加通（Alexander Baumgarten, 1714～1762）于西元一七五〇年提出使用。參考葉朗：《現代美學體系》，台北：書林出版事業公司，民國 82 年台一版，頁 3。劉昌元：《西方美學導論》，台北：聯經出版事業公司，民國 89 年 7 月二版五刷，頁 1。李醒塵：《西方美學史教程》，台北：淑馨出版社，民國 89 年元月二刷。

〔註31〕見李澤厚等編：《美學百科全書》，北京·社會科學文獻出版社，1990年 12 月一刷，頁 1。

　　其次，美學的範圍相當廣闊，不但與哲學、心理學、社會學有關，而且也與教育學、工藝學、文化史、語言學等有許多直接間接的關係。它與藝術各部類的實踐與理論——無論是電影、戲曲、話劇、音樂、舞蹈、書法、美術、工藝、建築、文學——的關係更爲密切。〔註32〕在如此寬廣的範疇中，與本文研究最爲相關是藝術美學，即「文藝美學」。

　　根據學者研究，文藝美學，是美學的一個部門，它是「從美學上來研究文學藝術」，「探討文學藝術的創造、作品和接受這三方面的審美規律，這就是文藝美學的對象和內容」。〔註33〕在文藝美學的領域中實際上涵攝了各種藝術形態，如音樂、舞蹈、建築、繪畫、雕塑、戲劇、電影、文學等等，每一種藝術形態，都有其不盡相同的美學特徵，不可替代。這些藝術形態都須要有「物質」（即媒介材料）作爲表達手段，方能將藝術家之藝術構思表現出來，成爲「作品」。像音樂用的是聲音這樣一種「物質」，音樂家的「樂思」通過聲音的表達手段，創造出了爲人們可以聽見的音樂形象，才成了音樂作品。繪畫用的是線條、色彩這樣的物質，畫家的「畫意」通過這種表達手段，創造出了人們看得見的繪畫形象，才成了美術作品。

　　文學，當然也要採用一種「物質」作爲表達手段，表現作家心中的「文思」，創造出人們感受得到的文學形象，才成爲文學作品。文學與其他藝術的區別，關鍵是媒介材料——語言（詞），尤其，文學所用的語言（詞）較之其他藝術媒介（聲音、色彩、線條、形體等）有更爲複雜的結構和獨特的本質，如李澤厚指出：

> 文學用詞作爲藝術手段，詞在現實世界的廣闊聯繫，能使世上一切情景、事件、色彩、聲音、氣味、感覺、心理狀態……，都能通過它的信號刺激間接地使人感知。……其

〔註32〕李澤厚著：《美學論集》，台北：三民書局，民國85年9月，頁715。
〔註33〕胡經之：《文藝美學》，北京·北京大學出版社，1989年11月，頁14～15。

他藝術所直接描繪、抒寫或間接暗示、呈現的主客觀世界，
總受著各該物質材料的限制，聲音不能描寫嗅覺，正如線
條難以表現味道一樣。由於詞能自由而廣闊地與感性經驗
取得間接聯繫，從無限廣大的人生外在世界，到無限複雜
的心理內在世界，比起其他藝術能夠更多面、更廣泛地去
把握對象、反映現實，喚起和組織人們豐富複雜的表象經
驗，使人們更完整、更充分地感受生活、認識世界。〔註34〕

由於文學所用的媒材能夠營造特殊的藝術形象與美感，因此，專家學
者多認為文學是「語言藝術」，甚而將它與整個藝術並列。比如，李
澤厚將文學單獨立為「語言藝術」之類，他說：「語言藝術與所有其
他藝術性質上的重大區別，使文學常與整個藝術並列稱呼。」〔註35〕
朱光潛《談文學》說：「文學是以語言文字為媒介的藝術。」〔註36〕
胡經之則說：「文學（詩、散文）作為語言藝術這一獨立的形式與整
個藝術相並列，所以，人們常常將『文學藝術』相提並論。」。〔註37〕

　　文藝美學既然是從美學上研究文學藝術，為了要掌握文學藝術的
全部特性和規律，對於文學藝術之各種樣式、種類、體裁也必須層層
分析、步步深入，如作為文學體裁之一的詩歌，便是文藝美學觀照的
對象之一，胡經之說：「文藝美學是將美學與詩學統一到人的詩思根
基和人的感性審美生成上，透過藝術的創造、作品、闡釋這一活動系，
去看人自身審美體驗的深拓和心靈境界的超越。」〔註38〕這透顯出文
藝美學著重的是藝術創造者（詩人）與藝術闡釋、鑑賞者（讀者）之
間審美意識的生成和作用，當然藝術作品（詩歌）所蘊蓄的美感特質
亦網攝於其中，因此，本文乃以文藝美學為審美範圍。

〔註34〕李澤厚著：《美學論集》，台北：三民書局，民國85年9月，頁436
　　　　～437。
〔註35〕同註12，頁435。
〔註36〕朱光潛著：《談文學》，台北：萬卷樓圖書公司，民國83年6月初版
　　　　二刷，頁3。
〔註37〕同註11，頁325。
〔註38〕同註11，頁2。

二、研究方法

　　當我們提到有關詩的觀念時，自然而然會去注意到具體成形的詩歌理論，「詩言志」與「詩緣情」是中國古典詩歌理論中涉及詩歌藝術本質的兩個重要思想，〔註39〕前者「詩言志」被朱自清譽爲中國詩論「開山的綱領」，〔註40〕後者「詩緣情」則肯定詩歌抒情本質，影響深遠。這兩個重要思想雖各有其產生的時代背景，但發展至唐代則漸漸趨向貫通與調和，如孔穎達《毛詩正義》說：

　　詩者，人志意之所適也。雖有所適，猶未發口，蘊藏在心，謂之爲志；發見於言，乃名爲詩。言作詩者所以舒心志憤懣，而卒成于歌詠。故〈虞書〉謂之「詩言志」也。包管萬慮，其名曰心；感物而動，乃呼爲志。志之所適，外物感焉。言悦豫之志，則和樂興而頌聲作；憂愁之志，則哀傷起而怨刺生。〈藝文志〉云：「哀樂之情感（案：《漢書》作「哀樂之心感」），歌詠之聲發」此之謂也。〔註41〕

因爲外物的感發，內心產生的哀樂之情，即是志；將這種哀樂之情（志）通過語言（文字）表達出來，即是詩。情、志是合一，無根本上的分別，於是孔穎達在《左傳正義》中乃曰：「在己爲情，情動爲志。情、志一也。」試圖將言志與緣情從理論上貫通一氣。而李善在注釋陸機〈文賦〉「詩緣情而綺靡」之句時稱「詩以言志，故曰緣情」，〔註42〕他認爲言志與緣情兩個思想命題的內涵是相等的，顯見其調和二說之

〔註39〕「詩言志」最早見於《尚書・舜典》：「帝曰：『夔，命汝典樂，教冑子。直而溫，寬而栗，剛而無虐，簡而無傲。詩言志，歌永言，聲依永，律和聲。八音克諧，無相奪倫，神人以和。』夔曰：『予擊石拊石，百獸率舞。』」；「詩緣情」則由陸機〈文賦〉最先標舉「詩緣情而綺靡」。

〔註40〕見朱自清：《詩言志辨》，上海：華東師範大學出版社，1996年11月一版，頁4。

〔註41〕阮元校勘：《十三經注疏》，台北：大化書局，民國71年10月初版，頁270。

〔註42〕蕭統編、李善注：《文選（上）》，台北：五南圖書出版公司，民國80年10月初版，頁418。

跡。吾人深知詩家創寫詩歌時的心理結構，率以情志作爲基礎，晚唐
五代詩人總不免受到傳統詩歌理論的影響，根本上言志與緣情都會出
現在詩歌當中。職是之故，這兩個關於詩歌藝術本質的重要思想自然
成爲研究詠史詩美學意識的樞紐之一。

　　研究詠史詩美學意識另一個關鍵是存在於歷代詩文理論、詩話中
的美學思想。宗白華《美從何處尋》一書認爲「中國歷史上，不但在
哲學家的著作中有美學思想，而且在歷代的著名的詩人、畫家、戲劇
家……所留下的詩文理論、繪畫理論、戲劇理論、音樂理論、書法理
論中，也包含有豐富的美學思想」；〔註43〕邱燮友亦說：「中國的歷代
詩話，可視爲詩文的美學原理」、「中國的文學美學，在早期的詩文論
著或詩話中，已經涵蓋其中」〔註44〕顯示中國古代儘管沒有美學的名
稱，但具有美學的事實，從美學觀點研究文學、詩歌的藝術本質，不
妨從歷代詩文理論與詩話中著手。

　　除了傳統詩文理論與詩話中的美學原理，近代中國美學家，如朱
光潛、宗白華、李澤厚等人所提出的文藝理論、美學思想皆獨具隻眼，
是分析詩歌美學意識時不容恝置的素材。本論文研究方法即建立在以
詩人詠史作品爲經，傳統「言志」、「緣情」說，歷代詩文論著、詩話
中的審美原理和近代美學家文藝理論、美學思想爲緯，交相溶滲的方
式來研究詠史詩的美學意識。

第三節　詠史詩與懷古詩的內容特質

　　在進入主題探索之前，必須先對詠史詩和懷古詩作一說明，緣由
是中國古典詩歌的發展與分類上，詠史詩和懷古詩出現輆輷與混淆的
情形，日人淺見洋二分析云：

　　本來，〈詠史〉與〈懷古〉已被區分爲不同的作品風格，因

〔註43〕宗白華：《美從何處尋》，台北：駱駝出版社，民國76年初版，頁1。
〔註44〕邱燮友等編著：《中國美學》，台北：國立空中大學，民國81年12
　　　月二版，頁193、179。

此，嚴格地說，這兩者是不能放在同等地位來論述的，但
從另一角度而言，由於時代的變遷，這兩者的界線已有逐
漸模糊的傾向。〔註45〕

他並且舉例說明晚唐胡曾〈詠史〉一百五十首中有些詩便含有「懷古」
性質，如〈細腰宮〉一詩云：

楚王辛苦戰無功，國破城荒霸業空。

唯有青春花上露，至今猶泣細腰宮。（《全唐詩》卷六四七）

仔細品賞，不難覺知懷古興味頗為濃厚。若按照侯迺慧〈唐代懷古詩
研究〉之細部考察，〔註46〕詠史詩與懷古詩相混的情形，大致可以區
分為下列三種：

一、將懷古詩視為詠史詩的一類者。〔註47〕

二、將詠史視為懷古的一類者。〔註48〕

三、將懷古等同於詠史詩者。〔註49〕

〔註45〕見於日本《文化》卷五十，1987 年，第三、四號，註 5。

〔註46〕參考台北《中國古典文學研究》頁 35～58，民國 89 年，第三期。

〔註47〕方瑜撰〈李商隱的詠史詩〉提及齊益壽將詠史詩分為史傳型、詠懷
型、史論型、覽跡懷古型四類，見台北《中外文學》，民國 66 年 4
月，第五卷第十一期，頁 77。季明華《南宋詠史詩研究》將懷古傷
逝當作詠史詩的主題哲思之一，台北：文津出版社，民國 86 年 11
月一刷，頁 139～144。又淺見洋二〈關於李商隱的詠史詩〉提及懷
古型詠史，日本《文化》卷五十，1987 年，第三、四號。另有潘志
宏《晚唐三家詠史詩研究》將晚唐詠史詩區分為詠懷型、議論型、
諷諭型、懷古型四種，新竹・國立清華大學中國文學研究所碩士論
文，民國 82 年，頁 20。

〔註48〕王立論及中國古代文學中的懷古主題時，分五個單元敘述：一、利
用歷史來對現實作出裁判，二、借史事以詠己之懷抱與經古人之成
敗詠之，三、世俗之性，好褒古而毀今，四、懷古者，見古跡思古
人，五、然則古何必高，今何必卑哉。明顯地是把詠史納入懷古範
疇之內。見王氏撰：《中國古代文學十大主題》，台北：文史哲出版
社，民國 83 年，頁 119～146。又楊齊賢《李太白集分類補注》中分
李白詩為若干類，有「懷古」而無「詠史」，視其「懷古」所列作品
如〈王右軍〉〈西施〉〈蘇武〉等都是典型的詠史詩，可見楊氏認為
懷古是兼包詠史詩的。

〔註49〕王壽昌《小清華園詩談》卷下：「弔古之詩，須褒貶森嚴，具有〈春
秋〉之義，使善者足以動後人之景仰，惡者足以垂千秋之炯戒」這

就兩者的歷史發展源流來說，詠史詩要早於懷古詩（前者在先秦兩漢，後者在南北朝至初唐），之所以會產生上述三種情形，主要是因為詠史詩與懷古詩二者皆以歷史人物、事件為寫作題材和主題內容，故而不免有其重疊交織、曖昧不明的灰色地帶，儘管難以作壁壘分明之界定，端視其內容特質著實有不同的偏向與重心。

　　自唐以來，有諸多詩文論著即已觀照到詠史詩或懷古詩的內在義涵，今條列如下：

　　　　日・弘法大師的《文鏡祕府論》稱：「詠史者，讀史見古人成敗，感而作之。」〔註50〕

　　　　唐・呂延濟於《文選》五臣注「詠史」為：「謂覽史書，詠其行事得失，或自寄情焉。」〔註51〕

　　　　宋・方回《瀛奎律髓》卷三云：「懷古者，見古跡，思古人，其事無他，興亡賢愚而已。可以為法而不之法，可以為戒而不之戒，則又以悲夫後之人也。」〔註52〕

　　　　清・袁枚《隨園詩話》論「懷古詩」乃一時興會所觸，不比山經地志，以詳核為佳。〔註53〕

　　　　清・沈德潛《說詩晬語》以懷古「必切時地」為要件。〔註54〕

這些觀點是以「創作緣起」來界說詠史或懷古的意義，基本上，詠史以讀史、覽史為觸發媒介；懷古則見古跡，思古人，切時地為創作要素。因此降大任有「詠史詩是直接由古人古事的材料發端來創作的，

　　　　種觀念即完全等同了懷古與詠史。見郭紹虞編選《清詩話續編下》，上海：上海古籍出版社，1999 年 6 月二刷，頁 1910。

〔註50〕王利器撰：《文鏡祕府論校注》，台北：貫雅文化事業公司，民國 80年 12 月初版，頁 352。

〔註51〕引自向以鮮：〈漫談中國的詠史詩〉，西安《人文雜誌》，1985 年，第四期，頁 107。

〔註52〕方回：《瀛奎律髓》，台北：佩文書社，民國 49 年 8 月，卷三。

〔註53〕張健撰：《隨園詩話精選》，台北：文史哲出版社，民國 75 年 4 月文一版，頁 62。

〔註54〕沈德潛：《說詩晬語》，台北：臺灣中華書局，民國 76 年 8 月，卷下，頁 6。

懷古詩則需要有歷史遺跡、遺址或某一地點、地域為依托，連及吟詠
與之有關的歷史題材。」〔註55〕之說。

除了以創作緣起分辨，近人也嘗試從「內容情志」、「詩歌精神」
來甄別兩者的分野。在內容情志方面，劉若愚的《中國詩學》指出：

> 「詠史詩」一般指示一種教訓，或者以某個史實為藉口以評
> 論當時的政治事件；而「懷古詩」則是詩人「將朝代的興亡
> 與自然那似乎永久不變的樣子相對照」；他們「感歎英雄功
> 績與王者偉業的徒勞」；他們「為古代戰場或者往昔美人，『去
> 年之雪』（les neiges d'antan）而流淚。〔譯註：法國抒情詩
> 人維雍（Francois Villon 1431～63?）悼往昔美女的詩句。〕」
> 表現這種感情的詩，通常稱為「懷古詩」。〔註56〕

廖蔚卿則認為：

> 「詠史」詩大抵借一二古人古事以喻況自己，發揮個人情
> 志：或對一二古人古事，加以批評。而「懷古」心靈所關
> 懷與反省的，不僅是個人生命的存在，乃是眾人共同的命
> 運，是社會的也是自然律的生命的困境。〔註57〕

就上述二說作一概略比較，劉若愚所倡似乎忽略「借史抒懷」這一類
詠史的內涵，按照弘法大師和呂延濟的認知，「詠史」有「感而作之」、
「自寄情焉」的成分存在。而廖蔚卿所觀照的層面則較為圓融些。

另外，蔡英俊在《興亡千古事》一書的導論裏提出用議論與抒
情這兩種成份在作品中所占有的比例為區分「詠史」與「懷古」的
標準：「『詠史』詩篇的作者，對於歷史事件或人物所抱持的態度，
往往是智性的、分析的，因此這一類作品都偏向於採取議論的方

〔註55〕降大任：〈試論我國古代詠史詩〉，參見氏著《詠史詩注析》，太原・
山西教育出版社，1991 年 6 月，頁 488。

〔註56〕劉若愚著、杜國清譯：《中國詩學》，台北：幼獅文化事業公司，民
國 66 年 6 月初版，頁 82～83。

〔註57〕廖蔚卿〈論中國古典文學中的兩大主題──從〈登樓賦〉與〈蕪城
賦〉探討「遠望當歸」與「登臨懷古」〉，台北《幼獅學誌》，民國 72
年 5 月，第十七卷第三期，頁 104。

式；至於『懷古』詩篇的作者，他們往往是抱著一種感性的、觀賞的態度面對歷史事件或人物，因此，他們的作品都偏向於抒發個人的感想與襟懷，抒情的成份多於議論。」〔註58〕廖振富質疑此種判斷詠史與懷古的標準欠妥，因爲詠史除了議論之外，自左思、李白、杜甫，迄李商隱仍多抒情寄慨之作，亦即抒情精神一直是詠史詩的重要內涵。〔註59〕廖氏的質疑不無道理，詠史詩當以詩人情志爲基礎，它是屬於抒情詩傳統之詩歌類別。我們回過頭仔細閱讀蔡氏所著之書，便可發覺它是一本針對「詠史詩」所寫的書，事實上，他是把詠史詩分爲「詠史」的與「懷古」的兩類，再根據這兩類的作品內容作區別，基本上都是網攝於詠史詩的範疇，同時作者自己也說「這種區分只是爲作品的欣賞提供一個方便的法門」、「並不是死板的、一成不變的」。〔註60〕

　　上述三人的論點均見獨到之處，亦爲早期提出的看法，是值得參考的材料，他們皆著眼於以詩歌的內容來區分該詩爲詠史詩或懷古詩。而劉學鍇也以情志來詮釋懷古詩與詠史詩的特質，他說：「懷古詩多因景生情，撫迹寄慨，所抒者多爲今昔盛衰、人事滄桑之慨；而詠史詩多因事興感，撫事寄慨，所寓者多爲對歷史人事的見解態度或歷史鑒戒。」〔註61〕這樣的說法無疑是較爲中肯而完備的。

　　至於詩歌精神方面，侯迺慧提出用「關注生命的現象」與「關注生命的本質」來加以鑑別詠史詩與懷古詩，〔註62〕是「後出轉精」的表現，同時也是屬於新穎的看法。

〔註58〕蔡英俊：《興亡千古事》，台北：新自然主義公司，民國89年5月二版一刷，頁26。
〔註59〕廖振富：《唐代詠史詩之發展與特質》，（國立臺灣師範大學國文研究所碩士論文，民國78年），頁16。
〔註60〕同註14。
〔註61〕劉學鍇〈李商隱詠史詩的主要特徵及其對古代詠史詩的發展〉，北京《文學遺產》，1993年，第一期，頁46～55。
〔註62〕侯迺慧〈唐代懷古詩研究〉，台北《中國古典文學研究》，民國89年6月，第三期，頁35。

綜合上述學者的探論，大致可以看出詠史詩與懷古詩內容的不同偏向、重心和特質，我們可以將其視爲判斷詠史或懷古的一般性通則，但不能膠柱鼓瑟地認定這就是唯一或絕對的判定標準，因爲在晚唐五代時期，許多詠史詩作品裏已經滲透懷古的情緒，可以稱之爲「懷古式」的詠史詩，若將這些作品完全捨棄，必將造成遺珠之憾，爰是本文於論述中，也將這類詩歌選入分析。

第二章　晚唐五代詠史詩溯源與美學內涵

　　關於詠史詩的內容特質在前一章節已作過概略說明，這裏討論的是晚唐五代詠史詩的源流、繁盛因素以及審美內涵為何？朱光潛在《詩論》一書曾說：「想明白一件事物的本質，最好先研究它的起源。」〔註1〕中國是一個歷史悠久的國家，也是一個詩的國度，從古典詩歌方面進行考察，每一種主題詩歌均有本身的發展歷程，雖然說詠史詩遲至晚唐五代才達到繁盛的境地，其發源終究不是鄉壁虛造，其成熟也非一蹴可幾。追溯它的源流，一方面可以明白詠史詩歷史發展的來龍去脈，一方面可以詳審晚唐五代詠史詩如何變化前人之體，脫穎而出。

第一節　晚唐五代詠史詩溯源

　　詠史詩何以會出現？它的源頭在那裏？這是個耐人尋味的問題，劉學鍇說過：「人們在緬懷歷史、追慕前賢、評論前代的成敗得失，褒貶前人的善惡美醜，總結歷史的經驗教訓時，都會很自然地運用詩歌加以表現，詠史詩因而在古代詩歌史上有悠長傳統。」這裏指出了詠史詩所以出現，乃是奠基於中華民族重視歷史之特性而自然誕

〔註1〕朱光潛著：《詩論》，合肥·安徽教育出版社，1999 年 1 月三刷，頁 1。

生的。詠史詩的源頭大約可以上推到兩千多年前的西周，西周時期已經有許多運用歷史題材為寫作內容的詩歌篇章，儘管還不是嚴格意義的詠史詩，或可稱得上是詠史精神的先驅。

一、西周至兩漢詠史詩的形成

中國詠史思想的產生與形成很早，許多前輩學者發現在最早的詩歌總集——《詩經》和代表南方浪漫文學——《楚辭》這兩部書中，即已蘊含著詠史詩的源頭。〔註2〕也有研究者分析《詩經》和《楚辭》的部分篇章（《詩‧大雅》的〈文王〉、〈大明〉、〈緜〉、〈皇矣〉、〈文王有聲〉、〈生民〉、〈公劉〉和《楚辭》的〈離騷〉、〈天問〉等），「詠史」於其中尚未成為作品的主體與創作目的，如黃雅歆論述《詩‧大雅》中寫周代歷史之詩，「詠」的部分尚未成為詩中表現的形式內容，詩篇所鋪陳的周朝先王德業才是全首重心；而《楚辭》中屈原的作品雖已運用歷史人物借古論今，以史言懷，但僅為全詩的片段，並非首

〔註2〕 朱自清《詩言志辨》認為詠史源頭在《楚辭》中。上海‧華東師範大學出版社，1996 年 11 月一刷，頁 86～87。向以鮮〈漫談中國的詠史詩〉思考屈原的〈天問〉篇中蘊含詠史因素。西安《人文雜誌》，1985 年，第四期，頁 107。降大任〈試論我國古代詠史詩〉一文說：「在《詩經》的雅、頌部分，有許多祭祖祀神的詩歌，像〈文王有聲〉、〈公劉〉、〈大明〉、〈文王〉、〈生民〉、〈玄鳥〉、〈殷武〉等篇，……這些詩篇就已開了詠史詩的先河。」見於降大任選注、張仁健賞析：《詠史詩注析》，太原‧山西教育出版社，1991 年 6 月二刷，頁 490。雷恩海〈詠史詩淵源的探討暨詠史詩內涵之界定〉：「在我國古典文學兩大源頭——《詩》、《騷》中就有了詠史的成分，業已開詠史之先河。」見於貴陽《貴州社會科學》，1996 年，第四期（總第一四二期）。黃筠〈中國詠史詩的發展與評價〉：「詠史詩雖最早起于班固，但其源卻可以肇自《詩》、《騷》。」，北京《中國文化研究》，1994 年，頁 35～39。廖振富《唐代詠史詩之發展與特質》提出《詩經》與後世詠史詩有歷史、道德意識的傳承，而《楚辭》則對後世詠史詩影響深遠。台北‧國立臺灣師範大學國文研究所碩士論文，民國 78 年，頁 19～25。李明華《南宋詠史詩研究》說「在《詩經》、《楚辭》的時代，即有若干詩作呈現出詠史的意向。」，台北：文津出版社，民國 86 年初版，頁 21。

尾完足的詩篇，就全詩的主題來講，是不符詠史詩之條件的。〔註3〕
這種立於前人基礎上更進一步的看法，饒富識見，不過他在文中也指
出《詩經》、《楚辭》中的詩篇雖與嚴格義界的詠史詩有一段距離，但
可視爲詠史詩精神之先驅。

　　詠史詩正式萌芽階段爲兩漢時期，以「詠史」爲題賦詩，首見於
東漢班固的〈詠史〉，明·胡應麟《詩藪》外編卷二「六朝」稱：「〈詠
史〉之名，起自孟堅，但指一事。」〔註4〕這首〈詠史〉爲純粹五言
體，對五言詩起源的考訂有其價值，〔註5〕再就創作題材而言，它奠
立中國詩歌專詠歷史人物事跡爲寫作內容之傳統。原詩是：

> 　三王德彌薄，惟後用肉刑。太倉令有罪，就逮長安城。自恨
> 身無子，困急獨煢煢。小女痛父言，死者不復生。上書詣北
> 闕，闕下歌〈雞鳴〉。憂心摧折裂，〈晨風〉激揚聲。聖漢孝
> 文帝，惻然感至誠。百男何憒憒，不如一緹縈。〔註6〕

內容專詠漢太倉令淳于意之女緹縈救父、漢文帝除肉刑的故事，在
司馬遷《史記·孝文本紀》、《史記·扁鵲倉公列傳》和班固《漢書·
刑法志》等書均有記載。全首八聯十六句，韻律上採隔句用韻，且

〔註3〕　像《詩經·大雅·文王》：「文王在上，於昭于天。周雖舊邦，其命
維新。有周不顯，帝命不時。文王陟降，在帝左右。亹亹文王，令
聞不已。陳錫哉周，侯文王孫子。文王孫子，本支百世。凡周之士，
不顯亦世。……。」以追述文王德業爲主。《楚辭·離騷》：「昔三
后之純粹兮，固眾芳之所在。雜申椒與菌桂兮，豈維紉夫蕙芷；彼
堯舜之耿介兮，既遵道而得路。何桀紂之猖披兮，夫唯捷徑以窘步。
惟夫黨人之偷樂兮，路幽昧以險隘。」當中有以古論今，借史詠懷
之意，但僅爲整篇之部分，尚不符合詠史詩之條件。

〔註4〕　胡應麟：《詩藪》，上海：上海古籍出版社，1979 年 11 月，頁 147。

〔註5〕　葉嘉瑩《迦陵談詩（一）》云：「關於五言詩之起源，說法頗爲紛紜，
然求其可信，則最早的一首完整的五言詩，自當推東漢班固之詠史
詩爲代表。」，台北：三民書局，民國 82 年 8 月，頁 4。陸侃如、
馮沅君《中國詩史》：「……這是詩人所作五言詩中之較早者，故我
們也不當忽視。」，濟南·山東大學出版社，1996 年 3 月一刷，頁
227。

〔註6〕　見蕭統編：《文選（下）》，台北：五南圖書公司，民國 80 年 10 月初
版一刷，頁 919。與馮惟訥《詩紀》所錄文字略異。

一韻到底。平仄方面，除第一聯、第四聯、第十二句和最後一句外，餘皆二、四兩字平仄互異，已見詩人對此種詩體的節奏韻律之美有相當程度的掌握。鍾嶸《詩品》兩度品評這首詩，一見《詩品・序》：「東京二百載中，惟有班固〈詠史〉，質木無文。」，一見《詩品・卷下》：「孟堅才流，而老于掌故。觀其〈詠史〉，有感歎之詞。」，〔註7〕「質木無文」乃質樸木訥，缺少文采之意，當然不是正面的評價。

鍾嶸的評語當有其客觀性，而班固的〈詠史〉在中國詩史上佔著重要地位，故而難免有學者為其辯護云：「班固之所以把〈詠史詩〉寫的『質木無文』，除了受詩的體裁限制外，與班固本人的文學觀念也是相關的。應該看到，班固在對待詩歌的態度上，是堅持儒家觀念的。他強調詩主教化，作詩要繼承風人怨而不怒、溫柔敦厚之旨。……他的〈詠史〉詩創作，就是他自己的文藝主張的實踐。」〔註8〕就詩論詩，班固詩歌在藝術方面品第不是最高（嶸列其為下品），然其〈詠史〉之作在詠史詩肇造之初有此表現已屬難能，後世詩評家也不吝嗇述其開創之功，如清・何焯《義門讀書記・文選第二卷》評張景陽〈詠史〉云：「詠史者不過美其事而詠歎之，櫽括本傳，不加藻飾，此正體也。」〔註9〕指的是班固開創的所謂詠史正體的寫作本質；丁福保《全漢三國晉南北朝詩》云：「班固〈詠史〉，據事直書，特開子建、仲宣〈詠三良〉一派。」〔註10〕說的是曹植、王粲的詠史作品繼以班固「據事直書」的特點。

〔註7〕陳延傑撰：《詩品注》，台北：臺灣開明書店，民國70年10月八版，頁2、頁31。

〔註8〕趙敏俐：〈論班固的〈詠史詩〉與文人五言詩的發展成熟問題〉，哈爾濱《北方論叢》，1994年，第一期，頁60～67。

〔註9〕何焯：《義門讀書記》卷四十六，見於《景印文淵閣四庫全書》八六○冊，台北：商務印書館，民國72年版，頁670下。

〔註10〕丁福保：《全漢三國晉南北朝詩・緒言》，台北：藝文出版社，民國57年，頁19。

值得一提的是，日人吉川幸次郎研究班固的〈詠史〉詩，並非只有詠孝女緹縈一首而已，其他尚有歌詠延陵季子、霍去病、秋胡妻等歷史人物故事者，雖然只見斷片逸句，〔註11〕卻從側面說明班固有意創作詠史詩的事實。

除了班固〈詠史詩〉作之外，學者認爲兩漢時期尚有西漢東方朔〈嗟伯夷〉：「窮隱處兮，窟穴自藏；與其隨佞而得志兮，不若從孤竹於首陽。」一首亦屬詠史詩，〔註12〕這首詩雖然不是以「詠史」命篇，至少年代早於班固，而且較《詩經》、《楚辭》等作品在主題訴求上更爲成熟，敍事風格也有別於班固〈詠史〉，從內容特徵分析，是借古人（伯夷）來詠懷的創作，表現出「以史抒情」的本質。

總結西周至兩漢時期詠史詩篇創作的情形，可以得知詠史詩於草創初階尚停留在一人一事爲詠，而且作品並不多見，以東方朔〈嗟伯夷〉和班固〈詠史〉兩相比較，前者爲延續《楚辭》中屈原作品（如〈離騷〉）借史言懷之傳統，而後者近於《詩經》（〈大雅〉之篇）平鋪直敍的風格，即：

《詩‧大雅》（約西元前八世紀初（參考陸侃如《中國詩史》）——班固〈詠史〉（西元 32～92 年）《楚辭》〈離騷〉（約西元前 343～277？年）——東方朔〈嗟伯夷〉（約西元前 161～前 100 年）。

二、魏晉南北朝詠史詩的開展

自東漢班固〈詠史〉之作以來，魏晉南北朝的詩人創作詠史詩，

〔註11〕據吉川氏的考證，詠延陵季子的逸句有「寶劍直千金」、「延陵輕寶劍」、「寶劍值千金，指之于樹枝」。詠霍去病的逸句爲「長安何紛紛，詔葬霍將軍。刺繡被百領，縣官給衣衾」。詠秋胡妻詩未見，但從傅玄和作，推知班固當有詠秋胡妻之作。上述資料見於吉川幸次郎著、陳鴻森譯：〈論班固的「詠史詩」〉，台北《中外文學》，民國 73 年 11 月，第十三卷第六期，頁 146～155。

〔註12〕黃雅歆：〈魏晉詠史詩之發展與構成形式〉，台北《中國文學研究》，民國 79 年 5 月，第四輯，總頁 239。另有季明華：《南宋詠史詩研究》，台北：文津出版社，民國 86 年 11 月一刷，頁 24。

部分以班固〈詠史〉爲典型，如王粲〈詠史〉、曹植〈三良詩〉等，其表現「據事直書」，類於賦、比、興中賦之作法；也有另闢新局，「借史詠懷」，儼然與前者並駕齊驅的作品，如左思〈詠史〉八首，顯現這個時期的詠史詩風格正在轉變中，同時《文選》裏收錄的「詠史」作品九家二十一首，〔註13〕標識了這個詩歌體類的成熟與開展。當然，以實際的詠史詩數目而言，是凌駕《文選》所收錄的，此僅舉其大概而已。

　　魏晉時期出現許多以敘事爲本的詠史作品，它們是繼承班固〈詠史〉之作而來的詠史「正體」（何焯《義門讀書記》用語），像王粲〈詠史詩〉、曹植〈三良詩〉、張協〈詠史〉和盧諶〈覽古〉等均是，此一典型詠史詩的特色在於結構上包含「述」與「贊」，且以「述」爲主，以「贊」爲客，齊益壽稱之爲「史傳型」詠史詩。〔註14〕試舉王粲〈詠史詩〉與曹植〈三良詩〉爲例，王粲詩云：

> 自古無殉死，達人共所知。秦穆殺三良，惜哉空爾爲。結髮事明君，受恩良不訾。臨歿要之死，焉得不相隨？妻子當門泣，兄弟哭路垂。臨穴呼蒼天，涕下如綆縻。人生各有志，終不爲此移。同知埋身劇，心亦有所施。生爲百夫雄，死爲壯士規。〈黃鳥〉作悲詩，至今聲不虧。〔註15〕

曹植詩云：

> 功名不可爲，忠義我所安。秦穆先下世，三臣皆自殘。生時等榮樂，既沒同憂患。誰言捐軀易？殺身誠獨難。攬涕登君墓，臨穴仰天歎。長夜何冥冥？一往不復還。黃鳥爲

〔註13〕《文選》卷二十一詩乙「詠史」所收錄之作有：王仲宣（粲）〈詠史詩〉、曹子建（植）〈三良詩〉、左太沖（思）〈詠史〉八首、張景陽（協）〈詠史〉、盧子諒（諶）〈覽古〉、謝宣遠（瞻）〈張子房詩〉、顏延年（延之）〈秋胡詩〉及〈五君詠〉五首、鮑明遠（照）〈詠史〉、虞子陽（羲）〈詠霍將軍北伐〉等九家二十一首。

〔註14〕所謂「史傳型」詠史詩，很像《史記》中列傳的結構，有述有贊，敘事的部分是全詩的骨幹。見齊益壽：〈談六朝詠史詩的類型〉，台北《中華文化復興月刊》，民國66年4月，第十卷第四期，頁10。

〔註15〕同註6《文選（上）》，頁531。

悲鳴，哀哉傷肺肝！〔註16〕

兩首詩都從秦穆公以活人殉葬這一史事出發，〔註17〕描寫三良慷慨赴死時的生離死別的悲壯景象。當中儘管有對秦穆公殘忍行徑的斥責，但主要部分還是對三良慷慨赴死，忠君不移之志的讚揚。

以內容特徵來看，兩人經營方式有所區別，清‧宋徵璧《抱真堂詩話》評曰：「三良詩，仲宣作何其怨慕，子建作何其忠婉，所處不同，首句各出其意。」，〔註18〕「所處不同，首句各出其意」蓋指處境地位的不同，所欲達達的思想也有分別。王粲之詩首句言「自古無殉死，達人共所知」，揭示秦穆公以活人從死並不合於禮。結構上「秦穆殺三良」至「涕下如綆縻」乃敘三良事由，是「述」的部分；「人生各有志」到「至今聲不虧」詩人為三良發出歎息，屬「贊」的部分，全詩歌詠三良「結髮事明君，受恩良不訾」，對其「臨歿要之死，焉得不相隨」的自甘殉葬明君，表現出沉鬱悲壯之情。

曹植在「功名不可為，忠義我所安」的命題下，歌頌三良忠君同憂患的精神。「秦穆先下世」至「既沒同憂患」同樣寫三良事蹟，是「述」；「誰言捐軀易」至「哀哉傷肺肝」涵括評斷與悲歎，是「贊」，這首詩不僅詠贊三良，而且融入本身的情思，寄託三良以自我的人格理想，蘊含豐厚的韻致。

王、曹之作于形式上和班固〈詠史〉之篇相去不遠，然詩歌技巧與風格表現漸啟變革，賦予詠史一定的情采，初步改變「質木無文」

〔註16〕同註6《文選（上）》，頁532。

〔註17〕《左傳》載：「秦伯任好（穆公之名）卒。以子車氏之三子奄息、仲行、鍼虎為殉，皆秦之良也。國人哀之，為之賦〈黃鳥〉。」，左丘明撰、杜預集解：《左傳（春秋經傳集解）》上冊，上海：上海古籍出版社，1997年12月一版，頁446。《史記》載：「繆公卒，葬雍。從死者百七十七人，秦之良臣子輿氏三人名曰奄息、仲行、鍼虎，亦在從死之中。秦人哀之，為作歌〈黃鳥〉之詩。」司馬遷：《史記》，北京‧中華書局，1997年11月，頁53。

〔註18〕郭紹虞：《清詩話續編》，上海：上海古籍出版社，1999年6月二刷，頁125。

的格局。而張協〈詠史〉以二疏（疏廣、疏受叔姪）爲詠，盧諶〈覽古〉詠藺相如完璧歸趙，結構上亦不離詳於敘事和對所詠人物加以贊頌的模式。

　　詠史詩發展至左思，突破前人格局，開立了一種新的審視和觀照歷史的思維方式與審美取境，即「借史詠懷」的藝術內涵，蕭馳說：「詠史要成爲詩，就要詠懷，就要尋求曬括史傳和詠懷的統一，就要使詠史成爲『比體』。所謂比者，因物喻志也。詠史是要以歷史素材爲寄託，使詩人的情感客觀化。」〔註19〕在左思〈詠史〉作品中已經具備這種藝術特徵，試觀左思〈詠史〉其二云：

　　鬱鬱澗底松，離離山上苗。以彼徑寸莖，陰此百尺條。世冑躡高位，英俊沈下僚。地勢使之然，由來非一朝。金張籍舊業，七葉珥漢貂。馮公豈不偉，白首不見招。〔註20〕

首二句的「澗底松」、「山上苗」是引喻，前者指才高卻居下位的士子，後者指無能但居高位的豪族，「世冑」帶領四句是敘議，呼應起首之引喻，以抨擊現實社會的不公平；「金張」以下，敘史爲證，對比鮮明。明金日磾、張湯等豪族子孫之貴寵，與馮唐到老猶困頓不已的史實對照作爲結語。整首詩引喻對比的手法運用得如此高妙，因物喻志的情感內涵，更強化詩歌本身的生命，散發出一股動人的力量。像這樣成功地將史傳與詠懷結合爲一，不但展現高度的藝術水平，也贏得眾人目光的聚合，從《文心雕龍》、《詩品》乃至明、清的詩評家輒給予高度評價。〔註21〕

〔註19〕蕭馳：《中國詩歌美學》，北京・北京大學出版社，1986 年 11 月一版，頁 125。

〔註20〕同註6《文選（上）》，頁 533。

〔註21〕《文心雕龍・才略》：「左思奇才，業深覃思，盡銳於〈三都〉，拔萃於〈詠史〉。」；《詩品・卷上》：「其源出於公幹，文典以怨，頗爲精切，得諷諭之致。」（陳延傑注：此指〈詠史〉詩。）；明・胡應麟《詩藪》說：「太沖詠史，景純遊仙，皆晉人傑作。……而造語奇偉，創格新特，錯綜震蕩，逸氣干雲，遂爲古今絕唱。」；清・沈德潛《說詩晬語》云：「太沖詠史，不必專詠一人、專詠一事，已有懷抱，借

　　《文選》中左思〈詠史〉共八首，屬於思想連貫的詠史詩組，除上述第二首外，其餘七首同樣具有借古人以詠懷的內容，探究其源，有跡可尋，胡應麟《詩藪》云：「太沖詠史，景純遊仙，皆晉人傑作。詠史之名，起自孟堅，但指一事。魏杜摯〈贈毋丘儉〉，疊用古人名，堆垛寡變。太沖題實因班，體亦本杜」，〔註22〕胡應麟認為左思〈詠史〉的詩題從班固而來，詩歌表現承杜摯而來；今人程會昌辨析在曹操、曹丕父子的樂府詩作品中，如曹操〈短歌行〉二首之二詠西伯姬昌、齊桓、晉文，曹丕〈煌煌京洛行〉詠張良、蘇秦等八位古人，已開疊用歷史人物事件之形式，左思則加以擴充藻飾變化錯綜，若說其體出杜摯，毋寧推本曹公父子。〔註23〕關於左思借史詠懷的型態，在屈原的〈離騷〉，東方朔的〈嗟伯夷〉等篇章已見這種表現技巧，若從風格成熟形成典範的視角切入，說左思是此類型詠史詩的創始人洵為名實相副。

　　齊益壽曾就詩的性質區分六朝詠史詩為「史傳」、「詠懷」、「史論」等三種類型，自上述詩例觀察，王粲、曹植、張協、盧諶之作，鋪衍史實，敘事見長，歸於「史傳」型；左思〈詠史〉則寄託襟抱，抒懷言志，屬於「詠懷」型。而實際上，清・袁枚的《隨園詩話》卷十四已提出「詠史三體」云：

　　　詠史有三體：一借古人往事，抒自己之懷抱，左太沖〈詠
　　　史〉是也。一為隱括其事，而以詠歎出之，張景陽之詠二
　　　疏，盧子諒之詠藺生，是也。一取對仗之巧，義山之牽牛
　　　對駐馬（案：李商隱〈馬嵬二首〉之二），韋莊之無忌對莫
　　　愁（案：韋莊〈憶昔〉）是也。〔註24〕

古人事以抒寫之，斯為千秋絕唱。」又《古詩源》卷七：「陶冶漢魏，自製偉詞，故是一代作手。」
〔註22〕同註4。
〔註23〕程會昌：〈左太沖詠史詩三論〉，見羅聯添編《中國文學史論文選集（二）》，台北：台灣學生書局，民國68年4月，頁542～543。
〔註24〕袁枚原著、張健精選：《隨園詩話精選》，台北：文史哲出版社，民國75年4月文一版，頁104。

第一及第二體可謂與齊氏「詠懷」、「史傳」型詠史不謀而合，惟第三體應是詠史的一種寫作技巧，似不宜列爲一體。

「史傳」與「詠懷」這兩種類型的詠史詩在魏晉南北朝各擅勝場，自成一片天地，檢閱丁福保所編《全漢三國晉南北朝詩》、逯欽立輯校《先秦漢魏晉南北朝詩》，合於齊氏所論「史傳」型詠史詩的內容，尚有阮瑀〈詠史〉二首（分詠三良、荊軻），陶潛〈詠荊軻〉、〈詠二疏〉、〈詠三良〉，謝瞻〈張子房詩〉（詠張良），虞羲〈詠霍將軍北伐〉（詠霍去病）等名篇可爲代表。而「詠懷」型詠史詩，在左思之前有阮籍〈詠懷〉詩若干首屬之，左思之後，有袁宏〈詠史〉二首，陶潛〈詠貧士〉七首（後五首），鮑照〈詠史〉、〈蜀四賢詠〉，劉駿〈詠史〉等詩繼起不輟，更甚者，唐代許多詠史名家，亦受其影響，如陳子昂、李白、杜甫等著名詩人的作品。

于「史傳」型和「詠懷」型詠史詩分庭亢禮之際，齊氏又梳理出「史論」類型的詠史，認爲僅南朝宋・顏延之〈五君詠〉五首可爲代表，他以詠〈阮步兵〉一詩爲例：「阮公雖淪跡，識密鑒亦洞。沉醉似埋照，寓辭類託諷。長嘯若懷人，越禮自驚眾。物故不可論，途窮能無慟？」分析說：

> 這一首共八句。第一句是述，第二句是論。三、四、五、六四句則是亦述亦論，「沉醉」、「寓辭」、「長嘯」、「越禮」皆是阮籍的行爲事實，所以是述；而「似埋照」、「類託諷」、「若懷人」、「自驚眾」則是上述行爲事實的評論。七、八兩句也是又述又論。由此可見這是以「論」爲主的歷史人物評論，所以是史論型。〔註25〕

詳顏延之〈五君詠〉是運用組詩詠歷史人物，藉之呈顯一個典型主題，五君即阮步兵（籍）、嵇中散（康）、劉參軍（伶）、阮始平（咸）、向常侍（秀）等五人。《宋書・顏延之傳》載有延之寫作〈五君詠〉的動機云：

〔註25〕同註14，頁11。

延之好酒疎誕，不能斟酌當世，見劉湛、殷景仁專當要任，
意有不平，常云：「天下之務，當與天下共之，豈一人之智
所能獨了！」辭甚激揚，每犯權要。謂湛曰：「吾名器不升，
當由作卿家吏。」湛深恨焉，言於彭城王義康，出爲永嘉
太守。延之甚怨憤，乃作〈五君詠〉以述竹林七賢，出濤、
王戎以貴顯被黜，詠稽康曰：「鸞翮有時鎩，龍性誰能馴。」
詠阮籍曰：「物故可不論（文選作「不可論」），塗窮能無慟。」
詠阮咸曰：「屢薦不入官，一麾乃出守。」詠劉伶曰：「韜
精日沉飲，誰知非荒宴。」此四句，蓋自序也。〔註26〕

依史書所誌，詩人欲借史實澆胸中塊磊，發抒內心怨憤之情，就內
容與創作旨趣言，似與借史詠懷爲近。葉慶炳乃以爲「《宋書》本
傳稱五君詠『蓋自序也』，故可作詠懷詩觀。」，〔註27〕廖振富指出
「六朝詠史詩中的議論，幾乎都是爲詠懷而發，〈五君詠〉也是借
史詠懷之作。」，〔註28〕郭丹《古代文學精華》亦稱「〈五君詠〉五
首，則一如左思〈詠史〉，乃詠懷之作。」〔註29〕齊氏將之歸於「史
論」型詠史，應是以其表現手法上側重議論，不同於左思〈詠史〉
以寄託襟抱爲主，而將之分別開來。嚴格地說，史論型詠史於魏晉
南北朝時期並不顯著，其眞正發展要到中唐以後才呈現明朗化，不
過顏延之〈五君詠〉的確爲當時提供一個新的詠史創作方式，使詠
史詩的發展更趨於多樣。

　　前人析論魏晉南北朝詠史詩數目約在數十首之譜，王紅稱「唐
以前的詠史詩留存至今的只有三十位詩人的寥寥五十多首作品」，
〔註30〕雷恩海據《全漢三國晉南北朝詩》概略統計唐以前詠史詩，

〔註26〕沈約撰：《宋書》，北京・中華書局，1997 年 11 月，頁 485。
〔註27〕葉慶炳著：《中國文學史（上）》，台北：臺灣學生書局，民國 81 年 9
　　　　月三刷，頁 213。
〔註28〕同註 2 中所引論文，頁 39。
〔註29〕郭丹著：《中國文學精華》，台北：東大圖書公司，民國 83 年 5 月，
　　　　頁 93。
〔註30〕王紅：〈試論晚唐詠史詩的悲劇審美特徵〉，西安《陝西師大學報（哲

亦得三十位詩人約五十首作品，[註31] 廖振富所概述的六朝詠史詩
約有五十餘首，[註32] 至黃雅歆、洪順隆等學者，或以魏晉，或以
六朝詠史詩爲研究內容，在整體論述中所用詩集資料，包羅宏富，
視野深廣，其徵引之詠史詩也在幾十首中間，[註33] 足見魏晉南北
朝四百餘年發展出來的詠史詩，雖然沒有蔚爲大觀，卻具備一定地
規模，若從詠史詩內容性質而分其脈絡，大致不出於齊氏所釐定之
「史傳」與「詠懷」的型態。

三、初唐至中唐詠史詩的深拓

　　文學是不斷向前發展的，《文選·序》曰：「蓋踵其事而增華，變
其本而加厲。」承續魏晉南北朝詠史詩，初唐至中唐的詠史詩頗爲可
觀，無論數量、形式及內容上均見長足的進步。從數量上來觀察，依
照大陸學者王紅、雷恩海粗略地統計，初、盛、中唐約有四百餘首詠
史詩，相對於魏晉南北朝五十多首，這個數量並不算少。

　　就內容上說，自左思創立的「借史詠懷」，爲詠史詩擬出新的方向
之後，唐人詠史沿此方向加以引伸發揮，「選取歷史或本朝故事中悲劇
主角的命運、遭遇爲題材，由引史抒懷，而發議論、感慨，進而衍爲
對富貴榮華，人生無常的悲感及對史事、時事的諷喻譏刺。」[註34]
可謂一點切入，全面展開。

　　在形式上，初唐詠史詩仍以五言古體爲主要形式，且多有〈王昭

學社會科學版)》，1989 年，第三期，頁 83。
〔註31〕雷恩海：〈略論唐代詠史詩的美學追求〉，見於趙逵夫主編：《詩賦論
　　　　集》，蘭州·甘肅人民出版社，1995 年 2 月，頁 152。
〔註32〕同註 2 中所引論文，頁 29～39。
〔註33〕黃雅歆《魏晉詠史詩研究》分析魏晉詠史詩大約五、六十首，同註 3，
　　　　頁 87。洪順隆〈由思維形式和作品主題及題材論六朝詠史篇什的敘
　　　　事詩性格〉一文所引六朝（晉、宋、齊、梁、陳、隋）詠史詩典型
　　　　之例約三十七首。見於《抒情與敘事》，台北：黎明文化，民國 87
　　　　年 12 月，頁 83～132。
〔註34〕方瑜：《唐詩形成的研究》，台北：嘉新水泥公司文化基金會，民國
　　　　61 年 3 月出版，頁 101。

君〉一類的樂府詩歌，如盧照鄰、沈佺期、駱賓王、上官儀、東方虬等詩人所作的〈王昭君〉均爲五言體式。〔註35〕

　　至盛唐詩歌，由於律體詩的興起與完成，相對地，帶動詠史體式的多元，五言律體的詠史詩代替五言古體的詠史詩；律絕代替古絕，而七言律體詠史詩的出現則標示著詠史詩於表現形式上的新突破，如杜甫〈詠懷古跡五首〉。以樂府舊題命名的詠史詩在數量上有所減少，而歌行體的詠史詩大量湧現，如王維〈夷門歌〉、李昂〈賦得戚夫人楚舞歌〉等。

　　進入中唐，詠史詩的形式以律絕占明顯優勢，古絕、五言及樂府古題爲題的詠史詩退居次要地位。司空曙、戴叔倫、李益、王建、呂溫、白居易等人的詠史詩多爲律絕，正說明詩人對這一形式的偏好。

　　欲將初唐至中唐四百餘首詠史盡數臚列與分析，限於篇幅，勢有不能，以下僅就此一時期的詠史特色，作歸納敘述而已：

（一）漸變之作的出現

　　初唐詠史詩雖然繼承六朝「史傳」型詠史，以「述」、「贊」結合的方式爲創作基點，然亦不乏漸變之作。如貞觀重臣王珪的〈詠淮陰侯〉詩：

> 秦王日凶慝，豪傑爭共亡。信亦胡爲者，劍歌從項梁。項羽不能用，脫身歸漢王。道契君臣合，時來名位彰。北討燕承命，東驅楚絕糧。斬龍堰濰水，擒豹燀夏陽。功成享天祿，建旗還南昌。千金答漂母，百錢酬下鄉。吉凶成糾纏，倚伏難預詳。弓藏狡兔盡，慷慨念心傷。（《全唐詩》卷三○）

詩人藉由敘述淮陰侯韓信之生平遭遇，表達人臣對古往今來兔盡弓藏

〔註35〕參郭茂倩《樂府詩集》卷二十九，台北：里仁書局，民國70年3月
　　　　出版，頁424～439。又邱燮友曾于〈歷代王昭君詩歌在主題上的轉
　　　　變〉一文中歸納而言：「唐人寫王昭君的詩最多，初唐期間，如駱賓
　　　　王、沈佺期、上官儀等的王昭君詩，仍是六朝宮體的主題」，該文收
　　　　錄於《品詩吟詩》一書，台北：東大圖書公司，民國78年6月初版，
　　　　頁214。

命運之擔憂，詩裏「吉凶成糾纏，倚伏難預詳。弓藏狡兔盡，慷慨念心傷」四句，即是此種心情之寫照。自古同患難易安，共享樂實難，功高遭忌，權重危主之例，比比皆然，是以歷經烽火洗禮的重臣于太平之日到來的同時，心中並不釋然，個別生命的憂患困擾思緒，唯有寄寓詠史詩，以歷史上有著相似際遇的人物自況。

本詩初觀與六朝「史傳」型詠史詩結構相仿，而作者將真摯沉鬱之情融入敘寫之中，讓敘寫含攝剛健雄勃之氣，彷彿欲見當年群雄逐鹿之壯闊景象，結句的點睛之妙，加強詩歌的情感色彩，更覺渾然無際，無可句摘，所以稱得上是漸變之作。

（二）詠古而有自身之投影

初盛唐詩人承魏晉餘緒，亦多借詠史以感懷之作，而且詠史詩中所詠的古人常帶詩人自身之投影。如陳子昂〈感遇〉三十八首、李白〈古風〉五十九首中的部分詩作，以及杜甫〈詠懷古跡五首〉、〈蜀相〉等詩。陳、李諸詩主要並非從歷史材料中作客觀冷靜地尋繹，而是以情感駕馭題材，溝通其間之聯繫。陳子昂〈感遇〉主題抒寫作者對歷史、宇宙、現實人生的思索，氣象恢宏博大，情韻幽邃深窈。如〈感遇〉第十四首云：

> 臨歧泣世道，天命良悠悠。昔日殷王子，玉馬遂朝周。寶鼎淪伊穀，瑤臺成故丘。西山傷遺老，東陵有故侯。（《全唐詩》卷八三）

天道的幽渺、現實的混濁和歷史的流逝，凝結成超逸而厚重的情感色彩，沉痛壯毅，無限歡惋。詩人憑今弔古，嗟天命難明，世道無端，遂傷心泣下。南宋劉克莊評其〈感遇〉詩數首，以為「皆蟬蛻翰墨畦徑，讀之使人有眼空四海，神遊八極之興。」（《後村詩話》）要非溢美之辭。

李白〈古風〉光耀寰宇，不僅題材廣闊，內涵更為深刻，〈古風〉裏的詠史，其面目亦呈繁複多姿。如〈古風〉第十首詠魯仲連而帶有自我身影：

齊有倜儻生，魯連特高妙。明月出海底，一朝開光曜。卻
秦振英聲，後世仰末照。意輕千金贈，顧向平原笑。吾亦
澹蕩人，拂衣可同調。（王琦輯注《李太白全集》卷二）

青蓮居士對這位戰國奇人至為欽慕，詩集中提及魯連者不在少數，
〔註36〕探討其由，應是仲連屢建奇功，卻能事遂身退，視富貴如浮
雲，其豪士性格與太白俠義本質最為相契。本詩將李白欲建功揚
名，又不受羈絆的靈魂，作了適切的詮釋。

同為詠史，其〈古風〉之二十九屬諷時之例：

三季分戰國，七雄成亂麻。王風何怨怒，世道終紛拏。至
人洞玄象，高舉凌紫霞。仲尼欲浮海，吾祖之流沙。聖賢
共淪沒，臨岐胡咄嗟。（王琦輯注《李太白全集》卷二）

面對大動亂時代聖賢都淪沒的現實，詩人雖發出曠達語：「臨岐胡
咄嗟」，就中仍透顯出理想追求及現實衝突之迷惘。觀前人品評陳
子昂〈感遇〉和李白〈古風〉多言其前有所本，如管世銘《讀雪山
房唐詩序例》云：「陳、張〈感遇〉出於阮公〈詠懷〉，供奉〈古風〉
本於太沖〈詠史〉。」（《清詩話續編》頁1546）；沈德潛《說詩晬語》
卷上：「唐顯慶、龍朔間（案：高宗年號，西元656～663年。），
承陳、隋之遺，幾無五言古詩矣。陳伯玉（子昂）力掃俳優，仰追
曩哲，讀〈感遇〉等章，何啻黃初、正始（案：曹丕、曹芳年號）
間也。張曲江（九齡）、李供奉（白）繼起，風裁各異，原本阮公。
唐體中能復古者，以三家為最。」（藝文版《清詩話》下，頁655），
而邱師燮友於《中國文學史初稿》亦主陳子昂〈感遇〉詩是受到阮

〔註36〕如〈古風〉之三十六：「魯連及柱史，可以躡清芬」（《全集》卷二）；
〈贈崔郎中宗之〉：「魯連逃千金，珪組豈可酬」（《全集》卷十）；〈在
水軍宴贈幕府諸侍御〉：「所冀旄頭滅，功成追魯連」（《全集》卷十
一）；〈贈宣城宇文太守兼呈崔侍御〉：「豈堪誇廣成子，倜儻魯仲連」（《全
集》卷十二）；〈獻從叔當塗宰陽冰〉：「魯連善談笑，季布折公卿」（《全
集》卷十二）；〈江夏寄漢陽輔錄事〉：「君峩陳琳檄，我書魯連箭」（《全
集》卷十四）；〈別魯頌〉：「誰道泰山高，下卻魯連節。誰云秦君眾，
摧卻魯連舌」（《全集》卷十五）……等。

籍〈詠懷〉和左思〈詠史〉之影響（福記文化公司出版，頁480），
適與前文所述相互呼應。

　　至於杜甫〈詠懷古跡五首〉寄寓作者自身情感，色彩濃厚。這組
詩屬連章之作，七律體式，為杜甫晚年於夔州所寫。每首分詠，依次
為庾信、宋玉、王昭君、蜀先主劉備和諸葛武侯。詩人融敘事、寫景、
抒情為一，敘事中有寫景，寫景中有抒情。在詠古人的同時也將自我
形象暗含于字裏行間，試看第一及第二首：

　　　　支離東北風塵際，漂泊西南天地間。

　　　　三峽樓臺淹日月，五溪衣服共雲山。

　　　　羯胡事主終無賴，詞客哀時且未還。

　　　　庾信平生最蕭瑟，暮年詩賦動江關。（第一首）

　　　　搖落深知宋玉悲，風流儒雅亦吾師。

　　　　悵望千秋一灑淚，蕭條異代不同時。

　　　　江山故宅空文藻，雲雨荒臺豈夢思？

　　　　最是楚宮俱泯滅，舟人指點到今疑！（第二首）（見《杜甫全
　　　　集》卷十五）

第一首前六句寫作者漂泊西南的行蹤與苦況，其中「詞客」一詞已將
詩人與庾信交相密合，尾聯點出庾信，以庾信的平生比擬自己，隱含
自喻之意，可知是自況之作。第二首追懷宋玉亦自傷，詩中讚揚宋玉
高華朗爽堪為己師，「蕭條異代不同時」正說明時代不同，身世卻是
一樣淒涼，更顯出比況古人之深情。

　　〈蜀相〉一首詠述了歷史名臣諸葛亮的平生事蹟，以肅穆的心
情，讚頌孔明匡扶劉備、劉禪兩代，開國濟世的功業，以及壯志未酬
的憾恨。詩云：

　　　　丞相祠堂何處尋？錦官城外柏森森。

　　　　映階碧草自春色，隔葉黃鸝空好音。

　　　　三顧頻煩天下計，兩朝開濟老臣心。

　　　　出師未捷身先死，長使英雄淚滿襟！（《杜甫全集》卷十一）

本篇作於肅宗上元元年（西元760年），杜甫四十九歲，剛從關中流

落至成都的第一年，〔註37〕詩人覽古撫今，心念武侯，正表達了他希望出現良相來扶國安邦之願。從詩藝而論，該詩既雄渾悲慨，又韻律精美，極沉鬱頓挫之致，是杜甫七律中之精品。

（三）力求自出新意，不肯蹈襲前人

盛唐詩人爲體現對歷史進行獨立思考之強烈自我意識，捨棄六朝以來「敍」、「贊」的詠史方式，而于敍中融入些許「議論」，成敍議結合之作。如王維之五言古體詠史詩〈西施詠〉：

> 豔色天下重，西施寧久微？朝爲越溪女，暮作吳宮妃。賤日豈殊眾？貴來方悟稀。邀人傅脂粉，不自著羅衣。君寵益驕態，君憐無是非。當時浣紗伴，莫得同車歸。持謝鄰家子，效顰安可希？（趙殿成《王摩詰全集箋注》卷五）

六朝至初唐詠西施者尚不多見，該詩夾敍夾議，自成一格，從西施由「越溪女」成爲「吳宮妃」的貴賤殊異的地位變化中，試圖探究世俗社會關於人之價值觀念，側重揭示並嘲諷「賤日豈殊眾，貴來方悟稀」之炎涼世態與冷暖人情。沈德潛《唐詩別裁》云：「寫盡炎涼人眼界，不爲題縛，乃臻斯旨。入後人手，徵引故實而已。」〔註38〕又《說詩晬語》卷下云：「詠古詩未經闡發者，宜援据本傳，見微顯闡幽之意，若前人久經論定，不須人云亦云。王摩詰（維）〈西施詠〉、李東川（頎）〈謁夷齊廟〉，或別寓興意，或淡淡寫景，以避雷同勦說，此別行一路法也。」（藝文版《清詩話》下，頁 678）足見詠史詩之上乘，須別寓興意，從而留給讀者玄思之餘地。

（四）以懷古式詠史感慨人生的無常

懷古與詠史的內容特質，於初盛唐時期，尚且易於分辨，中唐以後，部分詠史作品裏滲透詩人懷古意緒，內容不再是單純詠史，而是

〔註37〕劉孟伉編：《杜甫年譜》，香港·華夏出版社，1967 年 4 月初版，頁63。

〔註38〕沈德潛：《唐詩別裁》卷一，長沙·岳麓書社，1998 年 2 月一版，頁14。

借古物思古人，因地觸發而詠，非讀史抒懷而詠，成為詠史懷古之互相融涵。如劉禹錫〈西塞山懷古〉云：

> 王濬樓船下益州，金陵王氣黯然收。
>
> 千尋鐵鎖沉江底，一片降旛出石頭。
>
> 人世幾回傷往事，山形依舊枕寒流。
>
> 今逢四海為家日，故壘蕭蕭蘆荻秋。（《全唐詩》卷三五九）

這是詠王濬伐吳，天下復歸一統之事。詩之前半敘史，後半懷古慨時。雄肆而低迴，矯舉復延宕，開闔並濟，起落有致，實如薛雪所云：「筆著紙上，神來天際，氣魄法律，無不精到」（《一瓢詩話》，見《清詩話》頁 899）。尤以結句「故壘蕭蕭蘆荻秋」，不獨收回巡視歷史目光，甚而讓全詩籠罩一層蕭瑟秋意，表現詩人雖在四海為家之日卻不乏秦山破碎之隱憂。因此，連才氣縱橫的白居易也對此詩激賞不已。〔註39〕

（五）史論型詠史詩之逐漸勃興

中唐詩人詠史，除了形式上用近體創作有明顯地增多以外，內容上亦有所轉變，即直接對歷史人事訴諸議論。如戎昱〈詠史〉云：

> 漢家青史上，計拙是和親。
>
> 社稷依明主，安危託婦人。
>
> 豈能將玉貌，便擬靜胡塵？
>
> 地下千年骨，誰為輔佐臣？（《全唐詩》卷二七○）

此詩寫得激憤痛切，充滿議論之語，觀其詩旨在批評和親政策的失當。中唐時期，詠漢諷唐之以古諷今手法，數見不鮮，如白居易〈長恨歌〉之「漢皇重色思傾國」等，作者點明「漢家」，實為斥責唐朝。首聯開門見山，直說和親是有唐歷史上最為拙劣之策。頷、頸二聯構思精妙，「社稷依明主，安危託婦人」二句切中時政要害，譏諷朝中乏人，主上昏昧，而異想天開地欲以「玉貌」去「靜胡塵」。詩人用

〔註39〕沈德潛《唐詩別裁》卷十五：「時夢得與元微之、韋楚客、白樂天各賦〈金陵懷古〉，夢得詩成，樂天覽之曰：『四人探驪龍，子已獲珠，余皆鱗爪矣。』遂罷唱。」，同註38，頁336。

「豈」字，將和親之荒謬可恥，展露無遺。然而是誰製訂執行這種政策？這種人算得上是輔佐皇帝的忠臣嗎？末聯即以嚴峻責問收束。全詩特點在章法流動，其「計拙」「和親」一因一果，中間兩聯敘和親之失，結尾二句焦點指向「計拙」者，論而不滯，厥為高作。再看白居易〈昭君怨〉一詩：

> 明妃風貌最娉婷，合在椒房應四星。
>
> 只得當年備宮掖，何曾專夜奉帷屏。
>
> 見疎從道迷圖畫，知屈那教配房庭。
>
> 自是君恩薄如紙，不須一向恨丹青。（《全唐詩》卷四三九）

詩之前半論昭君態度容貌美好，理當居住后妃所在的宮殿，然事實並非如此，她從未獲得皇帝的寵幸。後半則深刻指責漢元帝——縱然說疏遠昭君是因為畫像迷誤，但事後既已知昭君受委屈，何以仍將其遠嫁匈奴？「自是君恩薄如紙，不須一向恨丹青。」說明這一切，原來是皇帝恩情如同紙一樣薄，我們也用不著一味地怨恨畫工。短短數言道出了千千萬萬失寵宮女之怨聲，益見詩人卓識與刻意求新之特點。從詩例中，我們得知史論型詠史詩已逐漸擺脫了敘議結合、篇幅長大等格局而獨立出來，此一模式至晚唐五代蔚為可觀（多為七言絕句），其議論也由平穩趨於尖新，如杜牧〈赤壁〉、李商隱〈詠史〉等詩均為論史絕句之篇。〔註40〕

　　統綰以上所述，由晚唐五代之前詠史詩的歷史發展概況，可以看出詠史詩在穩定中成長茁壯，其形貌樣態並非一成不變，相對於班固、王粲、曹植之詠史「正體」，在左思的藝術構思裏，一變而成為詠史與詠懷結合之體，前人稱之「變體」（何焯語）。到初盛中唐期間，詩人將詠史中「詠懷」特質作進一步的發揮，從所詠古人中帶有作者本身情感，可以窺見一斑；而懷古詩的興起，不但讓詠史

〔註40〕杜牧〈赤壁〉：「折戟沉沙鐵未銷，自將磨洗認前朝。東風不與周郎便，銅雀春深鎖二喬。」；李商隱〈詠史〉：「北湖南埭水漫漫，一片降旗百尺竿。三百年間同曉夢，鍾山何處有龍盤？」。

詩的發展獲得更深長的抒情韻味和更高的審美品位，詠史與懷古的融和，又成為詠史之另一內容轉變，如陳子昂〈薊丘覽古〉七首、李白〈登廣武古戰場懷古〉、劉禹錫〈西塞山懷古〉等詩，洵為不可多得之作。值得關切的是中唐之史論型詠史的思維模式，間接影響晚唐五代詩人之創作方向，由於這一類作品數量很多，儼然成為晚唐五代詠史詩之主流。

第二節　晚唐五代詠史詩繁盛因素探考

一代有一代之文學，一派有一派之風格，一體有一體之特質，詠史詩的發展脈絡凸顯詩人對歷史的觀照與審慎態度，不管是借史感懷，或借史議論，或以古託諷，或思古幽情，古今之對應關係，皆於詩人之詩才與史識中，獲得藝術的融合。

詠史詩發展至晚唐五代，進入了空前的繁榮時期，在詩人群與詩歌數量上均大幅增加（筆者概略統計晚唐五代詠史詩人及詩作，詩人約有百位，詩歌達千餘首，參附表），而且也出現了詠史專集（如胡曾、周曇、汪遵、孫元晏等詩人的作品）。是什麼原因促使晚唐五代詩人創作如此豐沛的詠史詩？除了詩人本身所具備的詩才與史識以外，應該還有其他因素，大略可以從時代背景、詩人心態、民族特性等方面進行考索。

一、時代背景

唐朝盛世走向衰亡的轉折點是玄宗天寶十四年至代宗廣德元年（西元 755～763 年）的安史之亂，許多不安定的因素皆於戰後浮出檯面，間接影響到晚唐時期。晚唐時期政治社會上最突出的矛盾是宦官專政、藩鎮割據、邊患不息，以及牛李黨爭，不僅晚唐詩人受其震盪，承續而來的五代詩人亦對此進行反思。這些問題是詩人生活中揮之不去的夢魘，更是造成國勢衰微的主要原因，試為條列概述：

（一）宦官專政

宦官權力增大自玄宗朝開始，德宗年間，宦官可以干預將相陞降，掌管樞密，監領禁軍，甚而「挾兵權以脅天子張本」（《資治通鑑》卷二三四德宗貞元八年 12 月）。他們不僅能擁立皇帝，還可廢黜殺害君主，憲宗、敬宗死於宦官之手；晚唐文宗、武宗、宣宗、懿宗、僖宗、昭宗、哀帝等，均由宦官擁立而繼位，足以顯示宦官專權之程度。當敬宗遇害，文宗繼位之時，苦於宦官專橫，李訓、鄭注揣知上意，欲誅閹黨仇士良、魚弘志等，詎知事跡敗露，反殺宰相、朝士大夫及其親族，史稱「甘露之變」，〔註 41〕經過這一事入，宦官勢力在朝中愈加龐大，氣燄高張，恣意妄為，國家大事皆由他們決定，司馬光《資治通鑑》有一段說明：「自是天下事皆行於北司，宰相行文書而已。宦官氣益盛，迫脅天子，下視宰相，陵暴朝士如草芥。」（卷二四五，文宗大和九年 11 月）。

（二）藩鎮割據

藩鎮割據是唐朝後期政治上的重大問題之一，安史之亂以後，宦官專政，綱紀腐敗，朝廷對藩鎮採取錯誤的政策和作法，客觀上也有利於藩鎮勢力之發展，肅、代宗時，藩鎮逐漸形成獨立自治的局面：「時承德節度使李寶臣，魏博節度使田承嗣，相衛節度使薛高，盧龍節度使李懷仙，收安史餘黨，各擁勁卒數萬，治兵完城，自署文武將吏，不供貢賦，與山南東道節度使梁崇義及正己皆為結婚，互為表裏。朝廷專事姑息，不能復制，雖名藩臣，羈縻而已。」（《資治通鑑》卷二二三，代宗永泰元年 9 月）其擁兵自重，行政、土地、經濟均獲自主權，儼然是一個小朝廷，唐室不但無法約束之，更甚者受其威脅，《新唐書·兵制》記錄此一情形說：

〔註41〕劉昫《舊唐書》卷十七下：「（大和九年）十一月……時李訓、鄭注謀誅內官，詐言金吾仗舍石榴樹有甘露，請上觀之。內官先至金吾仗，見幕下伏甲，遽扶帝輦入內，故訓等敗，流血塗地。」，北京·中華書局，1997 年 11 月，總頁 161。

由是方鎮相望於內地，大者連州十餘，小者猶兼三四。故
兵驕則逐帥，帥強則叛上，或父死子握其兵而不肯代，或
取捨由於士卒，往往自擇將吏，號爲「留後」，以邀命於朝。
天子顧力不能制，則忍恥含垢，因而撫之，謂之姑息之政。
蓋姑息起於兵驕，兵驕由於方鎮，姑息愈甚，而兵將愈俱
驕。由是號令自出，以相侵擊，虜其將帥，并其土地，天
子熟視不知所爲，反爲和解之，莫肯聽命。始時爲朝廷患
者，號「河朔三鎮」。及其末，朱全忠以梁兵，李克用以晉
兵更犯京師，而李茂貞、韓建近據岐、華，妄一喜怒，兵
已至於國門，天子爲殺大臣，罪己悔過，然後去。及昭宗
用崔胤召梁兵以誅宦官，劫天子奔岐，梁兵圍之逾年。當
此之時，天下之兵無復勤王者。嚮之所謂三鎮者，徒能始
禍而已。其他大鎮，南則吳、浙、荊、湖、閩、廣，西則
岐、蜀，北則燕、晉，而梁盜據其中，自國門以外，皆分
裂於方鎮矣。故兵之始重於外也，土地、民賦非天子有：
既其盛也，號令、征伐非其有：又有甚也，至無尺土，而
不能庇其妻子宗族，遂以亡滅。〔註42〕

從這段文字不難看出藩鎮跋扈之程度，也知道天子之無能。隨著政局
之變動，藩鎮割據愈演愈烈，彼此交互吞併，黃巢亂後，形成朱全忠、
王建、楊行密、錢鏐、王審知、馬殷、劉隱等強藩割據之勢，亦構成
五代之雛型，唐王朝已被瓜分殆盡。

（三）邊患不息

正值國內形勢衰頹之際，邊境蠻夷亦趁機興亂，時常入寇，朝廷
派兵鎮壓，百姓流離失所。據新、舊《唐書》、《資治通鑑》、《通鑑紀
事本末》等史書記載，吐蕃、迴紇、南詔皆曾入侵邊關要地，其中又
以吐蕃最爲強悍，自高宗以來，幾乎沒有一朝不受其進犯。文宗開成
三年，吐蕃彝泰贊普（吐蕃號其王爲贊普）卒，弟達磨立，彝泰多病，

〔註42〕歐陽修：《新唐書》卷五十，北京·中華書局，1997 年 11 月，總頁
357。

委政大臣，由是僅能自守，久不爲邊患，達磨荒淫殘虐，國人不封，災異相繼，吐蕃益衰。(《資治通鑑》卷二四六)

　　迴紇（又稱迴鶻、回紇、回鶻）自太宗平突厥，破延陀，而興起。其與大唐關係，有好有壞，天寶末，肅宗誘迴紇以復京畿，代宗朝誘迴紇以平河朔，其雖有功，然索求無倪，二帝此舉無異引外禍平內亂。文宗時，迴紇境內逢饑荒疫疾，又大雪，羊馬多死，國勢大衰。開成初，將軍句錄莫賀與黠戛斯合騎十萬攻迴紇城，諸部潰散，一支奔葛邏祿，一支投吐蕃，一支投安西。(《舊唐書·迴紇傳》)武宗會昌二、三年間，迴紇一支寇橫水柵，略天德、振武軍，爲天德軍行營副使石雄所敗。宣宗朝，黠戛斯悉收迴紇殘部回磧北，自此，不再與中國有重大邊防之爭。

　　南詔（《舊唐書》稱南詔蠻），本烏蠻之別種。文宗大和三年，南詔嵯顛大舉入寇，襲陷巂、戎二州，西川節度使杜元穎遣兵與戰於邛州南，蜀兵大敗，蠻遂陷邛州。嵯顛自邛州引兵徑抵成都，陷其外郭。(《資治通鑑》卷二四四)大和四年，李德裕繼郭釗節度西川，練兵儲糧，邊防爲之大振，並索還南詔所掠之成都百姓四千人。此後南詔不再侵擾邊關，與蜀民相安達三十年。宣宗大中十三年，南詔王豐祐卒，子世隆繼立，自稱皇帝，改國號大禮，派兵攻陷播州。此後十餘年間，兩陷交趾，兩寇西川，終以國力疲憊，須休養生息，而不再入寇。(《通鑑紀事本末》卷三十六)

（四）牛李黨爭

　　黨爭對立，嚴重影響朝政，亦關乎社稷之存亡。「牛（僧孺）李（德裕）黨爭，起自唐憲宗元和三年（西元 808 年），迄於宣宗大中三年（西元 849 年），延續了四十餘年，它不但影響了朝局，也激盪了文人的生命脈動」，〔註43〕晚唐著名的詩人李商隱、杜牧均深受其害，這場士大

〔註43〕傅錫壬：《牛李黨爭與唐代文學》頁 11，台北：東大圖書公司，民國 73 年 9 月初版。

夫的爭鬥牽連之廣，可謂唐室開國以來，絕無僅有，就中形成原因，前輩學者認為有三：帝王的牽制策略、宦官的操縱左右、外廷的權力爭奪。在長達四十餘年的爭鬥中，兩黨勢力互有消長。大致在憲宗元和至穆宗長慶，是牛李黨爭逐漸由醞釀而至公開爆發的時期。敬宗、文宗之世，是兩黨摻雜並用和相互鬥爭最激烈的時期，至武宗會昌中，是李黨全盛時期，武宗崩，宣宗即位，李德裕遭貶，牛黨隨之再盛，直到德裕於大中三年貶死崖州，結束黨爭。〔註44〕「牛李黨爭」多為官居朝廷要職的士大夫，卻不能同心協力，得勢則位極人臣，失勢則慘遭貶竄，不但朝廷政策無法賡續，紀律無存，加上與宦官勾結，政局焉得不墜？

「邊陲之患，為手足之疥；中國之困，為胸背之疽。」（《舊唐書・迴紇傳》引蔡邕語）上述所列之宦官專政和牛李黨爭本屬內憂；藩鎮割據與邊患不息厥為外患。在層層內憂外患夾擊之下，國家元氣大失乃至癱瘓，詩人處於此一時代背景，其惶恐無助，可以想見。然內憂外患的形成並非孤立的政治現象，而是與君主的昏憒腐朽、驕奢淫逸有密切的關係。當詩人面對日趨式微的國運，他們不約而同地將目光投向國家的最高統治者——皇帝，且以詩歌發警訊，詩人或選擇對前代統治者荒淫誤國之事加以諷刺，如許渾〈陳宮怨〉：「地雄山險水悠悠，不信隋兵到石頭。玉樹後庭花一曲，與君同上景陽樓。」對敵兵已到，猶自不信的陳後主作了辛辣的諷刺，祈願君主能引以為戒；或舉唐朝前期皇帝之事加以評判，如羅隱〈華清宮〉：「樓殿層層佳氣多，開元時節好笙歌。也知道德勝堯舜，爭奈楊妃解笑何。」以唐玄宗寵幸楊貴妃之事為針砭，冀望皇帝不重蹈覆轍；或引用歷史典故來影射政治現實，如李商隱〈瑤池〉：「瑤池阿母綺窗開，黃竹歌聲動地哀。八駿日行三萬里，穆王何事不重來。」暗寓唐武宗為求長生而一味迷信神仙丹藥的荒誕行為。基於這些對帝王有所企盼，希望國家轉危為安的想法，讓詠史一體在晚唐五代

〔註44〕同前註，頁46。

詩人手中以不同姿態顯現它特有的意義與旺盛的生命力。

二、詩人心態

　　詩歌潮流的運行趨勢發源于一代詩人共同的心理態勢，身在憂患深重的時代，襟抱難展、偃蹇困頓幾乎是詩人們共同的命運寫照，翻開他們的詩文扉頁，確乎感到悲涼之霧，遍被華林：「朝來灞水橋邊問，未抵青袍送玉珂。」（李商隱〈淚詩〉）；「唯恨世間無賀老，謫仙長在沒人知。」（張祜〈偶題〉）；「韜舌辱壯心，叫閽無助聲。聊書感懷韻，焚之遺賈生。」（杜牧〈感懷詩一首〉）；「萬古壯夫猶抱恨，至今詞客盡傷情。」（韓偓〈吳郡懷古〉）；「晴川通野陂，此地昔傷離。一去跡常在，獨來心自知。」（溫庭筠〈東歸有懷〉）；「行客不勞煩悵望，古來朝市歎哀榮。」（韋莊〈雜感〉）與盛唐詩人明朗昂奮的精神共性，中唐詩人信心下降但期望「中興」的心理趨向比較，晚唐五代詩人所呈現的悲愁特徵至爲明顯，而在悲愁特徵的背後，蜿蜒接續著一代詩人血淚斑駁的心路歷程。

　　自古以來，中國的封建社會，是以文人化官僚集團作爲整體社會政治結構的支架，文人的唯一出路是仕進。在盛唐時代，仕進之路尚稱寬廣，「終南捷徑」、「馬上功名」皆可與科舉及第殊途同歸，但晚唐五代時期，不僅仕進之路更爲狹窄，科場也變得更爲昏暗。如《舊唐書·楊虞卿傳》記載云：

> 虞卿性柔佞，能阿附權幸以爲姦利。每歲詮曹貢部，爲舉選人馳走取科第，占員闕，無不得其所欲，升沉取捨，出其脣吻。〔註45〕

又劉蕡于文宗朝應試科舉對策，「言論激切，士林感動」，考策官馮宿等「睹蕡條對，歎服嗟悒，以爲漢之晁、董，無以過之。」，然而中官當途，考官終不敢留蕡在登科之列，致物論喧然不平。〔註46〕

〔註45〕同註41，總頁 1167。
〔註46〕同註41，總頁 1296。

再觀察許多著名詩人的仕途也多不順遂，杜牧剛直有奇節，敢論列大事，但為小官，未歷將相，而困躓不振，怏怏難平；〔註47〕張祜久在江湖，早工篇什，雖熱心功名，卻與官場無緣，因而為詩自歎「賀知章口徒勞說，孟浩然身更不疑」；〔註48〕溫庭筠天才雄贍，走筆成萬言，仕終不過國子助教，竟流落而死；〔註49〕李商隱振奇之人，然依違於牛李兩黨，茫然不知所從，致終身侘傺不偶，坎壈困厄。是以崔珏吟出「虛負凌雲萬丈才，一生襟抱未曾開。」（〈哭李商隱二首〉之二）洵為歎惋詩人之至情語。

因為仕進之途滯礙難行，詩人抱負無處伸展，從而由外在的客觀物質世界轉向內心的主觀精神世界，他們往往選取歷史上的悲劇人物，盡力渲染其壯志未酬之悲劇氣氛，或為他們的不幸命運一掬同情之淚：「古墳零落野花春，聞說中郎有後身。今日愛才非昔日，莫拋心力作詞人。」溫庭筠的〈蔡中郎墳〉詠史實乃抒懷，古今對照，牢騷不平躍然紙上。張祜〈感春申君〉：「薄俗何心議感恩，詔容卑跡賴君門。春申還道三千客，寂莫無人殺李園。」感諷春申君空有門下三千食客，竟無人替他報仇。李商隱〈讀任彥昇碑〉：「任昉當年有美名，可憐才調最縱橫。梁臺初建應惆悵，不得蕭公作騎兵。」借任昉終在蕭衍之下，志不得伸，比之自己懷才不遇，味末句而意益明。「三閭一去湘山老，煙水悠悠痛古今。青史已書殷鑒在，詞人勞永楚江深。竹移低影潛貞節，月入中流洗恨心。再引離騷見微旨，肯教漁父會昇沉。」（劉威〈三閭大夫〉）、「莫問靈均昔日遊，江籬春盡岸楓秋。至今此事何人雪，月照楚山湘水流。」（黃滔〈靈均〉）、「北風吹楚樹，此地獨先秋。何事屈原恨，不隨湘水流。」（于武陵〈夜泊湘江〉）詩人寫屈子之恨，宛若奔流往還的湘水，長駐人間。儲嗣宗的〈垓城〉：

〔註47〕辛文房著、李立樸譯注：《唐才子傳全譯》，貴陽：貴州人民出版社，1995年2月一版，頁430。

〔註48〕同註47，頁421。

〔註49〕同前註，頁513。

「百戰未言非，孤軍驚夜聞。山河意氣盡，淚濕美人衣。」、羅隱〈書淮陰侯傳〉：「寒燈挑盡見遺塵，試瀝椒漿合有神。莫恨高皇不終始，滅秦謀項是何人？」為曾經在戰場上叱吒風雲的西楚霸王項羽、淮陰侯韓信抱以深深的歎息。汪遵的〈比干墓〉為商朝比干的忠賢諫死憤恨不平：「一沉冤骨千年後，壠水雖平恨未平。」，儲嗣宗〈吳宮〉：「荒臺荊棘多，忠諫竟如何。」、羅隱〈青山廟〉：「霸主兩忘時亦異，不知魂魄更無歸。」也為伍子胥之屈死灑以同情之淚……凡此種種均不難領會到詩人內心那段低迴不已的惆悵和壯志不用之苦悶。

　　歷史之河何其遙遠，人生之路何其渺茫，晚唐五代詩人于歷史題材中找到一塊宣洩之地，他們將自己特殊心態融入對古人之詠歎，以表達內心複雜之感受。

三、民族特性

　　對古往今來興亡成敗的關注與思考，一直是我國古典詩歌的傳統主題之一，從先秦詩歌運用歷史意識的傳承，因而有詠史詩之創作，東漢班固作〈詠史〉，標識詠史詩的正式產生，其後各個朝代都有詠史作品，而且愈發展愈成熟。晚唐五代詠史之興盛，除了與詩歌傳統血脈相連，也受到唐初自覺于取鑒資治的史學精神影響。處在中國史官文化和崇實精神特別發達的背景下，唐初帝王雖于馬上得天下，但深知文治之重要，尤其體認「以古為鏡，可以知興替」[註50] 的道理，高祖、太宗、高宗均曾下詔修史，組建修史行列，唐代初年撰成《晉書》、《梁書》、《陳書》、《北齊書》、《周書》、《隋書》、《南史》、《北史》等八部史書。由於最高統治者所抱定通過撰修史書總結前代經驗以達長治久安的目的和「以史為鑒」的做法，確實是唐人締造經濟繁榮，迎來貞觀之治乃至開元盛世的重要原因。然這些史書的編纂不僅是為詠史詩的寫作提供了豐贍的素材，更重要的是這種重視歷史的精神影

〔註50〕吳兢著、葉光大等譯注：《貞觀政要全譯》，貴陽：貴州人民出版社，1991 年 12 月一版，〈論任賢第三〉，頁 53。

響了一代詩人,在他們的知識領域中,始終牢牢樹立重史的觀念,對前代歷史、人物、典故,甚至某些語言皆能熟稔於心,我們可從晚唐五代大量詠南北朝、隋代盛衰的詩篇中看出這一點,他們一方面力圖勸誡統治者從中吸取教訓,勵精圖治;一方面則道出詩人對歷史興亡的強烈關注。

詩人不僅是讀史為鑑,在面對自然山河與歷史遺跡時,腦中不自覺會浮現史書記憶、歷史影像,轉而抒發為思古幽情,像杜牧登臨宣州開元寺水閣,俯瞰宛溪,遠眺敬亭山時,古今之慨不禁油然而生,因此低吟:「六朝文物草連空,天澹雲閑今古同。鳥去鳥來山色裏,人歌人哭水聲中。深秋簾幕千家雨,落日樓臺一笛風。惆悵無因見范蠡,參差煙樹五湖東。」(〈題宣州開元寺水閣,閣下宛溪,夾溪居人〉)歷史上盛極一時的「六朝」,變成小杜筆下傷悼的對象。起首寫草色連空,蕪沒了六朝文物,只有天依舊澹遠,雲依舊悠閑。在鳥去鳥來,人歌人哭的歷史背後凝結了多少悲歡離合的故事?詩人沒有多作說明,但借自然景觀和歷史人物暗示了山水永恆,人易湮滅的道理。

同樣的內容特質也呈現在許渾〈金陵懷古〉一詩:「玉樹歌殘王氣終,景陽兵合戍樓空。松楸遠近千官塚,禾黍高低六代宮。石燕拂雲晴亦雨,江豚吹浪夜逐風。英雄一去豪華盡,唯有青山似洛中。」此詩前半部描繪歷代繁華之地變成廢墟;後半部通過永久的自然景物和限時的人事相比,透顯出濃厚的歷史滄桑感。要之,重視歷史精神、尊崇詩歌傳統深刻影響詩人及其作品,他們關注曾經璀璨奪目的歷史文化,也為歷史上的挫折失敗而感喟、反省,這是晚唐五代詠史興盛的一個因素。

泚筆至此,我們可以歸納,晚唐五代詠史詩的繁盛主要立基在時代背景、詩人心態和民族特性等因素。當然,學者所主張,唐詩本身詩歌型態的發展也是不容忽視的原因之一。〔註51〕

〔註51〕廖振富以為造成晚唐詠史詩高度繁榮的主因,一是時代的衰微動亂,一是唐詩本身的發展。就唐詩本身發展而言,邊塞、田園,乃

第三節　晚唐五代詠史詩美學內涵

　　文學創作有其動力，大抵不脫于時代、環境和民族性，而詩歌的創作，也重視個人內在情感與外物的相應關係，劉勰《文心雕龍・明詩》篇曾云：「人稟七情，應物斯感。感物吟志，莫非自然。」詮釋人的七種感情（喜、怒、哀、懼、愛、惡、欲），接受外在事物的刺激萌發感應，有了感應而將情志藉詩歌吟詠出來，沒有不是自然形成的；鍾嶸《詩品・序》亦說：「氣之動物，物之感人，故搖蕩性情，形諸舞詠。照燭三才，暉麗萬有。靈祇待之以致饗，幽微藉之以昭告。動天地，感鬼神，莫近於詩。」可知詩不僅是詩人內在情志的顯現，亦為其社會生活之反映。

　　不可諱言地，晚唐五代的國勢與社會是一幅不平靜的畫面，打開史書，便可以發現朋黨傾軋，宦官專權，藩鎮跋扈，外族侵擾等內憂外患，一波波啃噬著帝王江山，一步步蹂躪著百姓安危。然而「自然的事物，社會的事物，歷史的事實，也許是醜陋的，有缺陷的，殘酷的，但是通過藝術心靈的轉化，卻可以創作出美的詩篇，畫作或音樂。」〔註52〕身處晚唐五代季世，士子的靈魂接收前所未有的震撼，敏銳的思維感于個人在歷史和命運中的無奈，愈加傾心盡力於詩歌創作，大量的詠史詩也在此刻應運而生。詠史詩的大量湧現，不僅是特殊時代的產品，更重要的是它也代表著這個時期的美學走向。

　　敏澤《中國美學思想史》探析唐代晚期及五代的詩歌美學時，以「幽怨晚香之韻」標識其美學走向，他認為，由於時代及時代精神的驟變，給美學思想帶來巨大的衝擊，盛唐那種昂揚奮發的美學理想已成為過去，取而代之的是黃昏之美，這黃昏之美，即湧現於大量詠史

　　　至社會寫實詩，至晚唐都已過了高峰的發展，而詠史詩自中唐起，正邁入鉅大的轉變期，但變革初起，成績未著，晚唐正承此新方向大力拓展，乃勢所必然。見《唐代詠史詩之發展與特質》，台北：國立臺灣師範大學國文研究所碩士論文，民國78年，頁153。

〔註52〕莊耀郎：〈語言類型與思考〉，台北《人文及社會學科教學通訊》，民國90年12月，第十二卷，第四期，頁76。

詩之中，就是那種無可奈何花落去的悵惘、落漠之情，帶著某種深沉的哲理思考描繪了盛衰興亡的不可抗拒……。〔註53〕這裏提供我們兩個方向深入探討晚唐五代詠史詩的內在義涵，一是悵惘、落漠之情，一是深沉的哲理思考。

情感的悵惘、落漠，根源于時勢的衰頹與人生的失意，因此，呈現在眾多詠史作品中，乃是對于歷史的濃厚傷悼情緒。詩人們所捕捉、關注的歷史人物與歷史事件普遍帶有悲劇色彩。這些詩歌所詠的歷史人物已很少是那些功業有成、屢受贊美的理想人物，而更多的是一些結局淒慘的悲劇主角。作品裏的歷史事件也大都涉及朝代的衰亡，詩人們所憑弔的歷史遺蹟，多半爲上演過一幕幕歷史的廢都荒臺、離宮舊苑，可以說，歷史的悲劇時至晚唐五代才第一次被大量而集中地吟詠唱歎。

晚唐五代詩人于傷悼歷史的同時，更對歷史進行反省，在面對悠悠千古事的當下，往往注視歷史與現實扣合之處，總是抱持強烈執著的人生態度，他們卻將一己所得之見，爲君、爲國、爲民而懇切陳詞。歷史興亡對他們而言都有深刻的意義，他們的詠史帶有深沉的哲理思考，他們用冷峻的智慧反思歷史，以敏銳的目光探索興亡盛衰的眞諦，戒鑒當世。這種以現實生活爲基礎，結合歷史題材，期望改造不安環境，達到理想世界的詩歌，是情感的昇華，藝術的表徵，具有現實意義與審美意義。剋就情感與思想之相互影響、激盪，本節從憂時傷世之情和諷諭戒鑒之智兩個層面尋繹晚唐五代詠史詩之美學內涵。

一、憂時傷世之情

當歷史鑄就的悲劇性心理成爲詩人創作的主觀基礎，而那導源于傳統文化精神的審美理想又使他們傾心于哀美之情時，詩人所創造的

〔註53〕敏澤：《中國美學思想史》第二卷，濟南·齊魯書社，1989 年，頁107～108。

情感世界就必然是一個感傷的世界。〔註54〕個人心靈的抑鬱惆悵，以及對於國家命運之深深感受，注定了晚唐五代詩人不可能完全鑽進藝術的象牙塔，而對苦難的現實人生視而不見。於是，不少詩人不由得將目光轉向「歷史」而沉吟其中，或自傷懷抱，或對悲劇人物的唱歎，或抒發對歷史興亡的感慨，讀來不乏入骨沉哀之痛。

（一）自傷懷抱與對悲劇人物的唱歎

詩人寫詩，個人的窮通隱達、仕途利鈍，是一個永恒的主題。從屈宋開始，這一主題便綿延不絕。在晚唐五代詠史詩中，通過對比古人遭際而自傷懷抱也是一個常見的現象，如溫庭筠〈過陳琳墓詩〉：

> 曾于青史見遺文，今日飄蓬過此墳。
> 詞客有靈應識我，霸才無主始憐君。
> 石麟埋沒藏春草，銅雀荒涼對暮雲。
> 莫怪臨風倍惆悵，欲將書劍學從軍。（《溫飛卿詩集》卷四）

紀昀評云：「『詞客』指陳，『霸才』自謂，此一聯有異代同心之感，實則彼此互文。『應』字極兀傲，『始』字極沉痛，通首以此二語為骨，純是自感，非吊陳琳也。」（《瀛奎律髓匯評》）乃知詩篇表面上是憑吊古人，實際上是自抒身世遭遇之感，詩人仕宦不遇的沉痛與不平躍然紙上。首聯用景仰、感傷的筆調將全篇題旨、構思作一啓引。「曾於青史見遺文」書陳琳以文章名世，帶有欽慕尊崇之意；「今日飄蓬過此墳」點出詩題，其中「飄蓬」二字，寫盡滿腔怨憤，參差屈曲。頷聯承上而來，「君」、「我」對舉，是全篇托寓的重筆。「詞客有靈應識我」說同屬文人，陳琳若有靈應能真正了解我為飄蓬才士，將陳琳視為千古相知；「霸才無主始憐君」對陳琳得遇曹操，受其重用，表示欣羨，同時流露了自己生不逢時的深沉感慨。頸聯接述古墓與銅雀臺的荒涼，兼及操墓，寄托對前賢的追思緬懷。尾聯臨風憑吊，倍感惆悵，欲將文韜武略，學古人從軍，猶如陳琳當年為魏武掌管書記。

〔註54〕韓經太著：《詩學美論與詩詞美境》，（北京語言文化大學，西元2000年1月第一版），頁60～61。

通篇跌宕開闔，情切調響而意興超遠。溫庭筠另有〈蔡中郎墳〉詩，與此詩有異曲同工之妙。

李商隱夙懷「永憶江湖歸白髮，欲迴天地入扁舟」(〈安定城樓〉) 的壯志豪情，但偏遭衰世，沉淪下僚，因此，詠史兼及寄託失時不遇之慨的作品有之，其〈賈生〉詩云：

宣室求賢訪逐臣，賈生才調更無倫。

可憐夜半虛前席，不問蒼生問鬼神。(《玉谿生詩集箋注》卷二)

此詩從漢文宣室夜召賈誼之事借題發揮，〔註55〕詩的內容諷諭漢文帝「求賢」的虛偽，對賈生的不爲時用深表惋惜，其中也寄寓著作者的身世之感。邱燮友以爲：「這是一首詠史的詩，借賈誼的懷才不遇而有所慨歎。李商隱的慨歎，也感歎自己的不遇啊！」〔註56〕葉蔥奇說：「這是借『賈生』來抒寫懷才不遇之感的。」〔註57〕劉學鍇說：「在寓諷時主的同時，詩中又寓有詩人自己懷才不遇的深沉感慨。」〔註58〕陳永正也說：「詩歌雖是諷詠史事，其中實有作者本人懷才不遇的感慨。」〔註59〕可見詩人通過此一典型史實，明顯地是託漢文以諷時君，傷賈生而憫自身，詩雖只四句，然「以議論驅駕書卷，而神韻不乏」(施補華《峴傭說詩》) 洵爲詠史佳製。

又如〈宋玉〉詩云：

〔註55〕 司馬遷《史記‧屈原賈生列傳》記載：「後歲餘，賈生徵見。孝文帝方受釐，坐宣室。上因感鬼神事，而問鬼神之本。賈生因具道所以然之狀。至夜半，文帝前席。既罷，曰：『吾久不見賈生，自以爲過之，今不及也。』……」，北京‧中華書局，1997 年 11 月，頁634。

〔註56〕 孫洙輯、邱燮友註譯：《新譯唐詩三百首》，台北：三民書局，民國83 年 2 月，頁 387。

〔註57〕 李商隱著、葉蔥奇疏注：《李商隱詩集疏注》，北京‧人民文學出版，1998 年 8 月，頁 428。

〔註58〕 見《唐詩鑑賞集成》下冊，台北：五南圖書公司，民國 79 年 9 月初版，頁 1474。

〔註59〕 陳永正選注：《李商隱詩選》，台北：源流出版社，民國 72 年 4 月初版，頁 200。

何事荊臺百萬家，惟教宋玉擅才華。

楚辭已不饒唐勒，風賦何曾讓景差。

落日渚宮供觀閣，開年雲夢送煙花。

可憐庾信尋荒徑，猶得三朝託後車。（《玉谿生詩集箋注》卷二）

仔細鑑賞，可以發現這首詩完全是借宋玉來自比，以寓沉淪使府之慨的。首四句說宋玉才高，隱然借以自況，五六兩句說言「渚宮」的「觀閣」和「雲夢」的「煙花」暮去春來，無一物不是供宋玉筆下驅遣，發揮才藻的，設想極為絕妙。末二句提到連受他殘膏賸馥沾漑的庾信都得以步其後塵，以文學侍從三朝。形式上似乎是欣羨宋玉身為侍臣，蹀躞風發，骨子裏卻是慨歎自己懷才不遇，沉淪下僚。詠史詩中自傷懷抱的情形，不遑遍舉，而其簡中深義誠如韓經太所言：

> 「對社會不公正的一種消極抗議」正是這一類以「懷才不遇」為主題，而藉詠史以表現的最佳寫照。誠然，「民吾同胞，物吾與也」的文化精神，將導引著詩人依「古詩惻隱之義」而悲吾悲以及人之悲，從而在詠懷與詠史、自憐而憐人的統一中，表現了「士」人群體的失所之悲與途窮之慟。〔註60〕

晚唐五代詩家在前人的基礎上，愈發重視詠史的抒情寄慨特點，他們寫作詠史詩的意圖已不在準確敘述歷史，而在于抒發個人觀照歷史時的情感意緒，他們最急於表現的不是歷史，而是自我，是身處悲劇性時代的「我」充溢胸中的悲感惆悵。而這種悲感惆悵，體現於對歷史悲劇人物的描繪更加顯著，例如以武功著稱的項羽和以色事人的王昭君而言，堪為悲劇英雄、美人的代表。

關於項羽，其武勇氣魄和進取搏擊之志在當時都屬絕無僅有，但是不能把握時機，更不擅於鬥智，專事鬥力，且剛愎自用，最終自刎於烏江，這在司馬遷《史記》中早有評論：「自矜功伐，奮其私智而不師古，謂霸王之業，欲以力征經營天下，五年卒亡其國，身死東城，

〔註60〕韓經太：〈論中國古典詩歌的悲劇性美——對一種典型詩學現象的文化心理透視〉，北京《中國社會科學學報》，1990年第一期。

尚不覺寤而不自責，過矣」、「位雖不終，近古以來未嘗有也」〔註61〕
可以說責難中帶有同情。到了晚唐五代詩人題寫吟詠項羽的詩篇，或
訴諸議論批評，或流露憐憫之情。如杜牧〈題烏江亭〉說：

> 勝敗兵家事不期，包羞忍恥是男兒。
>
> 江東子弟多才俊，卷土重來未可知。（《樊川詩集注》卷四）

詩人認為，勝敗乃兵家常事，項羽不應該在失敗後自殺，如果回到江
東，重新組織力量，還可能捲土重來，轉敗為勝。此詩一出，曾引來
不少批評，如宋·胡仔在《苕溪漁隱叢話》中據理駁之曰：「項氏以
八千人渡江，敗亡之餘，無一還者，其失人心為甚，誰肯復附之？其
不能卷土重來，決矣。」從歷史對項羽的評價而觀，胡仔的意見是正
確的，但他未能理解，生活在社會矛盾尖銳複雜的晚唐五代，詩人一
腔經世致用的才智在現實生活中不能施展，他借項羽之題，提出「包
羞忍恥」本身就寄寓自喻自勉之意。詩人不是歷史學家，不應該要求
詩人必須詠史記實事，而是要讓史為我用，借題發揮，抒情言志。

李山甫〈項羽廟〉與小杜之作相仿而各臻其妙，其詩曰：

> 為虜為王盡偶然，有何羞見漢江船。
>
> 平分天下猶嫌少，可要行人贈紙錢？（《全唐詩》卷六四三）

戰場的勝負往往是一瞬間之事，其中有許多不能預料的偶然因素發揮
著潛在作用，是不容易說清的，既然如此，想要在逐鹿的群雄裏建功
立業，必得有能屈能伸、能勝能敗的修為，始能完成，這是詩人藉由
古蹟憑弔古人而發的卓識之言。

詩人詠項羽，往往批評與同情兼而有之，如汪遵〈項亭〉與〈烏
江〉云：

> 不修仁德合文明，天道如何擬力爭。
>
> 隔岸故鄉歸不得，十年空負拔山名。（〈項亭〉，《全唐詩》卷六
> ○二）
>
> 兵散弓殘挫虎威，單槍匹馬出重圍。

〔註61〕司馬遷：《史記》，北京·中華書局，1997 年 11 月，頁 90。

英雄去盡羞容在，看卻江東不得歸。(〈烏江〉，《全唐詩》卷六
○二)

在〈項亭〉一詩中，汪遵認為項羽不施仁政，該當敗亡。根據史書記
載，項羽取得軍事勝利進入咸陽後，卻坑降卒，燒秦宮，不恤民眾，
大失人心，種下失敗之因。詩人從大處著筆，切中要害，唯後兩句略
有惋惜之意。至於〈烏江〉詩則完全站在同情者的角度，對英雄末路
的霸王寄予深深的憐憫。

　　胡曾是晚唐五代全力創作詠史的詩人之一，一般詩評家對他的詩
歌評價不是很高，覽其詠史詩一百五十首，其中與項羽相關就佔了四
首：〈烏江〉、〈垓下〉、〈鴻溝〉、〈鴻門〉，詩如下：

爭帝圖王勢已傾，八千兵散楚歌聲。
烏江不是無船渡，恥向東吳再起兵。(〈烏江〉)

拔山力盡霸圖隳，倚劍空歌不逝騅。
明月滿營天似水，那堪回首別虞姬。(〈垓下〉)

虎倦龍疲白刃秋，兩分天下指鴻溝。
項王不覺英雄挫，欲向彭門醉玉樓。(〈鴻溝〉)

項籍鷹揚六合晨，鴻門開宴賀亡秦。
樽前若取謀臣計，豈作陰陵失路人。(〈鴻門〉)

(以上四詩均見《全唐詩》卷六四七及《新雕注胡曾詠史詩》(四部
叢刊本))

「烏江不是無船渡，恥向東吳再起兵」作者似乎透視項羽本身的性
格，即使回到江東，亦無顏面對諸多父老。「樽前若取謀臣計，豈作
陰陵失路人」是對項羽的微辭；「明月滿營天似水，那堪回首別虞姬」
是對項羽處境的憐憫。能從不一樣的角度提出見解，自有作意，但緣
於文字趨向淺白通俗，較少詩韻與情趣。與胡曾比較，栖一的〈垓下
懷古〉和儲嗣宗〈垓城〉抒發作者更多的感傷之情：

緬想咸陽事可嗟，楚歌哀怨思無涯。
八千弟子歸何處，萬里鴻溝屬漢家。
弓指陣前爭日月，血流垓下定龍蛇。

> 拔山力盡烏江水，今古悠悠空浪花。（〈垓下懷古〉，《全唐詩》
> 卷八四九）

> 百戰未言非，孤軍驚夜圍。
> 山河意氣盡，淚濕美人衣。（〈垓城〉，《全唐詩》卷五九四）

栖一的作品是涵融懷古意緒的詠史，從緬想咸陽落筆，到楚漢相爭鴻
溝，項羽兵敗於垓下，到最後自刎烏江，層層遞進，像帶領讀者穿越
時空回到古戰場，不須高潮迭起的鋪陳，就能感受作者的用心，最後
兩句思緒綿邈，猶有不盡的情感寄寓於悠悠江水之中。儲嗣宗〈垓城〉
對項羽的敗亡掩抑不住內心的波動，短短二十個字，卻像澎湃激泉，
汨汨而來，「山河意氣盡，淚濕美人衣」映襯霸王最終之結局。

　　相對於西楚霸王的大功敗于垂成，王昭君的處境遭遇令人同情，
也是詩人們一詠再詠的題材，而且詩歌內容所涉及的主題更為廣泛。
邱師燮友曾以主題學的觀點，將歷代詠昭君的詩歌縷析為辭漢、跨
鞍、和親、望鄉、客死、哀紅顏、斬畫工等類別，〔註62〕涵蓋的層面
既深且廣，今循師說，藉以審視晚唐五代詩人對昭君的唱歎。首先是
以「和親」為主題者，有張祜〈昭君怨二首〉其二、汪遵〈昭君〉和
李中〈王昭君〉：

> 漢庭無大議，戎虜幾先和。
> 莫羨傾城色，昭君恨最多。（〈昭君怨二首〉其二，見《張承吉文
> 集》卷四）

> 漢家天子鎮寰瀛，塞北羌胡未罷兵。
> 猛將謀臣徒自貴，蛾眉一笑塞塵清。（〈昭君〉，《全唐詩》卷六
> ○二）

> 蛾眉翻自累，萬里陷窮邊。
> 滴淚胡風起，寬心漢月圓。
> 飛塵長翳日，白草自連天。
> 誰貢和親策，千秋污簡編。（〈王昭君〉，《全唐詩》卷七四九）

〔註62〕邱燮友著：《品詩吟詩》，台北：東大圖書，民國 78 年 6 月，頁
205。

詩人或憐惜昭君遠嫁和親，沉怨沙塞；或嘲諷滿朝猛將謀臣竟不如蛾眉女子，能一笑塞塵清；或議論和親政策之失，而較少描寫因昭君的和蕃，是敦邦睦鄰，換取胡漢邊境的寧靖。

其次是以「望鄉」為主題，描寫昭君入胡之後，望鄉思漢家，如張祜〈昭君怨〉其一和胡令能〈王昭君〉：

　　萬里邊城遠，千山行路難。

　　舉頭唯見日，何處是長安。（《張承吉文集》卷四）

　　胡風似劍鎪人骨，漢月如鉤釣胃腸。

　　魂夢不知身在路，夜來猶自到昭陽。（《全唐詩》卷七二七）

「萬里」、「千山」用來形容胡漢兩地，相隔之遙，路途之險；「長安」是西漢國都，借之代表對漢廷的思念。胡令能〈王昭君〉詩則由景物的刻畫，側寫昭君「夜來幽夢還鄉」，亦動人肺肝。兩首詩，一書白晝望鄉；一敘黑夜懷鄉，總是牽引讀者無盡的愁思。

以「客死」為主題者，有張祜〈賦昭君塚〉，主要是從昭君「客死」異邦的角度來詮釋的，其云：

　　萬里關山塚，明妃舊死心。

　　恨為秋色晚，愁結暮雲陰。

　　夜切胡風起，天高漢月臨。

　　已知無玉貌，何事送黃金。（《張承吉文集》卷一）

與「望鄉」的愁，「和親」的怨相較之下，「客死」為主題的作品，顯然蘊含更多的感傷，詩中「恨為秋色晚，愁結暮雲陰」惆悵氛圍幾乎透紙而出，「夜切胡風起，天高漢月臨」又平添幾許寒峭悲涼，「已知無玉貌，何事送黃金」則警策清越。張祜向來為人所稱許，計有功《唐詩紀事》引皮日休語稱其「短章大篇，往往間出。講諷怨譎，時與六義相左右。善題目佳境，言不可刊置別處，此為才子之最也。」（鼎文書局，六十七年版，頁823）張為作《詩人主客圖》，以白樂天為廣大教化主，而以祜為入室，﹝註63﹞從上述作品來看，乃實至名歸。

﹝註63﹞見丁福保輯：《歷代詩話續編》，台北：木鐸出版社，民國77年7月，

至如蔣吉〈昭君塚〉與李咸用〈昭君〉等篇亦是以「客死」為其主題
內涵：

> 曾為漢帝眼中人，今作狂胡陌上塵。
>
> 身死不知多少載，冢花猶帶洛陽春。（〈昭君塚〉，《全唐詩》卷
> 七七一）

> 古帝修文德，蠻夷莫敢侵。
>
> 不知桃李貌，能轉虎狼心。
>
> 日暮邊風急，程遙磧雪深。
>
> 千秋青塚骨，留怨在胡琴。（〈昭君〉，《全唐詩》卷六四五）

蔣吉寫昭君遠嫁不歸，葬身胡域，李咸用說青塚為證，怨留胡琴，篇幅
均不大，卻能撥動覽者心弦，與張祜的〈賦昭君塚〉同觀實不遑多讓。

再看崔塗〈過昭君故宅〉詩，是以「哀紅顏」為主題之作：

> 以色靜胡塵，名還異眾嬪。
>
> 免勞征戰力，無愧綺羅身。
>
> 骨竟埋青塚，魂應怨畫人。
>
> 不堪逢舊宅，寥落對江濱。（《全唐詩》卷六七九）

此詩前半段讚賞昭君和親，換來胡漢邊境的安寧，無愧綺羅之身；後
半段轉而憑弔昭君紅顏薄命，詩人佇立其舊宅，寥落淒清之感，湧上
心頭。一起一落，跌宕生色，風致俱出。

最後是李商隱的〈王昭君〉，邱燮友將之歸類──以斬畫工為主
題者，詩云：

> 毛延壽畫欲通神，忍為黃金不為人。
>
> 馬上琵琶行萬里，漢宮長有隔生春。（《玉谿生詩集箋注》卷三）

據《西京雜記》所載：「元帝後宮既多，乃使畫工圖形，案圖召幸。
諸宮人皆賂畫工，獨王牆（案牆或作「檣」、「嬙」等）不肯，遂不得
見。匈奴求美人為閼氏，於是案圖，以昭君行。及去，召見，貌為後
宮第一，而名籍已定，帝重信於外國，故不復更人。乃窮案其事，畫
工皆棄市，籍其家，資皆巨萬。畫工有杜陵毛延壽，為人形醜好老少，

必得其真。安陵陳敞、新豐劉白、龔寬、下杜陽望、樊育同日棄市。」〔註64〕義山掌握文人筆記之要，從一點生發，既渲染了畫工傳說，也概括他自己的思想情緒。〔註65〕

　　晚唐五代詠史詩中的悲劇性歷史人物當然不是只有西楚霸王和明妃，像西施、嫦娥、湘妃、蔡文姬、趙飛燕、楊玉環等薄命紅顏和比干、伍子胥、屈原、蘇武、孔融、禰衡等忠臣賢士也經常出現在詩人吟唱的筆端，上述所舉詠項羽、昭君的詩例不過是以主題的方式嘗鼎一臠罷了！

　　自古文人雖在艱危困躓之中，亦不忘於製述，詠史詩可謂是作者心靈上時間的深化，其內涵不以描寫史事為滿足，而以抒情為指歸，詠史詩中對悲劇人物的刻畫，實際上也正是詩人自身情志的另一投射。吳喬云：「古人詠史，但敘事而不出己意，則史也，非詩也」（《清詩話續編・圍爐詩話卷三》，頁558）；喬億說：「詠史詩須別有懷抱」（《清詩話續編・劍谿說詩卷下》，頁 1101）適足以幫助我們通曉此一客觀事實，惟有詩人以其濃厚而真切的情感，賦詩投入古人的時空之中，蘊含一己的主觀懷抱與寄託，才能呈顯詠史詩的審美情味。

（二）抒發對歷史興亡的慨歎

　　當文人臨眺自然山河與歷史遺跡時，對歷史時空及世事沉浮總有諸多感喟，《晉書》卷三十四曾記載羊祜登峴山「睹物興情」云：

> （羊）祜樂山水，每風景，必造峴山，置酒言詠，終日不倦。嘗慨然歎息，顧謂從事中郎鄒湛等曰：「自有宇宙，便有此山。由來賢達勝事，登此遠望，如我與卿者多矣！皆湮滅無聞，使人悲傷。如百歲後有知，魂魄猶應登此也。」〔註66〕

〔註64〕引自馮浩：《玉谿生詩集箋注》，台北：里仁書局，民國70年8月，頁734。

〔註65〕馮浩云：借慨為人所擯，語意顯然。同註64，頁735。又葉蔥奇認為「這是寓慨遠就幕職、不能服官京師之作。」同註57，頁435。

〔註66〕沈約：《晉書》，北京・中華書局，1997年11月，頁268。

人事的湮滅與山水的永恆成爲明顯的對比，一種具有宇宙意識的滄桑感和空茫感以及人生的幻滅感溢於言表，若以詩歌語言表達出來，常令前後一揆，古今同慨。試看韋莊的〈咸陽懷古〉云：

> 城邊人倚夕陽樓，城上雲凝萬古愁。
> 山色不知秦苑廢，水聲空傍漢宮流。
> 李斯不向倉中悟，徐福應無物外遊。
> 莫怪楚吟偏斷骨，野煙蹤跡似東周。（《浣花集》補遺一，江聰平《韋端己詩校注》）

這是抒寫在落日黃昏時詩人悒悵感慨的心情，全詩籠罩著一層悲涼的氣氛。那凝結于城上雲中的「萬古愁」，恰似作者此刻的內心寫照。山色水聲，依然長存，而秦苑漢宮卻早已成故跡。李斯的學術禍秦，徐福的遠避物外，只是作者用以比況一己的身世處境，詩人真正欲呈顯的內涵是對家國社稷的憂心忡忡。江聰平引《才調集補註》曰：「此詩借秦以喻唐，漢宮特陪說耳。腹聯言李斯以荀卿學術禍秦，肆然破壞典型，焚書坑儒，以致徐福輩避禍而逃於物外耳。以比朱溫清流白馬之禍，名士幾盡，而己不得不避禍而遠依王建也。人之云亡，邦國殄瘁，眼看朝市宮室有黍離之痛矣，是以哀吟斷骨而寄慨於咸陽之蔓草荒煙，如周既東遷，離離禾黍時也。」〔註67〕不失爲本詩精湛的註解。

　　時局的興替，社會的混亂，詩人自覺地湧現對國運衰退的憂慮之心，尤其在借古喻今的篇章，多含有濃厚的歷史滄桑感，杜牧〈故洛陽城有感〉即寄寓國勢傾圮的深沉感歎：

> 一片宮牆當道危，行人爲汝去遲遲。
> 畢圭苑裏秋風後，平樂館前斜日時。
> 錮黨豈能留漢鼎，清談空解識胡兒。
> 千燒萬戰坤靈死，慘慘終年鳥雀悲！（《樊川詩集注》卷三）

洛陽城在歷史上是有名的古城，據《舊唐書·地理志》載：「周自赧王以後，及東漢、魏文、晉武皆都於今故洛城」事實上，除了東周、東

〔註67〕江聰平箋注：《韋端己詩校注》，台北：臺灣中華書局，民國73年3月，頁227。

漢、魏、西晉以外，北魏、後唐亦曾建都於此。所以，它聯繫著許多歷史興亡浮沉歲月。杜牧此詩前四句從洛陽城道上之一片危牆起興，以東漢末年（尤其是漢靈帝時）的局勢為主要的敘述對象，兼及發生於洛陽城的整個歷史事件。他運用罼圭苑、平樂館的荒涼景象（秋風後、斜日時）來暗示歷史事件的消沉與歷史故跡的陵夷。頷聯「錮黨」二句追敘史實，以議論筆調說出，「豈能」、「空解」此種問詰、反諷的語態，正表露杜牧對兩則歷史事件的評論：以冤獄迫害的手段禁錮當時號為清議的太學生，又豈能挽留漢代的江山？王衍好為清談，雖能預示石勒的異志，卻不能有所作為，終而導致西晉的覆亡。詩人之所以有「空解識胡兒」的感慨，其中也包含對於現實政治的一份無奈的批評。安祿山初入朝廷時，氣勢驕縱，宰相張九齡已看出他日後必為大唐之禍，曾屢勸玄宗即事誅之，可惜玄宗並未採納張九齡的建議，導致後來安史之亂的發生。詩人身處安史亂後的晚唐，既有感於國勢的日漸傾頹，再目睹為安史戰火所荼毒的洛陽城，乃有無限慨歎。

　　詩，「起源於在平靜中回憶起來的情感。詩人沉思這種情感，直至一種反應使平靜逐漸消逝，就有一種與詩人所沉思的情感相似的情感逐漸發生」〔註68〕對于「觸物興感」而寫作詠史作品的詩人來說，自然山水、現實遭際是其創作泉源，通常以感染、觸動的方式引發其內在情愫，他們跳脫「讀史見古人成敗，感而作之」（《文鏡秘府論》）的詠史型態，轉而以「經古人之成敗詠之」（《文鏡秘府論》）的方式寫詩，詩人的感受經由創作的即時性與情緒性充分地傳達出來，也因此多了一分高古曠遠的美感，令人觀之一唱三歎而盪氣迴腸。

二、諷諭戒鑒之智

　　詠史詩所歌詠的題材是已經逝去的歷史人事，如果詩人在創作過程裏沒有注入對當代歷史人事的感受與認識，沒有滲透詩人對自己所

〔註68〕華茲華斯：《抒情歌謠集‧序言》，見《西方文論選》下卷，上海：上海譯文出版社，1979年版，頁17。

處時代政治風雲、社會生活的體認感知、或對自身遭際的感受,歷史就是冰涼的軀殼,對現實生活、現實社會沒有多大意義,對生活在現實中的人們就沒有普遍感染力和吸引力,相對也就無法觸發他們的興趣。然而,于中國古代史官文化與崇實思想特別發達的文化思想背景之下,詠史詩天然地與「歷史」、「現在」有密不可分的聯繫。《春秋》秉筆直書,一字褒貶,使亂臣賊子懼;司馬遷「究天人之際,通古今之變」,其目的也在于總結經驗教訓爲社會現實服務。所以,詠史詩必然要融現實感、時代感與歷史凝重感爲一爐,借古鑒今,以歷史反觀現實,從這點來看,晚唐五代詩人就有不少詩篇致力於此一主題。

（一）託諷當世以代直諫

詩主文而譎諫,作爲一種特殊的藝術形態對人類社會實踐產生一定效益的作用,誠如唐·孔穎達在《毛詩正義序》說:

> 夫詩者,論功頌德之歌,止僻防邪之訓,雖無爲而自發,乃有益於生靈。六情靜於中,百物盪於外,情緣物動,物感情遷。若政遇醇和,則歡娛被於朝野;時當慘黷,亦怨刺形於詠歌。作之者所以暢懷抒憤,聞之者足以塞違從正。發諸情性,諧於律呂。故曰「感天地,動鬼神,莫近於詩」。此乃詩之爲用,其利大矣。〔註69〕

這段文字呈示詩歌不但是抒情最好的工具:「六情靜於中,百物盪於外,情緣物動,物感情遷」;同時揭啓它具有美善刺惡的效益和託論的功用:「若政遇醇和,則歡娛被於朝野;時當慘黷,亦怨刺形於詠歌。作之者所以暢懷抒憤,聞之者足以塞違從正。」這樣的詩學精華爲晚唐五代詩人汲取而運用在詠史詩創作,產生了獨特的藝術內涵,即託諷當世,以代直諫。

這類詠史主要諷刺統治者的荒淫誤國,晚唐諸多帝王沉溺於女色、畋獵、求仙等行徑,詩人欲「借諷刺前代帝王以諷刺當代帝王」,

〔註69〕阮元:《十三經注疏》,台北:大化書局,民國 71 年 10 月初版,頁 261。

希望晚唐國君不要再重蹈覆轍。而詩人們選擇歷史題材時有其共同之處。

　　首先，經過整理，發現與唐玄宗相關的詠史詩很多，詩題多以華清宮、馬嵬、驪山爲主。如張祜的《華清宮四首》之二云：「天闕沉沉夜未央，碧雲仙曲舞霓裳。一聲玉笛向空盡，月滿驪山宮漏長。」此詩描寫華清宮的荒淫歡樂，其實是諷刺統治者的荒廢失政導致國勢衰頹之事。宋・洪邁曾說：

> 唐人歌詩，其於先世及當時事，直辭詠寄，略無隱避。至宮禁嬖妮，非外間所宜知者，皆反復極言，而上之人亦不爲罪。如白樂天〈長恨歌〉諷諫諸章……皆爲明皇而發。杜子美猶多。以下如張祜〈賦連昌宮〉等三十篇，大抵詠開元天寶間事，李義山〈華清宮〉等諸詩亦然，今之詩人不敢爾也。〔註70〕

可知張祜詠玄宗楊妃之事約有三十首，另外，詩人能夠「直辭詠寄，略無隱避」也和當時較爲寬鬆的輿論環境有關，他們「反復極言，而上之人亦不以爲罪」。我們再來看許多相關詩例。如杜牧〈過華清宮絕句三首〉其一：「長安回望繡成堆，山頂千門次第開。一騎紅塵妃子笑，無人知是荔枝來。」杜牧經過華清宮時有感於玄宗和楊妃荒淫舉止而作。用送荔枝這一典型事實，委婉地諷刺了玄宗和楊妃荒誕奢侈的生活。其〈華清宮三十韻〉通過唐王朝由盛而衰的過程，託諷當世社會、政治情況，抒發作者傷時憤世之情，中間「帖泰生靈壽，歡娛歲序長。月聞仙曲調，霓作舞衣裳。雨露偏金穴，乾坤入醉鄉。玩兵師漢武，回首倒干將。鯨鬣掀東海，胡牙揭上陽。」描寫玄宗淫逸奢華以此造成安史之亂，宋・許顗《彥周詩話》說：「小杜作〈華清宮〉詩云：『雨露偏金穴，乾坤入醉鄉。』如此天下焉得不亂？」(《歷代詩話》指出安史之亂的必然性。又宋・周紫芝《竹坡詩話》評此詩云：「杜牧之〈華清宮三十韻〉，無一字不可入意。其敘開元一事，意

直而詞隱，曄然有〈騷〉〈雅〉之風。」(《歷代詩話》)，杜牧詠史作品所以「無一字不可入意」應與其詩文主張相關，他曾在〈答莊充書〉裏談及為文之道：

> 凡為文以意為主，氣為輔，以辭彩章句為之兵衛，未有主強盛而輔不飄逸者，兵衛不華赫而莊整者。四者高下圓折，步驟隨主所指。如鳥隨鳳，魚隨龍，師眾隨湯武。騰天潛泉，橫裂天下，無不如意。苟意不先立，止以文彩辭句繞前捧後，是言愈多而理愈亂。如入闤闠，紛紛然莫知其誰，暮散而已。是以意全勝者，辭愈朴而文愈高；意不勝者，辭愈華而文愈鄙。是意能遣辭，辭不能成意。大抵為文之旨如此。〔註71〕

詩人論的是散文創作，對於詩歌及其他文類亦存在普遍性的意義。

張祜、杜牧以外，李商隱也用同題材的詠史詩諷諫當時統治者的淫亂、放縱，以此警戒當世。如〈驪山有感〉：「驪岫飛泉泛暖香，九龍呵護玉蓮房。平明每幸長生殿，不從金輿惟壽王。」通過壽王的痛苦反襯唐玄宗的貪欲、驕奢。又如〈龍池〉：「龍池賜酒敞雲屏，羯鼓聲高眾樂停。夜半宴歸宮漏永，薛王沉醉壽王醒。」詩中「龍池」為玄宗與后妃、諸王宴樂場所，藉由在「龍池」的歡樂描摹含蓄諷刺了玄宗的穢惡醜行、懈怠朝政，其實也抒發了詩人對此一歷史事件的慨歎。宋·羅大經評此詩云：「詞微而顯，得風人之旨。」〔註72〕其他詩人之作，不勝枚舉，如溫庭筠〈馬嵬佛寺〉：「才信傾城是真語，直教塗地始甘心。」；羅隱〈馬嵬坡〉：「從來絕色知難尋，不破中原未是人。」等都寓有鑒戒之旨。

其次，詠南北朝帝王和隋煬帝的昏庸失政作為勸諫的詩篇也不少。如李商隱〈北齊二首〉：

〔註71〕周祖譔編選：《隋唐五代文論選》，北京·人民文學出版社，1999年1月，頁308。

〔註72〕羅大經：《鶴林玉露》，上海：上海書店出版社，1990年，地集，卷二，頁3。

> 一笑相傾國便亡，何勞荊棘始堪傷。
>
> 小憐玉體橫陳夜，已報周師入晉陽。（其一）
>
> 巧笑知堪敵萬機，傾城最在著戎衣。
>
> 晉陽已陷休迴顧，更請君王獵一圍。（其二）

這兩首絕句，均取材于北齊後主高緯寵幸美人馮淑妃，寧看國土淪陷
而不罷女色之歡的史事。紀昀說：「議論以指點出之，神韻自遠。」。
〔註73〕義山充分利用七言絕句短小精悍的特點，創造性地發揮了比興
的優長，十分精煉和高度概括地剪裁古今，將詠史、抒情和諷喻融成
一體，成爲濃縮、凝煉的藝術晶體。其詠寫齊後主的沉湎女色，只寫
他對馮淑妃的專房之寵，且把荒唐的淫樂與荒唐的廢政直接結合起
來，借一兩個特寫鏡頭作定格式的映現。將抽象的議論化作具體圖畫
的視覺意象，分開各自獨立，皆可顯意，合則史事更全，題旨更明。
韓偓〈北齊二首〉用的是七律體式，與李商隱同題七絕作法不同，美
感也互異：

> 任道驕奢必敗亡，且將繁盛悅嬪嬙。
>
> 幾千簽鏡成樓柱，六十間雲號殿廊。
>
> 後主獵迴初按樂，胡姬酒醒更新妝。
>
> 綺羅堆裏春風畔，年少多情一帝王。（其一）
>
> 神器傳時異至公，敗亡安可怨忽忽。
>
> 犯寒獵士朝頻戮，告急軍書夜不通。
>
> 并部義旗遮日暗，鄴城飛燄照天紅。
>
> 周朝將相還無禮，寧死何須入鐵籠。（其二）

詩歌前一首寫北齊後主高緯的驕奢，後一首寫其迅速敗亡，前後兩首
互爲因果。韓偓二詩取用近體七律，更多地運用賦體的鋪陳手法，不
專寫一時一事，而是用廣角鏡頭大幅度地展示齊後主「且將繁盛悅嬪
嬙」的淫逸驕奢之態和最終被俘受北周部將無禮嘲虐的醜狀，以縱覽
式的寫法，顯得廣度較大而深度稍欠。

〔註73〕紀昀《玉谿生詩說》卷上，見劉學鍇等編《李商隱資料彙編》，北京‧
中華書局，2001 年 11 月，頁 606。

　　南朝帝王中的陳後主（叔寶）和隋代的隋煬帝（楊廣）最爲昏庸，與此二人相關作品亦極爲豐贍，先舉陳後主之例。杜牧〈臺城曲〉其一云：「整整復斜斜，隋旗簇晚沙。門外韓擒虎，樓頭張麗華。誰憐容足地？卻羨井中蛙。」此詩對陳後主和張麗華的嘲笑使人聯想及當時的荒誕生活，其實是以諷刺導致亡國的行爲警戒當世社會。李商隱〈南朝〉也諷刺陳後主：「玄武湖中玉漏催，雞鳴埭口繡襦迴。誰言瓊樹朝朝見，不及金蓮步步來。敵國軍營漂木柹，前朝神廟鎖煙煤。滿宮學士皆顏色，江令當年只費才。」詩人描寫了南朝帝王的奢侈荒淫，事實上是以詠陳後主的歡樂荒淫爲主。通過「瓊樹」和「金蓮」對比，刻畫了陳後主和齊廢帝的淫靡昏樂。隋軍進攻時，陳後主尚且耽逸失政，可知亡國之必然。又〈陳後宮〉其一：「玄武開新苑，龍舟讌幸頻。渚蓮參法駕，沙鳥犯勾陳。壽獻金莖露，歌翻玉樹塵。夜來江令醉，別詔宿臨春。」本詩敍陳叔寶歌舞宴樂、迷惑神仙之荒政失德行徑。馮班云：「江左繁華，陳國淫湎，一筆寫出，力有千鈞。」〔註74〕又劉學鍇《李商隱詩歌集解》評此詩說：「其意固不在詠史，而在托諷現實。敬宗『幸魚藻宮觀渡』、『詔王播造競渡船』等事，正爲其荒嬉失政之典型表現。」〔註75〕憑此詮說可以知道詩人作詠史詩的目的是「托諷」。

　　溫庭筠的詠史詩也有相同的題材表現，尤其是他的七言樂府詩具有現實意義，其〈雞鳴埭歌〉也與陳後主有關：

　　南朝天子射雉時，銀河耿耿星參差。銅壺漏斷夢初覺，寶馬塵高人未知。魚躍蓮東蕩宮沼，濛濛御柳懸棲鳥。紅妝萬戶鏡中春，碧樹一聲天下曉。盤踞勢窮三百年，朱方殺氣成愁煙。彗星拂地浪連海，戰鼓渡江塵漲天。繡龍畫雉填宮井，野火風驅燒九鼎。殿巢江燕砌生蒿，十二金人霜

〔註74〕引自馮浩：《玉谿生詩集箋注》，台北：里仁書局，民國70年8月，頁13。

〔註75〕劉學鍇：《李商隱詩歌集解》，北京・中華書局，1985年11月，頁542。

炯炯。芊綿平綠臺城基，暖色春空荒古阪。寧知玉樹後庭
曲，留待野棠如雪枝。(《溫飛卿集箋注》卷一)

前八句寫描繪齊武帝出獵的情景，《金陵志》記載簡單：「雞鳴塊在青
溪西南潮溝之上，齊武帝早遊鍾山射雉，至此始聞雞鳴。」〔註76〕飛
卿卻發揮想像，特意渲染，塑造意象紛陳、絢麗璀璨的場景。中間四
句，盛極轉衰，歎南朝之衰亡。後八句寫陳後主，以「生蒿」和「古
阪」指出陳國滅亡，詩人借陳後主淫湎導致覆亡之慘狀譴責當世。

再看隋煬帝的詩例。史上的隋煬帝以殘暴腐敗著稱，《舊唐書·
李密傳》有祖君彥所寫的檄文，其中「罄南山之竹，書罪未窮；決東
海之波，流惡難盡」〔註77〕一段，即是指隋煬帝的罪狀「罄竹難書」，
在詠史詩裏，詩人也多借楊廣的豪奢無道表現其亡國之實，如李商隱
〈隋宮〉說：「乘興南遊不戒嚴，九重誰省諫書函。春風舉國裁宮錦，
半作障泥半作帆。」此篇對隋煬帝勞民傷財而窮奢極欲給予沉重的鞭
撻。又另一首〈隋宮〉云：「紫泉宮殿鎖煙霞，欲取蕪城作帝家。玉
璽不緣歸日角，錦帆應是到天涯。於今腐草無螢火，終古垂楊有暮鴉。
地下若逢陳後主，豈宜重問後庭花。」這裏諷刺隋煬帝既目睹陳後主
驕奢淫逸而喪國之結局，卻又步上陳後主的後塵，醉心聲色。沈德潛
《唐詩別裁》：「言天命若不歸唐，遊幸豈止江都而已。用筆靈活，後
人只鋪敘故實，所以板滯也。」何焯《義門讀書記》更進一步說到：
「著『玉璽』一聯，直說出狂王抵死不悟，方見江都之禍非出於偶然
不幸，後半諷刺更覺有力。」這也是義山詠史特徵之一。

吳融〈隋堤〉也從諷喻的角度寫隋煬帝，其曰：

搔首隋堤落日斜，已無餘柳可藏鴉。
岸傍昔道牽龍艦，河底今來走犢車。
曾笑陳家歌玉樹，卻隨後主看瓊花。
四方正是無虞日，誰信黎陽有古家。(《全唐詩》卷六八七)

〔註76〕引自曾益等注：《溫飛卿集箋注》，台北：臺灣中華書局，出版年月
　　　　未詳，頁1。
〔註77〕劉昫：《舊唐書》，北京·中華書局，1997年11月，頁577。

此篇詩旨似承李商隱〈隋宮〉之意，也借「柳鴉」、「玉樹」、「陳後主」等諷刺針砭隋煬帝明知「殷鑒不遠」卻偏偏還是奢侈荒淫重蹈南朝陳叔寶的覆轍。詩人還進一步以隋堤、運河的昔今變遷，大禍將臨而自以爲「無虞」等反襯法，使詩意更添藝術魅力。

由於詩人的詠史受到傳統史觀與憂患意識的影響，有意借助于歷史來批判現實，史事的概括，得失的評斷，就成爲詩人歌詠的中心。然作爲評斷者的詩人必須保持冷靜客觀的態度，將歷史教訓、古今成敗以凝煉的詩歌語言傳達給讀者，而非專以運用史實、典故爲能者，關於這一點，陶明濬《詩說雜記》所云極爲精審：「詠古之作，非專使事也。必了然古今之成敗興衰之所由，發潛德之幽光，誅奸佞于已死，垂爲鑒戒，昭示無窮也。」爰此，我們可以明白諷論戒鑒之旨的有無確爲詠史詩之重要內涵，同時也是人類歷史精神的傳承與發揚。

（二）立意高絕議論新奇

歷來論良史素質有「德、才、學、識」之說，以爲缺一不可。事實上，不僅史家如此，詠史詩的作者亦應具備這些素質，否則是寫不好詠史詩的。然而，詠史詩畢竟是詩，是文學，爰是，作者還必須是精於詩道的詩人。不具備良史素質，寫出來的終不成爲詠史佳構；不具備詩人的修養，所作不是詠史詩，而是史論。史才與詩才的有機結合，才能創作出耐人涵泳的詠史詩。

而詠史詩本身也是對歷史進行構思的一種詩歌類別，就構思的層次而言，實已包含了引申發揮、重新詮釋、藉古論今及翻案立說等辨證模式，故以此爲表現方式的即爲「詠」，也是詠史詩中展現意義最重要的一部分。在晚唐五代的詠史詩裏，翻案立說的詩例不少，其特點是發前人之所未發，立論通達，如皮日休〈汴河懷古二首〉之二：

盡道隋亡爲此河，至今千里賴通波。

若無水殿龍舟事，共禹論功不較多。（《全唐詩》卷六一五）

詩人以爲開掘汴河對改善南北交通、發展經濟等都有很大的好處，隋煬帝如不是爲了個人的淫樂，他開掘汴河的功勞並不比大禹治水的功

績遜色。使用「翻案法」詠史，不因人廢功，見解精闢。又如羅隱〈西施〉云：

　　家國興亡自有時，吳人何苦怨西施！

　　西施若解傾吳國，越國亡來又是誰？（《全唐詩》卷六五六）

羅隱認為吳國滅亡自有其具體而複雜的原因，並非西施所傾，一反歷來將國家覆亡歸罪于蛾眉的「女禍」論調，具有鮮明進步的歷史觀。

　　晚唐五代詩人以深刻的理性審視歷史，理解歷史，這種對歷史的理性思考，往往非一般的泛泛之論，而多為創新出奇，翻作反面文章，一吐胸中塊壘。這方面以杜牧的詠史詩最具典型性，趙翼云：「杜牧之作詩，恐流于平弱，故措詞必拗峭，立意必奇闢。多作翻案語，無一平正者。」（《甌北詩話》）他之所以要立意奇闢，多作翻案語，即是在藝術上追求高絕，表現自己的才識。他在〈獻詩啓〉中說：「某苦心為詩，本求高絕，不務奇麗，不涉習俗，不今不古，處於中間。」他有明確的創作主張，詠史詩就是他創作主張的藝術實踐。試以〈赤壁〉、〈雲夢澤〉、〈題烏江亭〉為例探考：

　　折戟沉沙鐵未銷，自將磨洗認前朝。

　　東風不與周郎便，銅雀春深鎖二喬。（〈赤壁〉）

　　日旗龍旆想飄揚，一索功高縛楚王。

　　直是超然五湖客，未如終始郭汾陽。（〈雲夢澤〉）

　　勝敗兵家事不期，包羞忍恥是男兒。

　　江東子弟多才俊，卷土重來未可知。（〈題烏江亭〉，三詩俱見

　　《樊川詩集注》卷四）

這三首詩的共同特點為題材重大，議論精警新奇。詩人對重大歷史事件的成敗因果進行逆向思維，一反傳統之定論，提出大膽的新見，發前人之所未曾發，想前人之所不敢想，的確是慧眼獨具，匠心獨運，發人深省。如歷史中的周瑜，本是赤壁之戰中取得勝利而載譽千古的英雄人物，但杜牧卻在〈赤壁〉末二句提出大膽的假想：如果東風不給周瑜以火攻的方便，那麼歷史的結局就會完全走向反面，勝利的英

雄反將家國不保。宋‧謝枋得註說：「此是無中生有，死中求活，非淺識所到」(《唐詩絕句選》)可謂深中肯綮之評。

又如范蠡幫助越王滅吳，功成身退泛舟五湖，免遭兔死狗烹之禍，歷來贏得文人的讚賞。杜牧卻說他雖然比韓信下場好，卻不如功高爵重，富貴壽考，善始善終的郭子儀。再如項羽自刎烏江，此舉後世鮮有異論，如同為晚唐詠史詩人胡曾〈烏江〉詩就說：「烏江不是無船渡，恥向東吳再起兵。」(《全唐詩》卷六四七)惟有杜牧，提出勝敗乃兵家常事，項羽應能全羞忍恥，再回到江東起兵重新爭取勝利。

要之，杜牧詠史多從反面設想，喜作翻案文章，一方面表現獨樹一幟的詩風，另一方面也具有深刻的內涵，即逆向思維的議論，更能恰切醒豁地傳達出作者對歷史興亡成敗大事的反思，並寄託自身遭遇的感慨。如杜牧對周瑜表面上調侃其以東風之便而僥倖成功，實則借以慨歎自身非不具有強如周瑜之雄才大略，乃緣於造物弄人，沒有機會施展而已。對范蠡、韓信、郭子儀之不同議論，其用意並不在比較三人的結局，而是隱含對歷代開國之君或中興之主殺戮功臣之譴責。至於批評項羽的不肯過江，亦是借題發揮，無非在呈現自己對戰爭勝負轉化的見解，強調真英雄須經得起挫折失敗，顯示詩人非凡的識見和襟懷。

其他詩人與杜牧相似作品尚有章碣〈焚書坑〉：「坑灰未冷山東亂，劉項元來不讀書。」溫庭筠〈四皓〉：「但得戚姬甘定分，不應真有紫芝翁。」曹鄴〈題山居〉：「只應光武思波晚，豈是嚴陵戀釣魚。」羅隱〈煬帝陵〉：「君王忍把平陳業，只換雷塘數畝田。」這些詩議論新奇，立意高絕，是晚唐五代詩人詠史的一大特點，也是晚唐五代詠史詩所具有的藝術魅力。

黑格爾《美學》說：「詩歌要靠內容，要靠對於人的深心願望，以及鼓動人的種種力量，作出內容充實意義豐富的表現，所以理智和情緒本身都必須經過生活經驗和思考的鍛鍊，經過豐富化和深湛化，然後天才才可以創造出成熟的，內容豐富的，完善的作品。」通過上

述一節的條分縷析，我們可以明白晚唐五代詠史詩審美內涵在于憂時傷世的情感寄託與諷諭戒鑒的歷史智慧。就審美主體（詩人）而言，乃是更加深刻地轉向內心、精神的探討，或自憐身世，或撫今追昔，或反省思索，或翻案立說。這些內涵，在詠史詩的發展歷程中，也曾經出現過，但在晚唐五代詩人的筆下又非單純的沿襲，而是傾注更多對個人、歷史、時代的情感。它是一種衰颯之美，蘊含悲涼感傷，卻又不乏深沉哲理的美，是現實感、時代感與歷史凝重感的緊密融合。

第三章　晚唐五代詠史詩美學呈現

　　西人克羅齊曾說：「詩是情感的語言。」（《美學原理》），近代朱光潛也說：「一切藝術都是抒情的，都必表現一種心靈上的感觸。」（《談文學》）詩，可以說是一種藝術，一種表現情感的語言藝術，藝術家在創作時，必須把自己的認識和評價，肯定或否定態度，愛或憎的情感，把自己的希望與要求，理想和願望，喜樂與憂傷，甚至把自己的全部人格、整個內心世界，都注入藝術內容之中，如此呈現出來的藝術作品方為動人。詩歌之優美雋永，引人入勝，其根源即在于詩人將豐富而深湛的情感融入其中，並且陶冶讀者，從心底發出共鳴所致。

　　然而，藝術表現心靈，詩歌表現情感，不能空洞地言悲言喜，再加上一些驚歎號，它必須描繪情感所由生的具體情境，這中間需要經過轉化，亦即朱光潛所說的：

　　　　在文學的藝術中，情感須經過意象化和文辭化，才算得到
　　　　表現。〔註1〕

所謂「意象化」和「文辭化」指的是情感融會于一種完整的具體意象，借此意象得表現，然後用語言把它記載下來，這種轉化過程中，事實上包含著情感的藝術表現方式而有美的成分在裏頭。朱光潛以外，許

───────────────

〔註1〕朱光潛：《朱光潛全集》第四卷，合肥・安徽教育出版社，1988年6
　　　　月第一版，頁270。

多專家學者也提出相似的見解，他們同樣重視意象、語言與情感表現
的關係，滕守堯強調說：

> 真正的藝術語言，一方面有有語調語氣方面的起伏變化，
> 有押韻、有氣勢、有節奏；另一方面還要用明喻、暗喻等
> 去喚起一種意象。這種「意象」同內在情感有著相同的動
> 態結構，因而能生動地傳達出內在感情發展過程。〔註2〕

李澤厚則認為：

> 表情是抒情詩的首要因素，意象、圖畫的描繪必須被統帥
> 和被支配於它，是它的一種折光和反射。所謂一切景語皆
> 情語也。因為是表現藝術，所以比例、節奏等形式美的規
> 律在抒情詩中仍起著作用。如意象的節奏式重疊出現（內
> 在的形式美），語音的節奏美（外在的形式美），對情感的
> 表現與渲染，都有重要的意義。〔註3〕

客觀說來，詠史詩屬於中國抒情詩之一環，詩人借詠史以抒懷言志、
反映主觀心境之感受，乃其最高理想。詩人主觀心境之感受是抽象
的，無法直接表現於文字，必須通過意象的塑造，將之具體化，此具
體化意象以語言出之，為讀者所接受，進而認知它的美，當詩人與讀
者情感相應達到契合的境地，這整個審美活動於焉完成。除了意象塑
造，詩人還經由時間空間和聲情辭情來傳達內心世界，均為詠史詩美
學呈現之一。以下分為三個節次來說明。

第一節　意象塑造之美

　　藝術家在表現一種感情時，並不是像日常人那樣，不由自主地將
它發泄出來，在發怒時不一定暴跳如雷，在歡樂時不必蹦蹦跳跳、手
舞足蹈；而是首先進入想像境界，將情感化為意象──一幅畫面、
一種情景、一樁事件等等。這些意象不是隨意的，而是與他表現的情

〔註2〕滕守堯著：《審美心理描述》，成都・四川人民出版社，1998年3月
　　　　一版，頁162。
〔註3〕李澤厚著：《美學論集》，台北：三民書局，民國85年9月，頁438。

感有著極為密切的關係。正因為這樣，當這種意象以各種媒介（繪畫、雕塑、詩歌、音樂……）體現出來時，便能迅速在觀眾心中喚起同樣的感情。〔註4〕意象既然與作家情感表現有如此密切的關係，掌握其義涵便成為首要之務。

一、意象釋義

「意象」的浮現，不僅是詩的具體化身，同時它也是中國美學的基本範疇。一般認為「意象」之說最早可溯源至《易傳》，據《易傳》的記載，尚未將「意象」作為一個完整的概念來使用，但它談到了「意」與「象」的關係。《易傳》中所說的「象」，主要分為兩種，一是自然之象，如「在天成象，在地成形」，「仰則觀象於天，俯則觀法於地」。〔註5〕這裏的「象」都是客觀存在的事物形象；另一種則是卦象，這是「聖人」根據自然之象創造的符號，《周易・繫辭上》云：「聖人有以見天下之賾，而擬諸其形容，象其物宜，是故謂之象。」〔註6〕這「象」即「象其物宜」，它就是自然之象的反映。但聖人造象的目的不是為了給自然之象寫照，而是為了表達他對宇宙、對人生的看法。《繫辭上傳》說得很清楚：「聖人立象以盡意，設卦以盡情偽，繫辭焉以盡其言，變而通之以盡利，鼓之舞之以盡神。」〔註7〕如此，聖人所造之卦象就兼有既為自然寫形，又為聖人達意兩方面的功能。這象實就是意象。〔註8〕

《易傳》中的「意」「象」雖未連用，但已肯定形象是傳達情意的重要媒介，而形象之傳達賴于言語之營造，遂形成意——象——言三者之關係。對此，王弼的《周易略例・明象》進一步闡釋說：「夫

〔註4〕此為滕守堯轉述奎特利安的觀點。同註2，頁164。
〔註5〕阮元：《十三經注疏》，台北：大化書局，民國71年10月，頁76、86。
〔註6〕同註5，頁83。
〔註7〕同註5，頁82。
〔註8〕參考陳望衡著：《中國古典美學史》，台北：華正書局，民國90年8月，頁559。

象者，出意者也；言者，明象者也。盡意莫若象，盡象莫若言。言生
於象，故可尋言以觀象；象生於意，故可尋象以觀意，意以象盡，象
以言著。」由此可知，「情意」（虛）可透過「言語」、「形象」（實）
表現，並且可以表現得很具體。而前者（情意）是目的、後者（言語、
形象）爲工具。（參考陳滿銘《章法學綜論》，頁80。）

　　將「意象」作爲一個概念來使用，首見於劉勰《文心雕龍·神思》
篇：

> 是以陶鈞文思，貴在虛靜，疏淪五藏，澡雪精神，積學以
> 儲寶，酌理以富才，研閱以窮照，馴致以懌辭，然後使玄
> 解之宰，尋聲律而定墨；燭照之匠，窺意象而運斤：此蓋
> 馭文之首術，謀篇之大端。〔註9〕

劉勰以「意象」爲構思中的形象，並認爲作文除了須從聲律著手之
外，「意象」的營造乃是駕馭文思的首要方法，安排篇章的重要開
端。

　　「意象」之詞自劉勰提出後，對後世美學特別是詩歌理論發生了
很大的影響，唐、五代、宋、遼、金、元、明、清乃至近代，以「意
象」論詩者，代有其人。如唐·司空圖《詩品·縝密》敘述詩人的創
作過程說：「是有眞跡，如不可知。意象欲出，造化已奇。」〔註10〕
肯定「意象」于詩歌表現上能生動傳達詩歌內涵之作用。宋·強幼安
述《唐子西文錄》也提及「意象」，其曰：

> 謝元（玄）暉詩云：「寒城一以眺，平楚正蒼然」，「平楚」
> 猶平野也。呂延濟乃用「翹翹錯薪，言刈其楚」，謂楚，木
> 叢，便覺意象殊窘。凡五臣之陋，類若此。〔註11〕

用「意象」評判五臣注《文選》鄙陋之處，在於以「物象」爲「意象」

〔註9〕劉勰：《文心雕龍》，台北：里仁書局，民國73年5月，頁515。
〔註10〕郭紹虞注：《詩品集解續詩品注》，台北：河洛圖書，民國63年9月，
　　　　頁26。
〔註11〕強幼安《唐子西文錄》見何文煥《歷代詩話》，台北：藝文印書館，
　　　　民國63年4月三版，頁266。

之錯誤和侷限。金・元好問也舉「意象」讚揚蘇軾的詞作：「自東坡出，情性之外，不知有文學，真有『一洗萬古凡馬空』意象。」（《遺山文集・新軒樂府序》）。至明・胡應麟《詩藪・內篇》卷一則有所謂「古詩之妙，專求意象」〔註12〕之說。以「意象」運用的高下和特點評論各別作家作品的方式，在明清兩朝更盛，如明・李東陽《麓堂詩話》評晚唐詩人溫庭筠〈早行〉詩中句云：

> 「雞聲茅店月，人跡板橋霜。」人但知其能道羈愁野況於
> 言意之表，不知二句中不用一二閒字，止提撥出緊關物色
> 字樣，而音韻鏗鏘，意象具足，始爲難得。〔註13〕

文中以「意象具足」和「音韻鏗鏘」稱美飛卿名句，這裏「意象具足」是在言意之中引發言意之外的蘊含，而不僅僅是詞語表面的意義。

明・陸時雍《詩鏡總論》用「意象」爲標準比較唐代詩人作品的特徵說：

> 王昌齡多意而多用之，李太白寡意而寡用之。昌齡得之椎
> 練，太白出於自然，然而昌齡之意象深矣。〔註14〕

而清・沈德潛則在《說詩晬語》卷上以「意象孤峻」稱美中唐詩人孟郊之詩。〔註15〕由上可知，「意象」一說，實爲我國古代詩歌藝術史中出現最早又得到比較廣泛運用的一個重要理論，近代學者統綰前人說法，亦提出各人見解，將「意象」的意義以更明確的用詞詮釋而出，如朱光潛說：「意象是所知覺的事物在心中所印的影子」；〔註16〕陳植鍔界說「意象」是「以語詞爲載體的詩歌藝術的

〔註12〕胡應麟：《詩藪》，台北：廣文書局，民國88年4月再版，頁26。
〔註13〕李東陽：《麓堂詩話》，見丁福保輯《歷代詩話續編》，台北：木鐸出版社，民國77年7月，頁1372。
〔註14〕陸時雍：《詩鏡總論》，同註13，頁1420。
〔註15〕沈德潛：《說詩晬語》：「孟東野詩亦從風騷中出，特意象孤峻。」，台北：臺灣中華書局，民國76年8月臺三版，頁10。
〔註16〕朱光潛：《朱光潛全集》第一卷，合肥・安徽教育出版社，1987年8月一版，頁386。

基本符號」；〔註17〕邱燮友在〈詩歌意象的表現〉中主張：「所謂意象，是指意識中的記憶……用在詩歌中，詩人憑心靈的活動，喚回以往的記憶，與內心的情意結合，造成暗示或象徵的效果，是爲意象」；〔註18〕黃永武《中國詩學——設計篇》云：「『意象』是作者的意識與外界的物象相交會，經過觀察、審思與美的釀造，成爲有意境的景象。」〔註19〕要而言之，「意象」就是現象通過作者的眼，進入作者心中，經過他本身經驗、知識、美感層面的過濾、凝鍊後，將這些現象重新安排而成的一種新的秩序。〔註20〕

二、詠史詩中的自然意象

別林斯基說：「抒情類的詩則使用形象圖畫來表現沒有具形的構成人性內質的情感。」（《別林斯基論文藝》）黑格爾說：「人又要滿足自己的要求，把主體方面所感到的較高的眞實而普遍的東西，化成外在的使它直接成爲觀照的對象。使河海、山岳、星辰，上升爲觀念。」（《美學》）詩人抒情往往離不開具體意象，而自然景物構成的意象，更是詠史詩人藉以抒發情感的來源。如晚唐五代詠史詩中常見的黃昏、落日、秋風意象，可說俯拾即是：

畢圭苑裏 秋風 後，平樂館前 斜日 時。（杜牧〈故洛陽城有感〉）

千秋釣舸歌明月，萬里沙鷗弄 夕陽 。（杜牧〈西江懷古〉）

深秋簾幕千家雨， 落日 樓臺一笛風。（杜牧〈題宣州開元寺水閣閣下宛溪夾溪居人〉）

華清別館閉 黃昏 ，碧草悠悠內廄門。（李商隱〈過華清內廄門〉）

〔註17〕陳植鍔：《詩歌意象論》，北京·中國社會科學出版社，1992 年 11 月，頁 64。

〔註18〕邱燮友：〈詩歌意象的表現〉，台北《幼獅文藝》，民國 67 年 6 月，第四十七卷第六期。

〔註19〕黃永武：《中國詩學——設計篇》，台北：巨流圖書，民國 88 年 9 月，頁 3。

〔註20〕吳達芸〈韓愈詩的意象塑造〉，見《唐詩論文選集》，台北：長安出版社，民國 74 年，頁 337。

楚天長短 黃昏 雨，宋玉無愁亦自愁。（李商隱〈楚吟〉）

石麟埋沒藏春草，銅雀荒涼對 暮雲 。（溫庭筠〈過陳琳墓〉）

廟前晚色連寒水，天外 斜陽 帶遠帆。（溫庭筠〈老君廟〉）

伯勞應是精靈使，猶向 殘陽 泣暮春。（陸龜蒙〈和襲美館娃宮懷古五絕〉其五）

殘花舊宅悲江令， 落日 青山弔謝公。（韋莊〈上元縣〉）

止竟霸圖何物在，石麟無主臥 秋風 。（韋莊〈上元縣〉）

城邊人倚 夕陽 樓，城上雲凝萬古愁。（韋莊〈咸陽懷古〉）

門橫金瑣閴無人， 落日 秋聲渭水濱。（崔櫓〈華清宮四首〉其一）

黃昏、落日、秋風意象除了表現出詩人對歷史人物的憑弔（溫庭筠〈過陳琳墓〉）之外，更多的是對歷史、家國的感懷。由於晚唐五代時局不靖，詩人自身的憂患意識滲透於詠史作品之中，不僅抒發個人偃蹇困頓之慨，興亡治亂之思亦於焉顯現。像杜牧〈故洛陽城有感〉中以「秋風」、「斜日」為國勢衰竭導向覆亡的象徵；韋莊〈上元縣〉借對南朝遺跡的憑弔抒寫了他對當世社會動亂的悲歡。「殘花」、「落日」亦從歷史滄桑感暗示唐末沒有希望而必將走向滅亡，這裏「秋風」是晚唐五代詩人在詠史詩中表現滅亡時常用的，也暗示著唐末與歷代滅亡的國家同樣暗淡的現實。又〈咸陽懷古〉中的「夕陽」、「萬古愁」和以上「秋風」都具有相同的含意，「夕陽」於此為亡國之象徵，「萬古愁」則是表現詩人對家國社會的哀歎。

　　在晚唐五代詠史詩的自然意象中，另一個常見的是流水意象，它兼具自然不變和人事短暫的意涵。〔註21〕先看第一層意涵——「作為與人事對比的永恆存在」，如：

謝公山有墅，李白酒無樓。采石花空發，烏江 水 自流。（韋莊〈過當塗縣〉）

〔註21〕參考侯迺慧〈唐代懷古詩研究〉一文，台北《中國古典文學研究》，2000 年 6 月，第三期，頁 48。

莫問古宮名，古宮空有城。惟應東去水，不改舊時聲。（于武陵〈長信宮〉）

荊卿西去不復返，易水東流無盡期。（馬戴〈易水懷古〉）

影銷堂上舞，聲斷帳前歌。唯有漳河水，年年舊綠波。（李遠〈悲銅雀臺〉）

遺蹤委衰草，行客思悠悠。昔日人何處，終年水自流。（杜牧〈經闔閭城〉）

以年年東流不盡的流水意象與古人的消逝、古宮成空、荊卿不返、歌舞停歇等事連接並置，流水於此顯然屬於亙古長存的永恆意象，來對比人事的虛幻短暫。

流水意象第二層意涵是——同人事一般變動並不斷離去，如：

堪嗟世事如流水，空見蘆花一釣船。（栖一〈武昌懷古〉）

寒谷荒臺七里洲，賢人永逐水東流。（神穎〈宿嚴陵釣臺〉）

一自佳人墜玉樓，繁華東逐洛河流。（胡曾〈金谷園〉）

詩句中的流水均不著眼於其恆久存在性，反倒強調它們的東流乃是一去不返的。如此觀之，流水也就與人事的無常變異沒有兩樣，是以詩人感歎世事如流水、賢人逐水東流或繁華之景隨流水一同消逝。

再如「月」之意象，代表亙古常在，反襯人事變異空幻。像「明月自來還自去，更無人倚玉闌干。」（崔櫓〈華清宮〉其一）；「千年往事人何在，半夜月明潮自來。」（劉滄〈長洲懷古〉）等即是。又如花、草等意象，也用來對比人事成空：

章華臺下草如煙，故郢城頭月似弦。惆悵楚宮雲雨後，露啼花笑一年年（韋莊〈楚行吟〉）

禮士招賢萬古名，高臺依舊對燕城。如今寂寞無人上，春去秋來草自生（汪遵〈燕臺〉）

蘇臺蹤跡在，曠望向江濱。往事誰堪問，連空草自生。（李中〈姑蘇懷古〉）

這些意象不若明月乃以其恆長存在的特色來對比人事的短暫，而是用花的穠豔繁盛與草的萋萋連空等充滿強烈生命力的形象來反襯古蹟的破舊荒敗，反襯人事消亡的寂滅靜默。〔註22〕

　　總括而言，不論是黃昏、落日、秋風，或是流水、明月、花草意象，都是詩人情感深化與對歷史反思的結果，借由自然景物表現出來，更加具體可感，當然也包含美的質素在裏頭。

三、詠史詩中的人文意象

　　詠史詩中的人文意象，主要是歷史上著名的人事名物。以朝代而言，晚唐五代詩人所取詠史對象多為春秋吳國、六朝、隋代、安史之亂等，重在感傷或痛責君主荒淫，從而致使國祚衰亡。這些亡國故事本來就史有所載有稽可查，而回憶之網又淨化了亡國的其他原因咎歸一責，旨在戒君王勿貪湎酒色，筆下時時飽蘸歡惋惜憾之忱。以地點論，詠史對象多以帝王曾經建都之處為傷悼中心，如姑蘇（吳宮）、咸陽、長安（漢宮、渭水）、鄴都、洛陽、金陵（建康）等；當然也不乏曾經發生過重大歷史事件的地點，如驪山、赤壁、新亭、隋堤、馬嵬（坡）、華清宮、汴河。再者為歷代帝王后妃與名人之故居、陵墓、祠廟，如湘妃祠、烏江亭、茂陵、蘇武廟、李白墳等。

　　如盧注（當作盧汪）〈西施〉詠春秋吳國，而越王、夫差、西施都羅列詩行：

　　　惆悵興亡繫綺羅。世人猶自選青娥。
　　　越王解破夫差國。一個西施已是多。

起句誡奢（綺羅），次句誡色（嬌娥），三四句說越王勾踐破吳王夫差，一個西施已經足夠了。因吳王驕奢淫佚，亡國基礎早已具備，綺羅與青娥，何止一個西施而已？又如詠「六朝」，常見以「玉樹後庭花」曲或「景陽宮井」象徵南朝陳後主：

寧知 玉樹後庭曲 ，留待野棠如雪枝。（溫庭筠〈雞鳴埭歌〉）

玉樹 歌闌海雲黑， 花庭 忽作青蕪國。（溫庭筠〈春江花月夜詞〉）

景陽宮井 剩堪悲，不盡龍鸞誓死期。（李商隱〈景陽井〉）

又詠「隋代」多以「水殿龍舟」、「錦帆」寫隋煬帝：

錦帆 東去不歸日，汴水西來無盡年。（張祜〈隋堤懷古〉）

錦纜 龍舟 隋煬帝，平臺複道漢梁王。（杜牧〈汴河懷古〉）

龍舟 東下事成空，蔓草萋萋滿故宮。（杜牧〈隋宮春〉）

萬艘 龍舸 綠絲間，載到揚州盡不還。（皮日休〈汴河懷古二首〉
其一）

若無 水殿龍舟 事，共禹論功不較多。（皮日休〈汴河懷古二首〉
其二）

春風舉國裁宮 錦 ，半作障泥半作帆。（李商隱〈隋宮〉）

玉璽不緣歸日角， 錦帆 應是到天涯。（李商隱〈隋宮〉）

至於詠「安史之亂」則集中於玄宗與楊妃身上，而詩中常出現的意象
則為驪山、華清宮、馬嵬（坡）等，例如：

一聲玉笛向空盡，月滿 驪山 宮漏長。（張祜〈華清宮四首〉其
二）

塵土已殘香粉豔，荔枝猶到 馬嵬坡 。（張祜〈馬嵬坡〉）

華清 恩幸古無倫，猶恐蛾眉不勝人。

未免被他褒女笑，只教天子暫蒙塵。（李商隱〈華清宮〉）

驪岫 飛泉泛暖香，九龍呵護玉蓮房。

平明每幸長生殿，不從金輿惟壽王。（李商隱〈驪山有感〉）

驥馬燕犀動地來，自埋紅粉自成灰。

君王若道能傾國，玉輦何由過 馬嵬 。（李商隱〈馬嵬二首〉其
一）

詩歌是詩人情感的藝術表現，透過真摯的情感，具體的意象，細膩
的筆觸，所表現出來的作品，往往最動人心，由上述詩例可以窺見
一斑。

第二節　時空呈現之美

　　詩歌是詩人內在情思之呈顯，詩人繁複深切的情感經常寄寓在悠遠廣袤的時空之中；藉由情、理、時、空的巧妙融合，能使作者情思益發真切，意境更為高遠。〔註23〕因此，探討詩歌中時空呈現的各種情形是明瞭詩人內心活動的一環。如黃永武《中國詩學——設計篇》即說：「人與自然時空是那樣奇妙地融合無間，情感與哲理，不喜歡脫離時空景象，去作純粹的摹情說理，每每透過時空實象的交互映射予以形象化。因此可以說：時空設計，是中國詩裏最重要的環節。」；〔註24〕李元洛於《詩美學》中也談到「詩的時空結構，是詩的藝術形象整體賴以完美顯示的形式和必要條件，較之其他文學藝術門類的作品的時空結構，除了許多共同點之外，它具有更強烈的感情性和更豐富的想像性。」〔註25〕至若仇小屏《古典詩詞時空設計美學》一書，結合「形象思維」和「邏輯思維」，以章法學的觀點，將古典詩詞時空設計之心理基礎、現象、美感作全面分析，這些重要論說均足以引導我們注視、通曉古代詩人創作中情感與時空之關係。

　　眾所周知，詩家之心，能涵括宇內，照見古今，陸機〈文賦〉有云：「精騖八極，心遊萬仞」、「觀古今於須臾，撫四海於一瞬。」〔註26〕劉勰《文心雕龍・神思》亦曰：「寂然凝慮，思接千載；悄焉動容，視通萬里。」〔註27〕只是，當歷史時空進入詩歌的領域之中，詩人總帶著一份愴然的情懷面對它，因為詩人洞悉那所有的朝

〔註23〕參考陳清俊撰：《盛唐詩歌時空意識研究》，台北：臺灣師範大學國文研究所博士論文，民國85年6月，頁331。

〔註24〕黃永武著：《中國詩學——設計篇》，台北：巨流圖書，民國88年9月，頁43。

〔註25〕李元洛：《詩美學》，台北：三民書局，民國79年2月，頁396。

〔註26〕蕭統編、李善注：《文選》，台北：五南圖書，民國80年10月，頁416、417。

〔註27〕劉勰著、周振甫注：《文心雕龍注釋》，台北：里仁書局，民國73年5月，頁515。

代更迭，人世盛衰和多少變幻，最終都將消融在無始無盡的時間和空間裏。如初唐詩人陳子昂登臨高臺得到深刻的體悟，其〈登幽州臺歌〉云：

> 前不見古人，後不見來者！念天地之悠悠，獨愴然而涕下！
>
> （《全唐詩》卷八四）

前兩句側重從時間上思索，後兩句從空間上觀照，將時空合一表現了寥廓的宇宙意識和孤獨的人生情感。明・黃周星評之曰：「胸中自有萬古，眼底更無一人，古今詩人多矣，從未有道及此者。此二十字，真可泣鬼。」（《唐詩快》卷二）晚唐五代詩人生活在特殊的時代裏，對時間、空間的敏銳與領悟並不亞於前人，他們的詠史詩多以現實生活為出發，企圖凝結時代感、歷史感與宇宙感於一緒，這樣的詩作表現既具有廣度也具有深度，進而呈現出一種美感。以下從時間呈現、空間呈現和時空交錯呈現來分析。

一、時間呈現

時間之流，奔竄不息，稍縱即逝。早在兩千多年前，孔子於川上觀察流水，已然深悟：「逝者如斯夫！不舍晝夜。」〔註28〕同樣地，對於心思細膩的詩人而言，時間的推移、變化，也是詩歌作品中處理、設計的重點。晚唐五代詠史詩中常出現的時間呈現，乃通過今昔對照，時域壓縮，今昔疊映來烘托詩人的感情。

（一）今昔對照

這是在對照中表現昨是今非的觀念，詩人面對過去，追戀過去，時序的箭頭由現在指向過去，如杜牧〈過勤政樓〉詩：

> 千秋佳節名空在，承露絲囊世已無。
>
> 唯有紫苔偏稱意，年年因雨上金鋪。（《樊川詩集注》卷二）

勤政樓原是唐玄宗用來處理朝政、舉行國家重大典禮之所，據《唐會要》記載：「開元二年 7 月，以興慶里舊邸為興慶宮，後于西南

〔註28〕見《論語・子罕》篇。

置樓，西日花萼相輝之樓；南日勤政務本之樓。」〔註29〕開元十七年 8 月 5 日，玄宗為慶賀自己生日，於此樓批准宰相奏請，定此日為千秋節，布于天下，「群臣以是日進萬壽酒，王公戚里進金鏡綬帶，士庶以結絲承露囊，更相問遺。」〔註30〕詩人即是根據此段歷史加以發揮。

　　詩的前兩句說佳節空在，絲囊已無，乃是詩人經過勤政樓興起對過去情景（昔）的懷想，「承露囊」曾是千秋節最具代表性的物品，如今卻已不復見，映襯佳節「名空在」。後兩句寫詩人移情於景，感昔傷今。「唯有紫苔偏稱意，年年因雨上金鋪」表面寫得是勤政樓的實景（今），其內在卻飽蘸詩人覽跡傷悼的情感，慨歎以往樓前千秋宴樂盛極一時，如今變得這般殘破凋零。詩人但從紫苔著墨，主要是它無所拘束，隨處生長之態深刻觸動了他此時慘淡失意的心情，另一用意是紫苔的滋長反襯了唐朝的衰落，洵為寫景入神，興寄遙深。以時間結構而觀，前兩句寫昔，後兩句寫今。一昔一今，對照鮮明，文氣跌宕有致，讀來韻味無極。

　　又如趙嘏〈經汾陽舊宅〉詩：

　　　門前不改舊山河，破虜曾輕馬伏波。
　　　今日獨經歌舞地，古槐疎冷夕陽多。（《全唐詩》卷五五〇）

這是詩人經過唐朝名將郭子儀的舊宅所寫下的詠史七絕，寫昔日帶礪無改，大勳猶著，而今日路經歌舞舊地，唯殘照中古槐疎冷。今昔對形，盛衰奄忽，境淒情痛，感人至深。大體上，對於德宗對待子儀之薄，含有不平的諷意，所謂「吟詠情性，以風其上」，恰如三百篇之精神。是為骨秀神寒之作。

　　吳融〈華清宮〉詩中的今昔時間對照也表現得很明顯，其〈華清宮四首〉之一云：

〔註29〕引自馮集梧《樊川詩集注》，台北：漢京文化事業公司，民國 72 年 9 月，頁 130。
〔註30〕同註29。

中原無鹿海無波，鳳輦龍旗出幸多。

今日故宮歸寂寞，太平功業在山河。（《全唐詩》卷六八五）

本詩「述前日（昔）故宮之盛，則以首句安頓于先；敘今日（今）故宮之衰，則以末句回護于後。詠本朝失道事，始終不見破相。如此妙筆，直得青玉爲管，珊瑚爲架。」〔註31〕作者的情感不是悲慨的傾瀉，而是出自回護之心，不同於一般寫華清宮的篇章，因此贏得詩評家「青玉爲管，珊瑚爲架」的美譽。

詩人寫詩，有時故意破壞時間的連續性，採用倒敘的方式，作靈活的變化，增添詩歌的美感與可讀性，同是屬於今昔對照。先看李商隱的〈馬嵬二首〉之二：

海外徒聞更九州，他生未卜此生休。

空聞虎旅鳴宵柝，無復雞人報曉籌。

此日六軍同駐馬，當時七夕笑牽牛。

如何四紀爲天子，不及盧家有莫愁。（《玉谿生詩集箋注》卷三）

首聯先以逆入法，倒敘玄宗派方士尋貴妃魂魄之舉。上句意謂神仙傳說乃虛幻難憑，不僅無法爲玄宗帶來慰藉，反而徒增思念之苦；下句則以強烈的現實感引入詩篇言，「他生」爲夫婦之事渺茫未可知，而「此生」的愛情關係顯然已經完結。頷、頸兩聯緊承「此生休」寫馬嵬之變，用筆靈活。先說頷聯，詩人用宮廷的「雞人報曉籌」反襯馬嵬驛的「虎旅鳴宵柝」，讓昔樂今苦、昔安今危的不同處境與心境，躍然紙上。

頸聯「此日六軍同駐馬，當時七夕笑牽牛」是傳誦已久的名句。俞陛雲說：「五六句非但『駐馬』、『牽牛』以本事而成巧對，且用逆挽句法。頸聯能用此法，最爲活潑。」（《詩境淺說續編》）時間由今推向昔，活潑靈動。玄宗當年七夕和楊妃「密相誓心」時，譏笑牽牛、織女一年只能相見一次，然真正遇到「六軍不發」之時，

〔註31〕黃生等撰：《唐詩評三種》，合肥·黃山書社出版，1995 年 12 月一版，頁 380。

又當如何？楊妃「賜」死的結局，便不難於言外得之，而玄宗無奈之情，則溢於言表。尾聯包含強烈的對比，也是對前六句的總結。詩人提出冷峻詰問：為什麼當了四十多年皇帝的唐玄宗還比不上普通百姓能保住自己的妻子？發人深省，耐人尋味。方瑜說：「這首〈馬嵬〉七律，立意新穎，典麗高華，詩境層次豐繁，而且緊扣題意，是義山詠史的成功之作。」（〈李商隱的詠史詩〉）評得鉅細靡遺。

再品溫庭筠的〈蘇武廟〉：

蘇武魂銷漢使前，古祠高樹兩茫然。

雲邊雁斷胡天月，隴上羊歸塞草煙。

回日樓臺非甲帳，去時冠劍是丁年。

茂陵不見封侯印，空向秋波哭逝川。（《溫飛卿集箋注》卷八）

首聯上句落筆非凡，詩人想像蘇武乍見漢朝使節時那種百感交集的心情，而以「魂銷」二字概括，極其精煉，復真切傳神。下句則以眼前景物傳寫詩人崇敬追思之意。頷聯是兩幅圖畫，「雲邊雁斷胡天月」是望雁思歸圖，形象地表現了蘇武在音訊隔絕的漫長歲月中對故國的深長思念和欲歸不得的深刻痛苦。「隴上羊歸塞草煙」是荒塞歸牧圖，形象地展示了蘇武牧羊絕塞的單調、孤寂生活，概括了幽禁匈奴十九年的日日夜夜，環境、經歷、心情相互交觸，渾然一體。

頸聯二句，是今昔對照的實例，詩評家多援引，而與義山〈馬嵬二首〉之二「此日六軍同駐馬」一聯對舉，沈德潛《唐詩別裁》云：「五六與『此日六軍同駐馬』一聯，俱屬逆挽法，律詩得此，化板滯為跳脫矣。」〔註32〕朱庭珍《筱園詩話》云：「玉谿生『此日六軍同駐馬，當時七夕笑牽年』飛卿『回日樓臺非甲帳，去時冠劍是丁年』此二聯接用逆挽句法，倍覺生動，故為名句。所謂逆挽

者，倒扑本題，先入正位，敘現在事，寫當下景，而後轉溯從前，追述已往，以反襯相形，因不用平筆順拖，而用逆筆倒挽，故名。且施於五六一聯，此係律詩筋節關鍵處。」〔註33〕「回日樓臺非甲帳」說蘇武十九年後歸國時，往日的樓臺殿閣雖然依舊，但武帝早已逝去，當日的「甲帳」也不復存在，流露出一種物是人非，恍如隔世的感慨，隱含對武帝的追思。「去時冠劍是丁年」說回想當年戴冠佩劍，奉命出使的時候，蘇武尚正當壯盛之年。「甲帳」、「丁年」巧對，故爲詩評家所稱。此聯先說「回日」，後述「去時」，破壞時空連續，「化板滯爲跳脫」。而由「回日」憶及「去時」，以「去時」反襯「回日」，更添感慨。一個歷盡艱苦、皓首而歸的愛國志士，目睹物在人亡的情景，想到當年出使的情況，能無感慨歔歟？「茂陵不見封侯印，空向秋波哭逝川」末聯集中抒寫蘇武歸國後對武帝的追悼。這種故君之思忠君與愛國爲一體的情感。最後一筆，將一位帶著歷史侷限的愛國志士的形象，更眞實感人地展現在讀者面前，而這首詩的價值，也就不言可諭了！

（二）時域壓縮

時域壓縮的特點在於：創作者故意打破已發生之事的時序，將不同時發生的事件，移置到同一個時期。同時，時域壓縮還可細分爲時域往前壓縮和時域往後壓縮。〔註34〕

1. 時域往前壓縮

杜牧的詠史名作〈赤壁〉即是以此種手法作成：

折戟沉沙鐵未銷，自將磨洗認前朝。

東風不與周郎便，銅雀春深鎖二喬。（《樊川詩集注》卷四）

此詩結構分析表可列爲：

〔註33〕朱庭珍：《筱園詩話》，見郭紹虞《清詩話續編》，上海：上海古籍出版社，1999年6月，頁2380。

〔註34〕參見仇小屏著：《古典詩詞時空設計美學》，台北：文津出版社，民國91年11月，頁200。

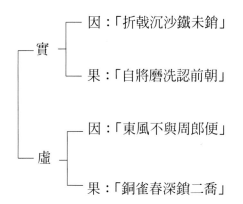

因：「折戟沉沙鐵未銷」

果：「自將磨洗認前朝」

因：「東風不與周郎便」

果：「銅雀春深鎖二喬」

（參考陳滿銘《章法學綜論》仇小屏《古典詩詞時空設計美學》）

　　首二句敘述作者遊覽赤壁時所見的景象；末二句發抒因此而生的感歎，就在此「論」（感歎）的部分，出現了時域的壓縮：因為銅雀臺築於建安十五年的冬天，是赤壁戰敗之後才建造的，銅雀臺落成，周瑜已死，二喬都成寡婦；但作者在此故意將時間往前移，把銅雀臺、二喬與赤壁之戰牽合在一起，以表達出作者個人的歷史評價和感情意向。〔註35〕

　　再看李商隱〈東阿王〉之作的表現：

　　　國事分明屬灌均，西陵魂斷夜來人。

　　　君王不得為天子，半為當時賦洛神。（《玉谿生詩集箋注》卷三）

此詩採「先敘後論」的手法。黃永武分析：「說東阿王曹植所以只能封王而不能作天子，多半是因為當時作了一篇洛神賦。事實上洛神賦作於黃初三年，那時曹丕即位很久了，曹植做不做天子，和洛神賦又有什麼關係？義山……只是故意要把它這樣說，用以寄託自己的心境。」〔註36〕可知作者將時域壓縮，以便深切地傳達其意念。

　　又〈詠史〉一詩也是如此：

　　　北湖南埭水漫漫，一片降旗百尺竿。

〔註35〕同註34，頁201。
〔註36〕見黃永武著：《中國詩學——鑑賞篇》，台北：巨流圖書公司，民國88年9月，頁105。

三百年間同曉夢，鍾山何處有龍盤？（《玉雞生詩集箋注》卷
三）

其結構分析表如下：

此詩的意境是迷濛的，情調是感傷的，然而在感傷中流動著詩人
對南朝三百年興廢的痛苦沉思，這思索的弦線又牽繫著現實憂患，如
此深沉，如此遼闊。在絕句寫作中，第三句是非常重要的環節，它肩
負著承上啟下頓挫生情而別開妙境的任務，如宋·周弼曰：「絕句之
法，大抵以第三句為主，首尾率直而無婉曲者，此興時所以不及唐也。
其法非惟久失其傳，人亦鮮能知之。以言事寓意，而接用轉換有力，
若斷而續，外振起而內不失於平妥，前後相應，雖止四句，有涵蓋不
盡之意焉。」（王禮卿《唐賢三體詩法詮評》卷一，頁 5）李商隱這
首絕句，在前兩句形象化的描寫和第四句形象警闢的議論之間，就是
「三百年間同曉夢」這一妙句，它從北朝庾信〈哀江南賦〉中「將非
江表王氣終於三百年乎」一語中衍化昇華而來，綿長的三百年時空，
竟如晨間一場春夢，壓縮於剎那，這不是更有力地彰顯全篇悲劇性的
主題嗎？〔註37〕

2. 時域往後壓縮

關於此種時間設計方式的詩例，我們可以用章碣〈焚書坑〉一詩
為例說明：

竹帛煙銷帝業虛，關河空鎖祖龍居。
坑灰未冷山東亂，劉項元來不讀書。

〔註37〕同註34，頁403。

本詩採敘論式組織詩句。前二句敘事，作者認爲焚書以後，秦始皇帝業亦成烏有，即便有山川之險，仍抵不過人民的憤怒。後二句是對整個事件的論說，於此則運用「時域壓縮」手法，趙山林《詩詞曲藝術》分析道：「根據歷史記載，從秦始皇三十四年（西元前 213 年）下令焚書到陳勝吳廣在大澤鄉揭竿而起，前後整整相隔四年，但詩人將『坑灰未冷』與『山東亂』這兩個時間點直接聯結起來，這就突出地強調了焚書行爲的荒謬性。」〔註38〕這是時域往後壓縮所形成的特殊效果。

再如許渾〈楚宮怨〉和李商隱〈北齊二首〉之一也呈現時域往後壓縮的特點：

十二山晴花盡開，楚宮雙闕對陽臺。

細腰起舞君王醉，白日秦兵天上來。（許渾〈楚宮怨〉）

一笑相傾國便亡，何勞荊棘始堪傷。

小憐玉體橫陳夜，已報周師入晉陽。（李商隱〈北齊二首〉之一）

詩中楚王宴醉細腰歌舞和秦兵入侵，有時間先後；北齊後主高緯寵幸小憐和北周師破晉陽，也並非同時之事，詩人將前後兩幅歷史圖景壓縮，使它們成爲同時性的「視覺和弦」，在構圖上，將一個極宴樂、冶豔的鏡頭和一個極危急的鏡頭置於一起，使讀者更強烈地感受詩人諷意深蘊其中，這種高度藝術展現，正突顯作者心思縝密又饒富想像力。

至如李商隱〈代魏公私贈〉亦爲可觀：

來時西館阻佳期，去後漳河隔夢思。

知有宓妃無限意，春松秋菊可同時。（《玉谿生詩集箋注》卷三）

詩人追昔思今，借人喻己，本無時間上之隔閡，末句「春松秋菊可同時」是詩人從「意」出發，得其「意」則「春」、「秋」可同時。審美的意識、情感需要，完全可以打破時間的自然值，化時態爲心態。〔註39〕

〔註38〕趙山林著：《詩詞曲藝術》，杭州・浙江教育出版社，1998 年 6 月，頁 149。

〔註39〕同註12，頁 203。

（三）今昔疊映

所謂「疊映」，是將兩個不同時空的世界摺疊在一起，一是現在的空間實象，一是過去或未來的空間虛象，如同以攝影時疊影之手法，把一真一幻的意象複疊於同一畫面上。〔註40〕至於「今昔疊映」則是將兩個不同時期的意象疊合在一起，時距上並沒有變化。〔註41〕如李商隱〈五松驛〉就是運用「今昔疊映」的手法：

> 獨下長亭念過秦，五松不見見輿薪。
>
> 只應既斬斯高後，尋被樵人用斧斤。（《玉谿生詩集箋注》卷一）

五松驛離望秦嶺不遠，凡從長安東還，若陸路不通時，取道襄漢水路南下，則先過五松驛，那裏是關中舊秦地，所以「念過秦」三字是雙關語，因而把當年斬殺李斯、趙高的史實，與眼前的被砍伐的五松聯想起來，使「昔」的事件，疊映在一堆破碎薪木的靜止畫面上（今），映照出暴君權臣的興亡史。〔註42〕

又〈過鄭廣文舊居〉云：

> 宋玉平生恨有餘，遠循三楚吊三閭。
>
> 可憐留著臨江宅，異代應教庾信居。（《玉谿生詩集箋注》卷三）

宋玉臨江憑弔屈原，庾信居故宅而弔宋玉，鄭廣文異代同情亦弔庾信，李商隱過鄭廣文舊居又弔廣文。他們都是平生不得志的失志人物。此詩對不同時期的五個人物，在現在與過去的時間洪流上加以疊映，使全詩密度更強。

二、空間呈現

空間是所有事物、現象存在的場所，它是廣大空虛，而又無所不包的，《晉書·天文志上》說：「天了無質，仰而觀之，高遠無極，眼眚精絕，故蒼蒼然也……日月眾星，自然浮生虛空之中，其行其止皆須氣焉」這種空間虛靈而又實在，生氣氤氳而又真體內充，其中有象，

〔註40〕同註36，頁25。
〔註41〕同註34，頁206。
〔註42〕同註34，頁207。

其中有物，其中有信，虛而不屈，動而愈出，遠而無所至極，是共時的，又是歷時的。〔註43〕

　　人不能脫離空間而存在，因此，對於所處空間必然有所知覺，而此一知覺常自然而然地反映在文學作品之中。詠史詩人多透過空間的凝聚、空間的擴張和空間的深度來呈現現詠史詩的美感。

（一）空間的凝聚

　　空間的凝聚，是讓畫面由遠及近移動，先寫大景物而後縮小至小景物，畫面移近來，使視野愈來愈細小，詩中的空間也就像凝集起來一般，最後選擇一個空間的凝聚焦點，把精神集中在上面，給予特寫，使這個凝聚的焦點分外凸出。〔註44〕如李商隱〈齊宮詞〉即是一個佳例：

　　　　永壽兵來夜不扃，金蓮無復印中庭。
　　　　梁臺歌管三更罷，猶自風搖九子鈴。（《玉谿生詩集箋注》卷三）

前兩句寫南齊亡國。詩人截取橫斷面，從兵來國亡之夜著筆，將「永壽」、「金蓮」等事不露痕跡地融化在裏面。就結構分析來說「永壽兵來夜不扃」是因，「金蓮無復印中庭」是果，簡短兩句即刻畫出齊廢帝死到臨頭猶茫然不覺、縱情享樂的荒淫面目。後兩句轉寫梁臺歌管，是空間凝聚的焦點，「梁臺歌管三更罷」是泛寫，「猶自風搖九子鈴」是具體。其中「九子鈴」不僅是齊廢帝荒淫生活的見證，也是其亡國殞身的見證。和荒淫亡國聯結在一起的九子鈴，對於歌管依舊的新朝而言，是不祥的預兆。歌管既然依舊，「永壽兵來夜不扃」的一幕，「金蓮無復印中庭」的結局必然重演。屈復評曰：「不見金蓮之跡，猶聞玉鈴之音；不聞於梁臺歌管之時，而在既罷之後。荒淫亡國，安能一一寫盡，祇就微物點出，令人思而得之。」〔註45〕

〔註43〕參李浩著：《唐詩的美學詮釋》，台北：文津出版社，民國89年5月，頁55。
〔註44〕同註36，頁58。
〔註45〕見蕭滌非等撰寫：《唐詩鑑賞集成》下冊，台北：五南圖書出版，民

　　杜牧〈過華清宮絕句三首〉之一也屬空間的凝聚：

　　　長安回望繡成堆，山頂千門次第開。

　　　一騎紅塵妃子笑，無人知是荔枝來。（《樊川詩集注》卷二）

此詩空間的凝聚表現在一、二句。首句描繪華清宮所在地驪山的景
色。詩人從長安「回望」的角度來寫，猶如電影攝影師，在觀眾面前
先展開一幅廣闊深遠的驪山全景。接著，鏡頭向前推進，展現出山頂
上那座雄偉壯觀的行宮。平日緊閉的宮門忽然一道接著一道緩緩地打
開了。〔註46〕這是將畫面由遠移近的特殊效果與美感，而三、四句將
距離回復正常，寫貴妃遙望飛騎由宮外送來荔枝的情形。

（二）空間的擴張

　　空間的擴張是讓畫面移動，由近及遠，由小景物的描寫而擴張至
大景物，像用一個伸縮的鏡頭攝影一樣，畫面的視野愈來愈廣闊，詩
中的空間也就愈來愈擴張。〔註47〕代表性的詩例可舉杜牧〈過華清宮
絕句三首〉之二來詮說：

　　　新豐綠樹起黃埃，數騎漁陽探使回。

　　　霓裳一曲千峰上，舞破中原始下來！（《樊川詩集注》卷二）

前兩句描寫探使從漁陽經由新豐飛馬轉回長安的情景，探使身後揚起
的滾滾黃埃，象徵著叛亂即將爆發的戰爭風雲。後兩句屬於空間擴張
的手法，說一曲霓裳可達「千峰」之上，而且竟能「舞破中原」，顯然
這是極度的誇張，是不可能的事，然又並非不合情理。因為輕歌曼舞
縱不能直接「舞破中原」，中原之破卻實實在在是由統治者無盡無休的
沉醉於歌舞所造成。這是詩人深刻情思與完美手法的結合之作。〔註48〕

　　同是描寫華清宮，崔櫓之作與杜牧一樣運用空間擴張之手法，呈
現另一種美感，其詩曰：

　　　國 79 年 9 月初版，頁 1423。

〔註46〕同註45，頁 1282。

〔註47〕同註36，頁 56。

〔註48〕同註45，頁 1283～1284。

門橫金鎖悄無人，落日秋聲渭水濱。

紅葉下山寒寂寂，濕雲如夢雨如塵。

（三）空間的深度

在詩裏，利用靜態景物作一遠一近的設置，這設置是採形體交互的配置，而不是以一個平面的伸展。又或利用動態景物作一內一外的移動，這種律動感，有助於詩中空間深度感覺的形成。〔註49〕像李商隱〈吳宮〉一詩就有空間的深度表現：

龍檻沈沈水殿清，禁門深揜斷人聲。

吳王宴罷滿宮醉，日暮水漂花出城。（《玉谿生詩集箋注》卷三）

這首詩善用內外空間的對比與呼應，宮外龍檻沉沉，宮內吳王宴醉，視覺由外而內，再由內而外，因而造成豐富的美感。〔註50〕

溫庭筠〈謝公墅歌〉是一篇動人的詠史詩，其中也有空間的深度：

朱雀航南繞香陌，謝郎東墅連春碧。

鳩眠高柳日方融，綺榭飄颻紫庭客。

文楸方罫花參差，心陣未成星滿池。

四座無喧梧竹靜，金蟬玉柄俱持頤。

對局含顰見千里，都城已得長蛇尾。

江南王氣繫疏襟，未許苻堅過淮水。（《溫飛卿集箋注》卷二）

本詩主要是描述謝安臨危不亂，從容應對的神情，詩人著意選取「圍棋賭墅」爲詩中主要場景，以棋局隱喻戰局，構思極爲精巧。據史實記載，謝安于淝水之戰前後相關棋局有二：一是敵軍壓境、戰爭即將引爆之前，爲穩固民心，必須鎮靜，謝安「遂命駕出山墅，親朋畢集」，而謝安下棋的對手正是其姪謝玄，此爲著名「圍棋賭墅」故事；其二是謝石謝玄已破苻堅大軍之後，捷書來報，謝安又正與客人下棋，看完捷書「了無喜色，棋如故」（《晉書》卷七九〈謝安傳〉），而飛卿此詩卻將兩盤棋局綰合爲一，並將一場驚天動地的大戰，凝聚於一局棋

〔註49〕同註36，頁62。

〔註50〕同註34，頁72。

的場景中。詩的空間從朱雀橋轉至謝安東墅，再轉向樹上鳩鳥，著意營造祥和寧靜氣氛。接著，集中于室內碁局，「四座無喧梧竹靜，金蟬玉柄俱持頤」以細部描寫烘托寂靜中緊張的懸疑氣氛，突然，鏡頭移至千里外，「對局含顰見千里，都城已得長蛇尾」，點出以小喻大的主題。末二句讚揚謝安能經天緯地，運籌帷幄，使東晉轉危為安。

三、時空交錯呈現

《莊子·庚桑楚》曰：「有實而無乎處者，宇也；有長而無本剽者，宙也。」張衡說：「宇之表無極，宙之端無窮」主要說明時間無始無終，空間無邊無際，從另一角度來看則表示對時間、空間之同時關顧。在文學藝術中，詩人往往注意時間的連貫性與空間的平列性，以時空交錯為序安排層次，形成縱橫交錯式的呈現。

先看韋莊〈臺城〉詩的時空呈現：

江雨霏霏江草齊，六朝如夢鳥空啼。

無情最是臺城柳，依舊煙籠十里堤。

本詩呈現的是「空時空」的結構。其結構分析表如下：

```
┌─ 空：「江雨霏霏江草齊」
│
├─ 時：「六朝如夢鳥空啼」
│       ┌─ 泛：「無情最是臺城柳」
└─ 空 ─┤
        └─ 具：「依舊煙籠十里堤」
```

（參考仇小屏《古典詩詞時空設計美學》頁 242）

這首詩起頭就是著眼於空間來敘寫；第二句則著眼於時間；第三、四句又是針對空間。「六朝」和「臺城」的時空交叉，「如夢」的巨變（時間）、「依舊」的不變（空間），形成了時空結構內在的裂變和失衡，包含著沉鬱緒密的歷史傷感和當時晚唐的憂患意識（參考吳

公正《中國文學美學》頁 397）。

　　再看李商隱〈潭州〉詩：

　　　潭州官舍暮樓空，今古無端入望中。

　　　湘淚淺深滋竹色，楚歌重疊怨蘭叢。

　　　陶公戰艦空灘雨，賈傅承塵破廟風。

　　　目斷故園人不至，松醪一醉與誰同！（《玉谿生詩集箋注》卷
　　　一）

首聯「今古」之句啓引全詩，緊接著「湘淚」、「楚歌」、「陶公」、「賈
傅」等歷史意象，將古今之變化與悲哀完全投射而出。「湘淚」取二
妃哭舜典故，「楚歌」採屈原遭嫉之事，用典精煉濃縮，象徵人生的
兩種悲情。因著「淚」、「怨」字眼，詩行已盈溢悲感色彩，復以「竹
色」、「蘭叢」渲染，更暗示著悲之深厚程度。爰是，全篇之歷史意象
所喚起的是無垠的宇宙悲慨和愁思。甚而詩裏「暮」、「空」、「無端」、
「空」、「雨」、「破廟」、「風」等語字，均反映詩人整體的歷史觀感。
〔註51〕頷頸二聯所用的歷史典故，既切題，又情景交融，聯繫古今。
其中「陶公戰艦」與「賈傅承塵」是古的時空，「空灘雨」和「破廟
風」是今的時空，這今古時空的交織錯綜正是本詩藝術構思獨特之處。

　　最後是杜牧〈題宣州開元寺水閣閣下宛溪夾溪居人〉一詩：

　　　六朝文物草連空。天澹雲閑今古同。

　　　鳥去鳥來山色裏，人歌人哭水聲中。

　　　深秋簾幕千家雨，落日樓臺一笛風。

　　　惆悵無因見范蠡，參差煙樹五湖東。（《樊川詩集注》卷三）

小杜此詩屬於涵融懷古意緒的詠史，言外有感歎人己之意，其特點在
于時空交叉的處理至爲靈活，是時空交錯的典型之例，正如黃永武分
析說：「六朝文物」寫時間，「草連空」寫空間；「天澹雲開」寫空間（案
《樊川詩集注》、《全唐詩》均作「天澹雲閑」），「今古同」寫時間；「鳥
去」句寫自由的天地，主要表現空間，「人歌」句寫滄桑的變幻，主要

────────────

〔註51〕參考張淑香著：《李義山詩析論》，台北：藝文印書館，民國 63 年，
　　　頁 58。

表現時間；「深秋」寫時間，接著「簾幕千家雨」寫空間，「落日」寫時間，接著「樓臺一笛風」寫空間。「惆悵」句寫古人不見，在時間上著眼，參差句寫五湖煙樹，在空間上著眼。時空互為錯綜，遂令一座小小開元寺的水閣上，所見的不只是天光山色而已，即古往今來、縱橫千里，無不盡收筆底，不須多抒感慨，而自生許多感慨。〔註52〕

經由上述節次的條分縷析，使得詩人情感與時空關係更為明朗化，即如王國維所云：「詩人對宇宙人生，須入乎其內，又須出乎其外。入乎其內，故能寫之；出乎其外，故能觀之。入乎其內，故有生氣；出乎其外，故有高致。」（《人間詞話》）晚唐五代詠史詩中表現時空之交替流轉，橫亙千古；也把詩人情感世界展露無遺。《淮南子·齊俗訓》曾云：「往古來今謂之宙，四方上下謂之宇」〔註53〕宇宙是古人對空間、時間的概念，也是文人不斷探索的領域，透過時代感、歷史感和宇宙感的融合，常能使得詩作更具有廣度與深度，這在詩人的詠史詩作中，是可以想見的。

要之，晚唐五代詠史詩中寬廣的視野，深刻的體驗，百轉千迴的情感，吞吐宇宙的精神，都表現詩人對歷史本質和現象的關切與沉思，而對於歷史的關切與沉思，實際上亦是對生命的觀照與求索，在無限的空間意識和永恆的時間意識中，這種高尚的精神活動獲得美的價值，表現在文學作品中即具有不朽的藝術生命。

第三節　聲情辭情之美

中國詩歌旋律悠揚，音韻和諧，充滿著強烈豐贍的音樂美，《尚書·舜典》曰：「詩言志，歌永言，聲依永，律和聲。」〈詩大序〉：「詩者，志之所之也，在心為志，發言為詩。情動於中，而形於言，言之不足，故嗟歎之；嗟歎之不足，故詠歌之；詠歌之不足，不知手之舞

〔註52〕黃永武：《詩心》，台北：三民書局，民國 60 年 7 月，頁 136～137。
〔註53〕劉文典：《淮南鴻烈集解》，北京·中華書局，1997 年 1 月，頁 362。

之足之蹈之也。情發於聲，聲成文謂之音。」均說明詩與音樂的密不可分。

　　而詩人的情思意志通過詩歌語言旋律傳達給讀者，讀者於吟誦諷詠中也能感受它的美妙，清・沈德潛《說詩晬語》稱：「詩以聲爲用者也，其微妙在抑揚抗墜之間。讀者靜氣按節，密詠恬吟，覺前人聲中難寫、響外別傳之妙，一齊俱出。朱子云：『諷詠以昌之，涵濡以體之』眞得讀詩趣味。」〔註54〕前輩學者則說：「中國語言本身，含有很豐富的旋律感，韻文學的體製規律更予以美化，這種美化了的語言旋律和音樂旋律結合得越密切、融合得越無間，其聲情詞情也就越達到相得益彰的境地。」〔註55〕可見從詩歌的聲情辭情探討詩美表現，古人今人均有獨到的見解。

　　詩歌的辭情是詩歌的意義性，在於情意的表達，要求做到言有盡而意無窮的效果；詩歌的聲情是詩歌的音樂性，在於聲調的和諧，要求做到音韻鏗鏘，以達抑揚諷誦、美讀的效果，〔註56〕舉凡各種形式詩歌的聲律與美讀都有其特點，以近體詩來說，邱燮友認爲：

> 近體詩無論朗讀和吟唱，都近於音樂，平仄的諧和之美，
> 對稱對仗的排比之美，是我國音樂文學發展到最高的極
> 致。同時這種詩體也要求內涵的無限，雖然用字少，如五
> 絕二十字，七絕二十八字，五律四十字，七律五十六字，
> 卻要表現詩人複雜的情感，錯綜的人生，在詩情、詩意、
> 詩境的呈現，或是情韻、詩趣、化境的塑造，都能做到意
> 在言外，言有盡而意無窮的境地。〔註57〕

晚唐五代詠史詩多數爲近體的形式（以七絕最盛，七律次之），本身不乏格律與音樂性，其聲情辭情的展現更與詩人的情意內涵傳遞有密

〔註54〕沈德潛：《說詩晬語》，台北：臺灣中華書局，民國76年8月，頁1。
〔註55〕曾永義：《詩歌與戲曲》，台北：聯經出版事業公司，民國77年4月初版，頁1。
〔註56〕邱燮友著：《美讀與朗誦》，台北：幼獅文化事業公司，民國80年8月初版，頁53。
〔註57〕同註3，頁110。

切的關係，我們可以從聲調、韻協、詞句結構等方向來觀察。

一、聲　調

　　關於聲調，歷來認知不盡相同，王力說：「漢語的聲調和語音的高低、長短都有關係，而古人把四聲分爲平仄兩類，區別平仄的標準似乎是長短，而不是高低。但也可能既是長短的關係，又是高低的關係」〔註58〕葉桂桐綜合語言學家的意見，認爲影響或謂之構成漢語聲調的因素計有高低、長短、強弱（或輕重）、升降以及曲折。〔註59〕至如袁行霈、邱燮友、曾永義、洪澤南等學者也發表相關的見解，袁行霈在《中國詩歌藝術研究》一書言：

> 中國古典詩歌的音調主要是借助平仄組織起來的。平仄是字音聲調的區別，平仄有規律的交替和重複，也可以形成節奏，但並不鮮明。它的主要作用在于造成音調的和諧。〔註60〕

邱燮友從語言學的觀點來分析聲調組合：

> 在語言學中，語言有四項要素，在文學中所扮演的角色，即音長、音高、音強、音色四項：……漢語的語詞都有聲調，而文字的意義性也決定在聲調上……聲調的變動主要在音高，因而有平、上、去、入四聲的變化。四聲的組合，由於聲調的組合，又會產生不同的聲情，這跟美讀的抑揚頓挫、緩急快慢所造成的鏗鏘悅耳，有密切的關係。〔註61〕

曾永義提出：

> 聲調是中國語言中發音時音波運行的形式，有平、上、去、入四聲。〔註62〕

〔註58〕引自李浩：《唐詩的美學詮釋》，台北文津出版社，民國89年5月，頁220。

〔註59〕葉桂桐著：《中國詩律學》頁54，台北：文津出版社，民國87年1月。

〔註60〕袁行霈：《中國詩歌藝術研究》，北京大學出版社，西元1996年6月，頁127。

〔註61〕同註56，頁46。

〔註62〕同註55，頁4。

洪澤南解說：

> 漢語每一字都有高低抑揚的升降調，有時候，雖然也有連
> 音的變化，但是每一字的聲調（Tone）基本上是固定的。
> 聲調有「高低」、「長短」和「強弱」之分，南朝詩人周顒、
> 沈約等，提出了漢語有四個聲調——「平、上、去、入」
> 的講法。除了「平」聲，其他「上、去、入」三聲，叫作
> 「仄」聲。〔註63〕

統縮學者的說法，漢語聲調主要是就平、上、去、入四聲而言。聲調
的區別在齊梁以前並未彰顯，齊梁之際才發現平上去入四種聲調。《南
史‧陸厥傳》云：「齊永明九年，詔百官舉士，同郡司徒左西曹掾顧
暠之表薦厥，州舉秀才。時盛爲文章，吳興沈約、陳郡謝朓、琅邪王
融以氣類相推轂，汝南周顒善識聲韻。約等文皆用宮商，將平上去入
四聲，以此制韻，有平頭、上尾、蠭腰、鶴膝。五字之中，音韻悉異，
兩句之內，角徵不同，不可增減。世呼爲『永明體』。」〔註64〕《梁
書‧沈約傳》云：約「撰《四聲譜》，以爲在昔詞人，累千載而不寤，
而獨得胸衿，窮其妙旨，自謂入神之作。」〔註65〕《梁書‧庾肩吾傳》
云：「齊永明中，文士王融、謝朓、沈約文章始用四聲，以爲新變。」
〔註66〕由以上資料可以看出，周顒偏重于四聲本身的研究，沈約致力
于四聲在詩中的應用。沈約在《宋書‧謝靈運傳論》中說：

> 欲使宮羽相變，低昂舛節，若前有浮聲，則後須切響。一
> 簡之內，音韻盡殊；兩句之中，輕重悉異。妙達此旨，始
> 可言文。〔註67〕

這段話可視爲是運用四聲的總綱。而所謂宮羽、低昂、浮切、輕重，
都是指平仄而言。其要義在於求一句之內或兩句之間各字的聲調須有

〔註63〕洪澤南撰稿：《大家來吟詩》，台北：萬卷樓圖書公司，民國88年9
　　　　月初版，頁8。
〔註64〕李延壽撰：《南史》，北京‧中華書局，1997年11月，頁316～317。
〔註65〕姚思廉撰：《梁書》，北京中華書局，1997年11月，頁67。
〔註66〕同註65，頁179。
〔註67〕沈約撰：《宋書》，北京‧中華書局，1997年11月，頁456。

符合規律之變化。沈約自身還創立「八病」之說，是八種在聲律上應當避忌的毛病。前四種的平頭、上尾、蜂腰、鶴膝，均屬聲調方面。「八病」爲消極之避忌，轉至正面即是平仄格律的建立。從永明年間的沈約到初唐的沈佺期、宋之問，此一過程大約兩百年。平仄的格律配上押韻和對偶的格律，再固定每首詩的句數、字數，便形成了律詩、絕句等近體詩。

　　近體詩著重平仄的組合，然仄聲中的上去入三聲，其升降幅度實際上仍有差別，置爲一類，難免粗略。爰此，嚴謹的詩家，便于仄聲中又講求上去入之調配，即「四聲遞用」使聲調組合諧美。清・董文煥〈聲調四譜圖說〉云：「無論五律七律，其最要之法有二，一爲每句中四聲皆備，一爲第一、第三、第五、第七句之末一字，不可連用兩去聲或兩上聲，必上去入相間。律詩備此二法，讀之必聲調鏗鏘。」〔註68〕晚唐五代詠史詩創作體裁趨向近體爲多，其中七律作品雖未必首首能四聲皆備，然亦不乏四聲遞用的佳例，如：

李商隱〈潭州〉：

　　（平平平去去平平　　平上平平入去平）
　　潭州官舍暮樓空，今古無端入望中。（空：平聲）

　　（平去上平平入入　　上平平入去平平）
　　湘淚淺深滋竹色，楚歌重疊怨蘭叢。（色：入聲）

　　（平平去上平平上　　上去平平去去平）
　　陶公戰艦空灘雨，賈傅承塵破廟風。（雨：上聲）

　　（入去去平平入去　　平平入去上平平）
　　目斷故園人不至，松醪一醉與誰同。（至：去聲）

李商隱〈籌筆驛〉：

　　（平上平平去上平　　平平平去去平平）
　　猿鳥猶疑畏簡書，風雲長爲護儲胥。（書：平聲）

〔註68〕引自黃永武：《中國詩學——鑑賞篇》，台北：巨流圖書，1999年9月，頁172。

（平去去去平平入　平去平平上去平）

徒令上將揮神筆，終見降王走傳車。（筆：入聲）

（上去上平平入上　平平平去入平平）

管樂有才真不忝，關張無命欲何如。（忝：上聲）

（平平上上平平去　平上平平去上平）

他年錦里經祠廟，梁父吟成恨有餘。（廟：去聲）

杜牧〈悲吳王城〉：

（去入平平平去平　上平平去去平平）

二月春風江上來，水精波動碎樓臺。（來：平聲）

（平平平去上平去　平上入平平去平）

吳王宮殿柳含翠，蘇小宅房花正開。（翠：去聲）

（去上去平平去上　平平去上入平平）

解舞細腰何處往，能安姹女逐誰迴。（往：上聲）

（平平去上平平入　入入平平平入平）

千秋萬古無消息，國作荒原人作灰。（息：入聲）

溫庭筠〈老君廟〉：

（上去平平上去平　平平平上去平平）

紫氣氤氳捧半巖，蓮峰傝掌共巉巉。（巖：平聲）

（去平上入平平上　平去平平去上平）

廟前晚色連寒水，天外斜陽帶遠帆。（水：上聲）

（入去平平平入去　上平平去去平平）

百二關山扶玉座，五千文字閟瑤緘。（座：去聲）

（去平平入平平入　平上平平去入平）

自憐金骨無人識，知有飛龜在石函。（識：入聲）

韋莊〈謁巫山廟〉：

（去平平去去平平　去平平平上入平）

亂猿啼處訪高唐，路人煙霞草木香。（唐：平聲）

（平入去平平去入　上平平去入平平）

山色未能忘宋玉，水聲猶似哭襄王。（玉：入聲）

（平平去去平平去　平上平平上入平）
　朝朝暮暮陽臺下，爲雨爲雲楚國亡。（下：去聲）
（平去去平平上上　平平平去去平平）
　惆悵廟前無限柳，春來空鬥畫眉長。（柳：上聲）

如前引述沈約之論，正是由於「宮羽相變，低昂舛節」，「一簡之內，音韻盡殊；兩句之中，輕重悉異」，才構成了詩歌的音樂節奏美，而且，這五首詠史詩的特點均是涵融懷古意緒於其中，既要表達詩人內心的思古幽情，又要兼顧詩歌聲情詞情的跌宕有致，爰是，詩人發揮藝術寫作技巧，借由詩歌聲調形式上的優渥條件，達到「聲由情出，情在聲中」令人諷詠情韻悠揚的詠史詩篇。如李商隱〈潭州〉第一句末字的「空」面對眼前景物已有所感觸，借由平聲揚起心湖漣漪；第三句前五字都從水部，讓人感受淚海一片汪洋，末兩字「竹色」是入聲字，直而促，讓感傷自然流瀉，其對句「楚歌重疊怨蘭叢」與之交互滲透。第五句末字的「雨」爲上聲，厲而舉，營造另一波情感高潮，在這一聯中，「陶公戰艦」與「賈傅承塵」是古的時空，「空灘雨」和「破廟風」是今的時空，借古慨今，力道更深。隨即而來的是「目斷故園人不至」，一片荒涼寒峭，更添蕭颯哀愁，乃以去聲「至」彷彿將情感向遠處送，讓人凝神詩中意象，久久揮之不去。

二、韻　協

　韻協和詩歌的韻腳、用韻、押韻相關。曾永義說：「韻協是運用韻母相同，前後複沓的原理，把易於散漫的音響，藉著韻的迴響來收束、呼應和貫串，它連續的一呼一應，自然產生規律的節奏」（《詩歌與戲曲》頁 10）。黃永武則認爲「所謂韻腳，就是將同韻的字，一再在各句末重疊出現，造成和聲。但韻腳的功用，決不止便於歌詠，和聲娛耳而已，韻腳的音樂功用，可以輔助情境，使其畢現出來。」〔註 69〕而古人以爲韻腳的選擇，與題內的情感氛圍也須配合，如吳騫《拜經樓

〔註69〕同註68，頁 154。

詩話》曾載何無忌與人論詩云：

> 欲作佳詩，必先尋佳韻，未有佳詩而無佳韻者也，韻有宜
> 於甲而不宜乙，宜於乙而不宜於甲者，題韻適宜，若合函
> 蓋，唯在構思之初善巧揀擇而已。〔註70〕

可見在韻腳上必須講究聲情的諧合。我們來看詩人詠史用韻的變化與
情感轉折之間的應合情形，如李商隱〈籌筆驛〉云：

> 猿鳥猶疑畏簡書，風雲長為護儲胥。
> 徒令上將揮神筆，終見降王走傳車。
> 管樂有才真不忝，關張無命欲何如。
> 他年錦里經祠廟，梁父吟成恨有餘。

王易〈詞曲史〉云：「韻與文情關係至切，平韻和暢，上去韻纏綿，
入韻迫切，此四聲之別也。東董寬洪，江講爽朗，支紙縝密，魚語幽
咽，佳蟹開展，真軫凝重，元阮清新，蕭篠飄灑，歌哿端莊，麻馬放
縱，庚梗振厲，尤有盤旋，侵寢沉靜，覃感蕭瑟，屋沃突兀，覺藥活
潑，質術急驟，勿月跳脫，合盍頓落，此韻部之別也，此雖未必切定，
然韻切者情亦相近，其大較可審辨得之。」〔註71〕此詩押魚韻，屬於
幽恨哽咽之韻，很能切合全詩主題。書、胥、車是上平調；而如、餘
是下平調，故前半的韻腳比較高音，後半則比較低音。前半寫武侯之
徒勞與憾恨，而深藏詩人自己強烈的感歎和惋惜，因此韻腳比較高
音；而後面則是對於武侯落空的一種無可奈何的悲哀與咨嗟，所以轉
用長而低沉的如、餘押韻，在聲情效果上，乃有「無盡」之意。將「欲
何如」、「恨有餘」聲如其情地傳達出來。韻腳在此詩中表現了轉折、
點明與抒發之作用。

又如杜牧〈金谷園〉：

> 繁華事散逐香塵，流水無情草自春。
> 日暮東風怨啼鳥，落花猶似墜樓人！

〔註70〕吳騫輯：《拜經樓詩話》，見於丁仲祜編《清詩話》下，台北：藝文
印書館，民國66年5月再版，頁939。

〔註71〕王易撰：《詞曲史》，台北：廣文書局，民國49年4月初版，頁283。

此詩押眞韻，據王易之說，眞軫凝重，小杜本篇歌詠綠珠，在字裏行間流露凝重的詩情。詩人面對荒園，首先浮現在腦海的是，金谷園繁華的往事，隨著芳香的塵屑消散無蹤，「繁華事散逐香塵」一句蘊藏了多少感慨。「流水無情草自春」不管人世間的滄桑，流水照樣潺湲，春草依然碧綠，它們對人事的種種變遷，似乎毫無感觸，這是寫景，更是寫情，寫詩人弔古之情。「日暮東風怨啼鳥」紅日西斜，傍晚略帶涼意的春風，詩人耳中傳來鳥鳴，更加淒涼感傷。此刻，一片片落花映入眼簾，詩人將之與曾在此處墜樓而死的綠珠聯想在一起，寄寓了無限情思，著一「猶」字滲透詩人多少追念、憐惜與凝重之情。聲情詞情渾然一體，意味雋永。

三、詞句結構

　　這裏詞句結構，主要內容是以雙聲詞、疊韻詞和疊字詞而論。雙聲詞和疊韻詞是由部分聲音相同的字組成的詞，聲母相同的叫雙聲詞，韻母相同的叫疊韻詞。疊字詞是聲音完全相同的詞。

　　古人認爲雙聲、疊韻和疊字可以增強詩歌語言的音樂美。李重華《貞一齋詩說》云：「疊韻如兩玉相叩，取其鏗鏘；雙聲如貫珠相聯，取其宛轉。」（《清詩話》）王國維《人間詞話》云：「余謂苟於詞之盪漾處多用疊韻，促節處多用雙聲，則其鏗鏘可誦，必有過於前人者。」詞稱詩餘，詞如此，詩亦然。就晚唐五代詠史詩而言，運用雙聲、疊韻和疊字的情形不少，舉要如下：

雙聲對雙聲：

　　惆悵從今客，經過未了情。（張祜〈隋宮懷古〉）
　　惆悵無因見范蠡，參差煙樹五湖東。（杜牧〈題宣州開元寺水閣閣下宛溪夾溪居人〉）
　　誰信亂離花不見，只應惆悵水東流。（韋莊〈江邊吟〉）

惆悵、經過同爲雙聲，連成一氣，含藏懷古意緒的綿邈。參差、亂離與惆悵相對，凸顯凝重氛圍。

雙聲對疊韻：

　　石麟 埋沒 藏春草，銅雀 荒涼 對暮雲。（溫庭筠〈過陳琳墓〉）

埋沒雙聲對荒涼疊韻，將詩人憑弔陳琳連及曹操之墓的內心完全意象化。

疊韻對疊韻：

　　徒令 上將 揮神筆，終見 降王 走傳車。（李商隱〈籌筆驛〉）

　　巧笑 知堪敵萬機， 傾城 最在著戎衣。（李商隱〈北齊二首〉之二）

　　傾城 人看長竿出， 一伎 初成趙解愁。（張祜〈千秋樂〉）

　　虢國 夫人承主恩， 平明 騎馬入宮門。（張祜〈集靈臺二首〉之二）

　　夜陰生 越絕 ，秋色遍 姑蘇 。（張祜〈吳中懷古十六韻〉）

　　激灩 倪塘水， 叉牙 出骨鬚。（杜牧〈臺城曲二首〉之二）

上將（孔明）對降王（劉禪），這一臣一君的努力與昏庸，令人痛惜。巧笑對傾城賦有戒鑒之意。傾城、一伎以多對一，饒富詩趣。虢國對平明引人遐想，欲深入詩旨。越絕對姑蘇，牽動吳越故實。激灩對叉牙，動態示現，一氣呵成。

疊韻對雙聲：

　　鄭袖 嬌嬈 酣似醉，屈原 憔悴 去如蓬。（杜牧〈題武關〉）

　　長說 上皇 和淚教，月明 南內 更無人。（張祜〈雨霖鈴〉）

　　神仙高 縹緲 ，環珮碎 丁當 。（杜牧〈華清宮三十韻〉）

　　蒼黃 追騎塵外歸， 森索 妖星陳前死。（溫庭筠〈湖陰詞〉）

鄭袖嬌嬈與屈原憔悴，對比強烈，構思精巧。上皇（唐玄宗）、南內，形單影隻，淒清無限。縹緲、丁當，蒼黃、森索，繪影繪聲，寓情於景。

疊字對：

　　誰言瓊樹 朝朝 見，不及金蓮 步步 來。（李商隱〈南朝〉）

　　矯矯 雲長勇， 恂恂 郤縠風。（杜牧〈題永崇西平王宅太尉愬院六韻〉）

碌碌迷藏器，規規守挈缾。（溫庭筠〈過孔北海墓二十韻〉）

巍巍柱天功，蕩蕩蓋世勳。（皮日休〈七愛詩〉之〈李太尉晟〉）

濛濛暮雨春雞唱，漠漠寒蕪雪兔跳。（韋莊〈尹喜宅〉）

或詠南朝事，或寫李愬的武藝智謀，或敘孔融的藏器俟時，或卜悅李晟蓋世功勳，或寫景均達「以聲摹境」的妙用。

朱子云：「人生而靜，天之性也；感於物而動，性之欲也。夫既有欲矣，則不能無思；既有思矣，則不能無言；既有言矣，則言之所不能盡，而發於咨嗟詠歎之餘者，必有自然之音響節族而不能已焉，此詩之所以作也。」（《詩集傳序》）藉著聲調、韻協和詞句結構的探析，我們對晚唐五代詩人詠史詩的聲情辭情表現有相當的了解。而樂為詩聲，詩為樂心。詩人之所以能譜出動人的詠史樂章，全在真摯的情感和優美的詞句與旋律，潘重規先生說：「吾人通觀詩之終始，洞察詩之體用，確然有以見詩之情狀，必本於人性之真感。發為聲氣，必賴音樂之美；形於動作，必資節奏之和；撰為文辭，必假修飾之巧。然後威儀足以充目，音聲足以動耳，詩語足以感心。故能鑠情性，浹肌膚而藏骨髓。三者具而後詩道成，乃庶幾可與於至懿美之詩矣。」（《樂府詩粹箋》，香港九龍人生出版社，西元 1963 年 6 月初版，頁11。）可謂深體詩歌聲情辭情與詩人情感表現之確論。

第四章　晚唐五代詠史詩美學特徵

　　王國維說：「一切之美皆形式之美也。就美之自身言之，則一切優美皆存于形式之對稱、變化及調和。……就美術之種類言之，則建築、雕刻、音樂之美之存于形式，固不俟論，即圖畫、詩歌之美之兼存于材質之意義者，亦以此等材質適于喚起美情故，故亦得視爲一種形式焉。」（《靜庵文集續編・古雅之在美學上之位置》）詩歌作爲一門藝術，它的美感呈現就在于以語言（詞）這種特殊的形式，通過視覺、聽覺等感知，憑藉表象、想像，構成一個融合理性和感性、思想和情感，可以傳達和喚起審美經驗的形象；詠史詩從史實跨進詩歌領域，在借助語言（詞）的形式之餘，亦須從本質上提高它的藝術品位，進行藝術的典型化，讓歷史眞實昇華爲藝術眞實，將歷史人事的單純邏輯思考轉化爲藝術思維，如此方能彰顯它美的特徵。

第一節　歷史眞實與藝術眞實的統一

　　詠史詩所詠的是「史」，必須要有歷史的可信度，不可任意增添虛構；因爲是「詠」是「詩」，故而著重熱切關注現實人生的精神和藝術的獨創性與對詩美的追求。完美的詠史詩是歷史眞實與藝術眞實的統一，它既有凝重的歷史感，又要有深刻的現實性，高度的典型性和強烈的抒情性，這樣才會有不朽的價值，才能達到資政目的，有益于了解詩人心態和詩人所處時代的社會心態。爲了正確處理歷史眞實

與藝術眞實的關係，晚唐五代詩人作了多方面的嘗試，他們不是簡單地「櫽括本傳」，攝述史實，而是根據詩歌主題表達之需要進行提煉加工，使詩中的人物、事件、場景既不脫離歷史的基本面貌，又不拘限于歷史事實，融鑄成具有典型性的詩歌境界。

一、藝術想像的眞實

眾所周知，詩人創作的來源需要眞實，詩人孕育作品的情感需要眞實，詩人的作品更要有眞實感，但詩人作品的眞實又不同於前兩者的客觀的眞實，它是想像中的眞實，審美的眞實，藝術的眞實。透過想像，詩人可以突破個人直接經驗上的侷限，憑藉其主觀作用而創造出事物的藝術美，誠如邱燮友所云：

> 文學的美，來自人類的聯想和想像，聯想和想像具有創造力，同時也帶來美感。因爲人的感情，常伴聯想而生，尤其是詩歌，往往更具有豐富的想像和聯想。〔註1〕

又如李元洛《詩美學》所論：

> 包括詩歌在內的藝術，不僅是客觀現實生活的再現，而且也是作者主觀審美心理的表現。因爲藝術不是一般如哲學、邏輯學、倫理學等社會意識形態，它不是對客觀現實生活作機械的照相式的反映，或是原封不動的複製，它是一種特殊的審美藝術形態，是藝術家對客觀現實生活的主觀能動的審美反映，是客觀現實生活的再現與主觀審美體驗的表現的統一，是審美對象和審美主體的統一。〔註2〕

所謂「主觀能動的審美反映」即涵括了想像、聯想等精神作用。爰此，我們如果用客觀現實生活的細節眞實來規範詩人創作的詩歌，直指其部分內容與事實不合，無異緣木求魚，徒勞無功，甚且許多有情趣的詩歌作品，往往就此被撏撦糟蹋了。

〔註1〕邱燮友著：《美讀與朗誦》，台北：幼獅文化事業公司，民國80年8月初版，〈序論〉，頁3。

〔註2〕李元洛著：《詩美學》，台北：東大圖書公司，民國79年2月初版，頁371。

　　在詩歌領域中，詩評家們同樣體會到藝術真實不同於客觀事物的真實，如宋・葛立方《韻語陽秋》針對沈括批評杜甫詩提出申辯，其曰：「杜子美〈古柏行〉云：『霜皮溜雨四十圍，黛色參天二千尺』沈存中《筆談》云：『無乃太細長乎？』余謂詩意止言高大，不必以尺寸計也。」（《歷代詩話》）；又杜牧〈江南春〉絕句云：「千里鶯啼綠映紅，水村山郭酒旗風。南朝四百八十寺，多少樓臺煙雨中。」是一首富于藝術想像的好詩，明・楊慎《升庵詩話》卷八卻批評道：

> 「千里鶯啼」，誰人聽得？「千里綠映紅」，誰人見得？若作十里，則鶯啼綠紅之景，村郭樓臺、僧寺酒旗，皆在其中矣。〔註3〕

對此，清・何文煥〈歷代詩話考索〉曾反駁說：

> 千里鶯啼綠映紅⋯⋯此杜牧〈江南春〉詩也。升庵謂「千」應作「十」，蓋「千里」已聽不著，看不見矣，何所云「鶯啼綠映紅」耶？余謂即作「十里」，亦未必盡聽得著，看得見。題云〈江南春〉，江南方廣千里，千里之中，鶯啼而綠映焉；水村山郭，無處無酒旗；四百八十寺，樓臺多在煙雨中也。此詩之意既廣，不得專指一處，故總而名曰〈江南春〉。詩家善立題者也。〔註4〕

兩者比照，楊慎的批評是就實際生活事物出發，不免拘泥坐實；而何文煥則深諳詩家藝術想像與聯想的美感特質，歸結「此詩之意既廣，不得專指一處」、「詩家善立題者也」。

　　有了以上的觀念，我們即可針對晚唐五代詠史詩作進一步的觀察，看詩人如何運用豐富的想像、聯想，將歷史真實與藝術真實加以融合。首先是杜牧的〈過華清宮絕句三首〉其一：

> 長安回望繡成堆，山頂千門次第開。
> 一騎紅塵妃子笑，無人知是荔枝來。（《樊川詩集注》卷二）

〔註3〕丁福保輯：《歷代詩話續編》中冊，台北：木鐸出版社，民國77年7月，頁800。

〔註4〕何文煥訂：《歷代詩話》，台北：藝文印書館，民國63年4月三版，頁530。

這是詩人根據歷史的簡單記載，加上創造性的想像，所完成的一篇佳作。《唐國史補》云：「楊貴妃生于蜀，好食荔枝，南海所生，尤勝蜀者，故每歲飛馳以進，然方暑而孰，經宿則敗，後人皆不知之。」〔註5〕小杜據此設景描摹，以見使者急馳千里傳送荔枝，勞師動眾的結果，只爲了滿足楊貴妃一人的口腹之慾及博取婦人歡心而已。這就將貴妃寵極一時，玄宗只圖安逸縱樂、不恤民瘼的史實，作了最生動傳神的藝術展現。而《遯齋閑覽》卻說：「杜牧〈華清宮〉詩云：『長安迴望繡成堆……』尤膾炙人口。據《唐紀》：明皇以十月幸驪山，至春即還宮，是未嘗六月在驪山也。然荔枝盛暑方熟。詞意雖美而失事實。」（見《苕溪漁隱叢話》引）顯然是不了解藝術想像之眞，因爲詠史詩不是歷史紀錄，並不以追求史實之眞爲鵠的。

另外在〈臺城曲二首〉中，杜牧也發揮其聯想力：

整整復斜斜，隋旗簇晚沙，
門外韓擒虎，樓頭張麗華。
誰憐容足地？卻羨井中蛙。（其一）

王頒兵勢急，鼓下坐蠻奴。
激灩倪塘水，叉牙出骨鬚。
乾蘆一炬火，回首是平蕪！（其二）

這兩首詩是專詠隋軍攻破陳朝的情景。前一首，以遠處隋之大軍壓境而來，近處兵臨城下即將攻破城門而入之危急，與美人猶歌舞未休之荒唐串聯一氣，遠景、近景畫面並置，自然地產生對比、聯想之效果。末兩句以嘲諷口脗，寫陳後主倉惶之中，偕寵妃張麗華、孔貴人等躲入景陽井的狼狽狀態，語雖輕淡而諷意自深。後一首則寫隋將王頒領軍攻城，而陳臣任忠（小字蠻奴）率騎投降，反助王頒攻城，陳朝之眾叛親離可以想見。三四句言王頒于陳滅後，發陳武帝之陵，剖棺，

〔註5〕杜牧撰、馮集梧注：《樊川詩集注》，台北：漢京文化事業公司，民國72年9月，頁138。

焚骨取灰，投水而飲之以報殺父之仇。結尾則以陳朝遭焚毀屠戮，化
爲一片平蕪作結。詩人運用聯想以畫面呈現之手法，不加議論褒貶，
而作意自在言外。

　　許渾詠史詩普遍帶有覽古情緒，其〈凌歊臺〉一首，在覽古之餘，
也發揮想像，將歷史之眞轉化爲藝術之眞：

　　　宋祖凌高樂未回，三千歌舞宿層臺。

　　　湘潭雲盡暮山出，巴蜀雪消春水來。

　　　行殿有基荒薺合，寢園無主野棠開。

　　　百年便作萬年計，巖畔古碑空綠苔。（《全唐詩》卷五三三）

宋武帝劉裕爲南朝宋之開國君主，《南史·宋本紀》說他「清簡寡欲，
嚴整有法度，未嘗視珠玉輿馬之飾，後庭無紈綺絲竹之音。」〔註6〕
但許渾詩的第二句卻有「三千歌舞」的描述，爲此引起楊愼「胸中無
學，目不觀書」〔註7〕的批評。其實，以藝術角度來說，許詩並非敘
述劉裕的生平行誼，也不是評判他的功過得失，而是面對歷史陳跡凌
歊臺，抒繁華易逝之情。「三千歌舞」只不過作爲昔日繁盛的象徵，
與今日的荒薺、野棠、綠苔等頹敗景象對比，以凸出變易之迅疾，因
此完全是詩人想之景。

　　想像，是藝術家創造力的最高表現，也是詩人的才能最重要的表
徵之一。葉燮說「縱其心思之氤氳磅礴，上下縱橫，凡六合以內外，
皆不得而囿之。以是措而爲文辭，而至理存焉，萬事準焉，深情托焉，
是之謂有才。」〔註8〕乃知高度發展的想像力，成爲藝術家必具的徽
章，更爲詩人驕傲的冠冕，而談到詠史詩的想像，自然不能忽視李商
隱的作品，如〈驪山有感〉與〈龍池〉：

　　　驪岫飛泉泛暖香，九龍呵護玉蓮房。

〔註6〕李延壽撰：《南史》，北京·中華書局，1997年11月，頁23。

〔註7〕《升庵詩話》卷一，見《歷代詩話續編》中冊，台北：木鐸出版社，
　　　頁646。

〔註8〕葉燮：《原詩》，錄自丁仲祜編訂《清詩話》下，台北：藝文印書館，
　　　民國66年5月再版，頁718。

> 平明每幸長生殿，不從金輿惟壽王。(〈驪山有感〉)
>
> 龍池賜酒敞雲屏，羯鼓聲高眾樂停。
>
> 夜半宴歸宮漏永，薛王沉醉壽王醒。(〈龍池〉)

〈驪山有感〉是對唐玄宗的荒淫作大膽的揭發，首二句明詠溫泉中的
石龍、玉蓮，暗寓玄宗的寵護楊妃。三四句承上而譏刺更爲明顯。〈龍
池〉一詩避開正面描寫，選取宮廷日常生活的場景，側面著筆，對玄
宗進行含蓄的諷刺。兩首詩在構思和鋪陳之場景均頗爲相似，詩旨亦
同。而詩中所詠之歷史根據不過是——貴妃原是壽王妻，卻爲玄宗所
奪。至於篇中的事件、時空完全是出自義山文學藝術的想像，洪邁《容
齋續筆》說楊貴妃於天寶二年方入宮，評義山〈龍池〉與史實不符，
同樣犯了膠柱鼓瑟的毛病，詩人微詞寄諷，不必狃於事實。

在〈隋宮〉一詩裏，李商隱發揮生動的想像，將兩個朝代君王湊
在一起：

> 紫泉宮殿鎖煙霞，欲取蕪城作帝家。
>
> 玉璽不緣歸日角，錦帆應是到天涯。
>
> 於今腐草無螢火，終古垂楊有暮鴉。
>
> 地下若逢陳後主，豈宜重問後庭花？(《玉谿生詩集箋注》卷
> 三)

起二句說長安宮殿深鎖，直想以揚州作爲其安身之所，「欲取蕪城作帝
家」是全篇眼目，頷頸二聯皆從此句領起，末聯「地下若逢陳後主，豈
宜重問後庭花？」冷語作收，意在以陳後主之滅亡烘托隋煬帝之荒淫豪
奢，其由來當是活用楊廣與陳叔寶夢中相遇的故實。據《隋遺錄》所載：

> 煬帝在江都，昏湎滋深，嘗遊吳公宅雞臺，怳忽與陳後主
> 相遇，尚喚帝爲殿下。後主舞女數十，中一人迥美，帝屢
> 目之，後主曰：「即麗華也。」乃以綠文測海蠡酌紅梁新釀
> 醽勸帝，帝飲之甚歡，因請麗華舞〈玉樹後庭花〉。麗華徐
> 起，終一曲。後主問帝曰：「龍舟之遊樂乎？始謂殿下致治
> 在堯、舜之上，今日復此逸遊，曩時何見罪之深耶？」帝
> 忽寤，叱之，怳然不見。〔註9〕

〔註9〕引自馮浩：《玉谿生詩集箋注》，台北：里仁書局，民國70年8月，

義山依於此段事實，驅駕想像的翅膀，勾勒出一幅生動的畫面，在興亡之感中，同時滲入主觀的諷喻，讓讀者更加印象深刻。方瑜說此聯「以後主與煬帝並比，詩人想像兩個末代亡國之君一旦相逢的情景，詩思極爲巧妙。」〔註10〕是很有見地的評語。

再看七絕〈夢澤〉，同爲奇想之作：

夢澤悲風動白茅，楚王葬盡滿城嬌。

未知歌舞能多少，虛滅宮廚爲細腰。（《玉谿生詩集箋注》卷三）

這是詩人途經夢澤一帶之時，因眼前景物的觸發，引起對歷史和人生的聯想和感慨，而寫下的一首詩。首句寫望中所見夢澤秋天荒涼景象，詩中第二句，陳貽焮認爲是詩人從《韓非子‧二柄》：「楚靈王好細腰，而國中多餓人。」和《後漢書‧馬廖傳》：「楚王好細腰，宮中多餓死！」中所得到的啓發，將「國中多餓人」和「宮中多餓死」兩句中之最（「國」、「死」）合而爲一，並加以發展，于是就生出了「楚王葬盡滿城嬌」的奇想。〔註11〕由於開頭的「夢澤」、「白茅」是帶有濃厚地方色彩的字眼，描繪出想像中楚國當時當地一派廣漠而深沉的肅殺秋景，渲染出悲愴氣氛，因而巧妙地賦予此傳聞以具體可觸的生活實感，更便於通過眞切的感受去認識楚王的荒淫、冷酷和希寵美人的庸俗、愚蠢。清‧姚培謙說：「普天下揣摩逢世才人，讀此同聲一哭矣！」（《李義山詩箋註》）另一詩評家屈復也說：「制藝取士，何以異此！可歎！」（《玉谿生詩意》）則從自己的切身遭遇聯想到古代社會中的科舉制度，屬於另一種角度的理解。

清‧葉燮在論及詩歌三要素「理、事、情」時說：

可言之理，人人能言之，又安在詩人之言之？可徵之事，

人人能述之，又安在詩人之述之？必有不可言之理，不可

頁 687。

〔註10〕方瑜：〈李商隱的詠史詩〉（下），台北《中外文學》，民國 66 年 4 月，第五卷第十二期，頁 85。

〔註11〕陳貽焮〈談李商隱的詠史詩和詠物詩〉，見王蒙等編《李商隱研究論集》，桂林‧廣西師範大學出版社，1998 年 1 月，頁 79。

> 述之事，遇之於默會意象之表，而理與事無不燦然於前者
> 也。(《原詩》內篇下)

「可言之理」屬知性的邏輯名言之理，「可徵之事」就像歷史事件均
有確實記載可供檢索，至於「必有不可言之理，不可述之事，遇之於
默會意象之表」，可謂訴諸藝術想像，營造生動的場景、意象，使人
心領神會，進而體悟超越邏輯推演之理，和歷史記載之外的眞實。通
過上述詩例的詮解，我們可以曉論詩人靈活運用想像，把歷史眞實融
入藝術眞實，饒富詩趣，增加詩歌可讀性。同時也體驗藝術想像實際
上與創造一樣重要，黑格爾即說：「眞正的創造就是藝術想像的活動」
(《美學》)，英國詩人雪萊則說：「想像是創造力，亦即綜合的原理。
它的對象是宇宙萬物與存在本身所共有的形象」(《西方古典作家論創
作》) 在詠史詩中，詩人拋棄那陳陳相因的構思，似曾相識的形象，
人云亦云的語言，想像新意，因而能凸顯不同流俗的審美特質。

二、集中概括典型化

　　藝術想像之餘，集中概括典型化也是詩人處理歷史眞實與藝術眞
實的方式。集中概括典型化，不是眾象紛陳，而是把歷史凝結在一個
細物、一個場景中，「選擇最富于孕育性的那一頃刻，使得前前後後
都可以從這一頃刻中得到最清楚的理解」(萊辛《拉奧孔》)。如李商
隱〈齊宮詞〉云：

> 永壽兵來夜不扃，金蓮無復印中庭。
> 梁臺歌管三更罷，猶自風搖九子鈴。(《玉谿生詩集箋注》卷三)

寥寥二十八個字，概括了南齊覆亡的前前後後，也昭示了梁朝將重蹈
南齊覆亡的必然命運。黃叔燦說「齊以淫侈亡滅，梁復不戒而蹈其禍」
(《唐詩箋注》)意即在此。九子鈴本爲南齊莊嚴寺之物，東昏侯蕭寶
卷爲取悅潘妃，取來爲其殿飾。此物本爲前朝昏君荒淫之物證，然而
爲何梁朝新主尋歡作樂之後，風中仍傳來鈴動之音？屈復評曰：「不
見金蓮之跡，猶聞玉鈴之音，不聞于梁臺歌管之時，而在既罷之後。

荒淫亡國，安能一一寫盡？只就微物點出，令人思而得之。」（《玉谿生詩意》）紀昀亦曰：「妙從小物寄慨，倍覺唱歎有情」（見沈厚塽《李義山詩集輯評》）一個小小的九子鈴，就將齊梁兩朝的歷史串聯起來，這就是詩人剪裁命意之妙。

又如〈南朝〉詩，同樣以小喻大，運用諷喻筆法傳達濃烈盛衰之感：

> 地險悠悠天險長，金陵王氣應瑤光。
>
> 休誇此地分天下，只得徐妃半面粧。（《玉谿生詩集箋注》卷三）

詩詠梁朝之事，亦即詠南朝。「地險」二句，指金陵的地勢險要，山嶺綿延，天塹長江，橫亙西北。傳說金陵有王氣，〔註12〕上應瑤光星象。「休誇」二句，是對偏安一隅，自恃天險，不圖進取的小朝廷尖刻地諷刺。「徐妃半面粧」活用梁元帝妃子徐昭佩之事，〔註13〕以昭著南朝偏安江左，分王三百年之意。要之，義山此詩妙在從極細瑣的僻典中，包孕宏富的義涵，也是集中概括典型化的佳例。

除了李商隱擅於取小事以喻大局，納須彌於芥子以外，杜牧《過華清宮絕句三首》之二也有典型場景的刻畫：

> 新豐綠樹起黃埃，數騎漁陽探使回。
>
> 霓裳一曲千峰上，舞破中原始下來！（《樊川詩集注》卷二）

「新豐綠樹起黃埃，數騎漁陽探使回」正是描寫探使從漁陽經由新豐飛馬轉回長安的情景。探使身後揚起的滾滾黃塵，是迷人眼目的煙幕，又象徵著叛亂即將爆發的戰爭風雲。小杜從「安史之亂」紛繁複雜的史實中，只攝取了「漁陽探使回」的一個場景，可說匠心獨具。既揭露了安祿山的狡黠，又暴露了玄宗的糊塗，有雙重功用。

〔註12〕《太平御覽》引《金陵圖》云：「昔楚威王見此有王氣，因埋金以鎮之，故曰金陵。秦併天下，望氣者言江東有天子氣，鑿地斷連岡，因改金陵為秣陵。」

〔註13〕《南史‧梁元帝徐妃傳》：「妃無容質，不見禮。帝二三年一入房。妃以帝眇一目，每知帝將至，必為半面粧以俟，帝見則大怒而出。」同註6，頁102。

　　如果說詩的前兩句是表現了空間的轉換，那麼後兩句「霓裳一曲千峰上，舞破中原始下來」，則表現了時間的變化。前後四句所表現的內容原本屬於互相獨立的，然通過詩人巧心靈智的剪裁，便讓它們具有互為因果的關係，暗示了兩件事之間的內在聯繫。觀覽全篇結構，自「漁陽探使回」到「霓裳千峰上」，是以華清宮來聯結，銜接自然，不著痕跡。如此手法，不僅以極儉省的筆墨概括了一場重大的歷史事變，更重要的是揭示出事變發生的原因，詩人的構思是很精巧的。

　　陸龜蒙的詠史詩約有十餘首，數量不多，卻也能掌握集中概括的要義，試品其〈和襲美館娃宮懷古五絕〉其二云：

　　　　一宮花渚漾漣漪，倭墮鴉鬟出繭眉。

　　　　可料座中歌舞袖，便將殘節拂降旗。（《全唐詩》卷六二八）

詩人于歷史場景中展示吳國滅亡的悲劇，「歌舞」是因，豎「降旗」是果，用一「拂」字便將二者聯繫起來，以原因同結果在時間銜接上的緊湊，表現歌舞沉酣的生活與敗國亡身之間的必然關係，這完全是通過意象，創造出美的意境來評判歷史的。

　　晚唐五代之前，許多五七言古體的詠史詩，篇幅較長，適于開展敘事、議論，相對來說，對情節、意蘊的提煉熔鑄和對典型化的要求不甚明顯。晚唐五代的詠史，體裁由古體轉向近體為主，尤以七絕居多（李商隱、杜牧詠史，七絕約佔其數三分之二；胡曾、周曇等則全為七絕）。因為篇幅短小，難以展衍敘寫，淋漓抒慨。然詠史詩因事興感、撫事寄慨的特點又使其不能離開必要的敘事描寫和抒情議論。為克服此一瓶頸，集中概括典型化成為詠史短章藝術上成敗的關鍵，而優秀詩人的詠史詩總能體現此一美的特徵。

第二節　主觀情意與客觀物境的交融

　　朱光潛《詩論》說：「詩的境界是情景的契合。宇宙中事事物物常在變動生展中，無絕對相同的情趣，亦無絕對相同的景象。情景相生，所以詩的境界是由創造來的，生生不息的。……阿米兒（Amiel）

說得好：『一片自然風景就是一種心情』景是各人性格和情趣的返照。」
〔註14〕宗白華〈中國藝術意境之誕生〉一文認為：「藝術家以心靈映
射萬象，代山川而立言，他所表現的是主觀的生命情調與客觀的自然
景象交融互滲，成就一個鳶飛魚躍，活潑玲瓏，淵然而深的靈境；這
靈境就是構成藝術之所以為藝術的『意境』。意境是『情』與『景』
（意象）底結晶品。」〔註15〕朱光潛所論的「境界」和宗白華所稱的
「意境」是相同義涵的名詞，它們都是情景契合的最高理想的藝術，
而此一最高理想藝術，也是詩人所追求所創造的詩歌美學特徵。在晚
唐五代詠史詩的藝術實踐中，詩人不再是歷史景象的見證人，而是與
歷史景象同呼吸共命運的整體構成，唯其情感的全部投入，才會有意
境的產生，否則就只是辭勝於情。其具體的建構方式可從移情作用與
情景交融來觀察、把握。

一、移情作用

移情是一種藝術創作和欣賞的心理現象。正如維柯說：「詩的最
崇高的努力就是賦予感覺和情慾於本無感覺的事物。」其意是將在我
之情外射到無生命的外物表面，使物皆著我之色彩，我歌月徘徊，我
舞影零亂；登山則情滿於山，觀海則意溢於海。天地含情，草木知意
（參李浩《唐詩的美學詮釋》頁315）。

相同的概念在朱光潛《文藝心理學》第三章〈美感經驗的分析〉
中也得見說明：

> 大地山河以及風雲星斗原來都是死板的東西，我們往往覺
> 得它們有情感，有生命，有動作，這都是移情作用的結果。
> 〔註16〕

〔註14〕朱光潛著：《詩論》，合肥・安徽教育出版社，1997 年 9 月一版，頁
　　　　45。
〔註15〕見宗白華著：《美從何處尋》，台北：駱駝出版社，民國 84 年 6 月，
　　　　頁 65～66。
〔註16〕見朱光潛著：《朱光潛全集》第一卷，合肥・安徽教育出版社，1987
　　　　年 8 月，頁 236～237。

在詩歌創作活動之中，詩人常會把自己的主觀感情投射到客體中去，以人度物，將對象人格化，此即所謂「移情作用」，王國維稱之為「以我觀物，故物皆著我之色彩」。〔註17〕像李商隱〈籌筆驛〉一詩中，即有這種高度的藝術特徵：

猿鳥猶疑畏簡書，風雲長爲護儲胥。

徒令上將揮神筆，終見降王走傳車。

管樂有才眞不忝，關張無命欲何如。

他年錦里經祠廟，梁父吟成恨有餘。（《玉谿生詩集箋注》卷二）

移情作爲形象思維的方法，乃是詩人抒情達意、創造意境的重要手段。首聯「猿鳥猶疑畏簡書，風雲長爲護儲胥」中「猿」、「鳥」、「風」、「雲」均已通過詩人的審美移情而在詩裏有了情感、生命和動作。出句說，猿和鳥都畏懼諸葛亮的軍令，說明軍威尚存；對句說，風雲還在護衛諸葛亮的營壘，說明如有神助。猿鳥風雲的狀態在詩人浪漫主義的想像中，是由諸葛亮引起的反應，這些都作爲「賓」，用以突出諸葛亮軍威這個「主」。這些作爲賓的自然景物，都具有人類的某些特性，是擬人化，是帶象徵性的，是富於浪漫色彩的。猿鳥風雲，作爲籌筆驛的實景，還起到渲染氣氛的作用，使人有肅穆之感；然而，並非只是單純的氣氛描寫，而是化實爲虛，實景虛用，以賓拱主，直接突出「孔明風烈」此一主體。

　　出現在詠史詩中的「史」，是浸透了詩人主觀情感的意象化了的「史」，像頷聯、頸聯的上將（孔明）、降王（劉禪）、管樂（管仲、樂毅）、關張（關羽、張飛）無一不是飽蘸詩人情感的歷史人物。義山把他們羅致筆下，自由驅遣，不少風致。「徒令上將揮神筆，終見降王走傳車」鎔裁古事，如何地精切不移！詩意沉著簡鍊，唱歎有情；「管樂有才眞不忝，關張無命欲何如」一聯中並列古今，虛實相照，對得自然。〈籌筆驛〉所詠乃諸葛亮，此聯對句中的關羽、張飛爲其同時人，是今；管仲是春秋時人，樂毅是戰國時人，遠在三國之前，

─────────────

〔註17〕王國維：《人間詞話》，台北：三民書局，民國83年3月，頁5。

是古。所以說並列古今，而諸葛亮「每自比於管仲、樂毅」（《三國志‧蜀書‧諸葛亮傳》），故以管、樂直指諸葛亮便是自然之事，因此「管樂」可說雖「古」猶「今」，雖「虛」仍「實」，其與關張對舉，益見詩人構思奇絕。末聯「他年錦里經祠廟，梁父吟成恨有餘」正寫當年作者親至成都錦里，憑吊武侯祠，吟哦罷樂府古辭〈梁父吟〉，心中充滿無限惆悵，將一脈深情鎖於字裏行間，所以此詩常令詩評家激賞不已，主要是義山運用移情所產生的效果。

　　晚唐五代詠史詩中顯示出移情特點的，常常是那些具有某種美學特徵和屬性的自然景物，如：「原上荻花飄素髮，道傍菰葉碎羅巾」（羅隱〈漂母塚〉）荒墳上荻花菰葉成為亡靈的化身。「江聲似激秦軍破，山勢如匡晉祚危。殘雪嶺頭明組練，晚霞簷外簇旌旗。」（韋莊〈謁蔣帝廟〉）江山形勝成為歷史人物（蔣子文）的豐碑。「章華臺下草如煙，故郢城頭月似弦。惆悵楚宮雲雨後，露啼花笑一年年。」（韋莊〈楚行吟〉）露啼花笑對比楚國郢都的荒涼。這些自然景物融合著詩人的審美體驗，被賦予特有的含義，而在詩人筆下一再地出現，構成一個個具有鮮明個性的新形象。

　　晚唐五代詠史詩中的移情活動呈現出不同的形態，而詩人對它們的表達方式也是富於變化的。一是用肯定的方式，從正面加以表現，把無情之物寫得楚楚多情（參師長泰〈試談唐人詩歌創作中的移情作用〉，《唐代文學研究》第四輯，頁4），如：

渚蓮參法駕，沙鳥犯勾陳。（李商隱〈陳後宮〉）

莫恃金湯忽太平，草間霜露古今情。（李商隱〈覽古〉）

湘波如淚色漻漻，楚厲迷魂逐恨遙。（李商隱〈楚宮〉）

蜀相階前柏，龍蛇捧閟宮。（李商隱〈武侯廟古柏〉）

恨為秋色晚，愁結暮雲陰。（張祜〈賦昭君塚〉）

祝壽山猶在，流年水共傷。（張祜〈華清宮和杜舍人〉）

日光斜照集靈臺，紅樹花迎曉露開。（張祜〈集靈臺二首〉之一）

雲愁鳥恨驛坡前，孑孑龍旗指望賢。（張祜〈馬嵬歸〉）

千燒萬戰坤靈死，慘慘終年鳥雀悲！（杜牧〈故洛陽城有感〉）

返魂無驗青煙滅，埋血空成碧草愁。（溫庭筠〈馬嵬驛〉）

早梅悲蜀道，高樹隔昭丘。（〈過華清宮二十二韻〉）

朱閣重霄近，蒼崖萬古愁。（〈過華清宮二十二韻〉）

至今湯殿水，嗚咽縣前流。（〈過華清宮二十二韻〉）

浣紗春水急，似有不平聲。（崔道融〈西施灘〉）

伯勞應是精靈使，猶向殘陽泣暮春。（陸龜蒙〈和襲美館娃宮懷古五絕〉之五）

西施不及燒殘蠟，猶爲君王泣數行。（皮日休〈館娃宮懷古五絕〉之三）

殘花舊宅悲江令，落日青山弔謝公。（韋莊〈上元縣〉）

城邊人倚夕陽樓，城上雲凝萬古愁。（韋莊〈咸陽懷古〉）

山色未能忘宋玉，水聲猶似哭襄王。（韋莊〈謁巫山廟〉）

詩人賦物以情，景隨情化，「不以虛爲虛，而以實爲虛，化景物爲情思」（范晞文《對床夜話》）詩中的沙鳥、碧草、霜露、江水、古柏、暮雲、紅樹、野花、早梅、蒼崖、伯勞、殘蠟、落日、青山等景物，都具有了人的意志和情感。詩人將自己的情感「移注」于客觀自然景物身上，讓主體與客體實現了同一。賦物以情，物因情變。此一情況下，客觀景物事實上已改變其自然狀態，另外具有鮮明生動的個性，而成爲詩人主觀意志的象徵，成爲詩人情感的化身了。

一是用否定的方式，從反面落筆，寫物之「無情」以見其原本「有情」。這即是「反」中見「正」的表達方式（參師長泰〈試談唐人詩歌創作中的移情作用〉，《唐代文學研究》第四輯，頁4），如：

無情最是臺城柳，依舊煙籠十里堤。（韋莊〈臺城〉）

魚龍爵馬皆如夢，風月煙花豈有情。（韋莊〈雜感〉）

九重天子去蒙塵，御柳無情依舊春。（韋莊〈立春日作〉）

鄴中城下漳河水，日夜東流莫記春。（張祜〈鄴中懷古〉）

繁華事散逐香塵，流水無情草自春。（杜牧〈金谷園〉）

秦淮有水水無情，還向金陵漾春色。（溫庭筠〈春江花月夜詞〉）

象床寶帳無言語，從此誰周是老臣。（溫庭筠〈經五丈原〉）

楊柳本無情，風月煙花亦然，流水東去莫記春光，御柳無情，象床寶帳無語，都是客觀的自然現象。詩人卻以人度物，覺得它們均有理智，從反面推出「無情」、「豈有情」、「莫記春」、「無言語」的否定命題。移情于物，使「柳」、「風月煙花」、「漳河水」、「流水」、「秦淮水」、「象床寶帳」具有人的感情、性格和意志。錢鍾書說：「按邏輯說來，『反』包含先有『正』，否定命題總預先假設著肯定命題。詩人常常運用這個道理。」（《宋詩選注》）在移情活動的表達方式上，將「正」包含在「反」中，從「無情」見出「有情」，此為詩人「翻弄法」（唐汝詢《唐詩解》）的妙處所在。

劉勰《文心雕龍》曾說：「登山則情滿于山，觀海則意溢于海」移情現象的產生，與人的心境相關。心境是一種相對穩定、較為持久的情緒狀態，而又具有彌散性的特點。黑格爾（Hegel）也說：「藝術對于人的目的在讓他在外物界尋回自我」（《美學》）可以看出，在晚唐五代詠史詩中，移情不僅是作為比喻、象徵的手法而起作用，更主要的則是詩人以實為虛，以形傳神，使抽象的情感融會于自然景物而轉化為具體可感的形象。

二、情景交融

情景二端，一虛一實，景中含情，情寓景中，兩相融合，妙趣橫生（參蘇珊玉《盛唐邊塞詩的審美特質》頁450）。陸機《文賦》云：「遵四時以歎逝，瞻萬物而思紛」劉勰《文心雕龍・物色》說：「歲有其物，物有其容，情以物遷，辭以情發」已經注視及詩人的情感與外在境遇之間感應的關係。而根據蔡英俊《物色比興與情景交融》一書之研究，最早提出「情景交融」觀念的批評論著是南宋黃昇《中興以來絕妙詞選》，他據引姜夔批評史達祖詞作的意見加以推闡，其後，

范晞文《對牀夜語》中正式以「情景交融」一詞來評斷唐代（尤其是晚唐）詩人的創作表現（台北大安出版社，七十五年 5 月初版，頁329～330）。也就是說南宋中葉以前，尚無具體的「情景交融」批評理論出現，但沒有批評理論並表示沒有「情景交融」的創作理念與創作事實，在詩歌領域中，詠物詩、詠懷詩、山水詩、邊塞詩等，「情景交融」的作品，可謂俯拾即是，而詠史詩中，「經古人之成敗詠之」（《文鏡秘府論》）的一類作品，也不乏達到「情景交融」的篇章。如李商隱〈楚宮〉詩：

> 湘波如淚色漻漻，楚厲迷魂逐恨遙。
> 楓樹夜猿愁自斷，女蘿山鬼語相邀。
> 空歸腐敗猶難復，更困腥臊豈易招？
> 但使故鄉三戶在，綵絲誰惜懼長蛟！（《玉谿生詩集箋注》卷一）

詩的前四句是以景寫情。屈原忠而見疑，沉湘殉國，此詩即從眼前所見之湘江起筆。「湘波如淚色漻漻，楚厲迷魂逐恨遙」對著湘江，想起屈原的不幸遭遇，詩人傷悼不已。于詩人眼中，清深的湘波，皆是淚水匯集而成。這「淚」有屈原的憂國憂民之淚，有後人憑弔屈原之淚，也有詩人此刻傷心之淚。湘江淌著無盡的淚水，也在為屈原而哀悼。而在這如淚聚集的湘波中，詩人彷彿看見千年前屈原的迷魂。「逐恨遙」寫迷魂帶著深沉悲憤，隨波遠流，湘江萬古無窮盡，此恨千秋不絕期。「恨」字與「淚」字，融入詩人強烈情感，使讀者一望即知這是對屈原的沉痛傷悼，也是對造成屈原悲劇之楚國統治者強烈的批判。

頷聯又從湘江之岸的景物再加烘托，以呈顯情景交融。「楓樹夜猿愁自斷」說經霜的楓樹和哀鳴的愁猿加深迷魂之愁而寸腸絕。「女蘿山鬼語相邀」即以女蘿為帶的山鬼招喚屈原的迷魂，境界陰森可感。漫漫長夜，森森楓影，迷魂無依，只得夜猿山鬼為伴，此聯景象淒迷，悲風迴旋，悲情如海，哀感頑豔。

　　後四句抒發詩人內心的慨歎，似議似歎，亦議亦歎。五六句說：
即便屈原死後埋藏地下，其尸也會空自歸於腐敗，魂亦難以招回，更
遑論是沉江而死，葬身於腥臊魚蝦腹中，其迷魂就更難招回。首、頷、
頸三聯均是感傷悲慨，末聯情韻一變，由淒惻婉轉變爲激越高昂，以
熱烈歌頌屈原的忠魂作結，意爲：只要楚人不絕，他們就會用彩絲糉
箬包扎食物來祭祀屈原，而人民永遠懷念這位偉大的愛國詩人。李重
華《貞一齊詩說》曾云：「詩有情有景，且以律詩淺言之，四句兩聯，
必須情景互換，方不複沓，更要識景中情、情中景，二者循環相生，
即變化不窮。」〔註18〕義山此詩以景托情，以感歎爲議論，使全篇始
終充滿濃厚的抒情氛圍，加以內容上反復詠歎這個特點，就讓作品達
「微婉頓挫，使人蕩氣迴腸」〔註19〕而感人至深。
　　再觀〈曲江〉之作，亦有一種美的特徵：
　　　　望斷平時翠輦過，空聞子夜鬼悲歌。
　　　　金輿不返傾城色，玉殿猶分下苑波。
　　　　死憶華亭聞唳鶴，老憂王室泣銅駝。
　　　　天荒地變心雖折，若比傷春意未多！（《玉谿生詩集箋注》卷
　　　　一）
吳調公《李商隱研究》以爲此詩屬於思古憂今之作，詩人因爲看到曲
江春色，遂聯想到天荒地變，荊棘銅駝，從而憂心於王室。〔註20〕陳
永正則言「本詩概述曲江的興廢之事，抒發了作者對國事日非的憂
傷。詩歌沉鬱悲涼，頗有〈黍離〉之慨。」〔註21〕根據葉蔥奇疏解，
此詩爲義山於開成元年（西元836年）春間行經其地所作。〔註22〕首

〔註18〕見於丁仲祜編訂：《清詩話》，台北：藝文印書館，民國66年5月再
　　　　版，頁1188。
〔註19〕翁方綱《石洲詩話》卷二，見劉學鍇等編：《李商隱資料彙編》，北
　　　　京．中華書局，2001年11月，頁686。
〔註20〕吳調公著：《李商隱研究》，台北：明文書局，民國79年9月初版，
　　　　頁83。
〔註21〕陳永正選注：《李商隱詩選》，台北：源流出版社，民國72年4月初
　　　　版，頁89。
〔註22〕葉蔥奇疏注：《李商隱詩集疏注》，北京．人民文學出版社，1998年

聯寫李昂（文宗）重修曲江本出於追慕開元、天寶之盛，而旋遘巨變，方修便廢，升平臨幸之望於焉遂絕，夜間徒聞冤鬼悲號。次聯說玄宗遭安史之亂，逃往西北，楊妃雖賜死而不返，然還京後，王室尊嚴依然如故。三四聯敘陸機的受讒冤死，索靖的「老憂王室」，雖悲愴於「天荒地變」，但陸機一死長終，索靖不過預憂未來，與我如此深憂積憤地目睹宦官囂張專橫，皇帝受制於家奴的情形相比，他們的情況要好多了。詩人身臨「曲江」，撫今追昔，總括了記憶中的見與聞，加倍地教人黯然神傷，追前想後，有多少淒涼的感觸，在景物中迴盪。

除了義山，杜牧的詠史也散發情景交融的特徵，細味其七絕〈登樂遊原〉，欲揉繽紛於一緒：

> 長空澹澹孤鳥沒，萬古銷沉向此中。
>
> 看取漢家何事業，五陵無樹起秋風。（《樊川詩集注》卷二）

小杜這首詩托物起興，展現恢宏氣勢，俞陛雲以爲「前二句尤佳，有包掃一切之概」（《詩境淺說續編》）。關於樂遊原，早於《漢書·宣帝紀》即載曰：「神爵三年，起樂遊原。」；地方志書也記錄說：「樂遊原，在陝西長安南八里，其地居京城最高處，四望寬敞，京城之內，俯視指掌。每正月晦日，三月三日，九月九日，京城士女，咸就此登賞禊祓。」（見《長安志》）可知詩人一登古原，全城在覽，視通萬里，思接千載，詩句描摹孤鳥沒入天際，進入永恆的時空之中，大有「觀古今於須臾，撫四海於一瞬」（陸機〈文賦〉）的意象，第三句語鋒一轉，且看今日漢家尚餘何事可供憑弔？即便那曾埋葬西漢帝王的五陵（高帝、惠帝、景帝、武帝、昭帝之陵）也都殘破不堪，其他的事物就更不用說了！

在詩中，我們看到的是一幅寂寞、荒涼的五陵秋景圖，然而透過畫面，我們領會到詩人是借漢喻唐，爲衰敗的晚唐王朝唱哀歌。這首詩結句情景交融，含義深沉，尤爲傷感冷峻。清·沈德潛在《唐詩別裁》中說：「樹樹起秋風，已不堪回首，況無樹耶？」〔註23〕沉重的

---

8 月，頁 514。

〔註23〕沈德潛選編：《唐詩別裁集》，長沙·岳麓書社，1998 年 2 月一版，

感傷生長于詩人痛苦的內心，沒有晚唐的時代和心理基礎，不經血淚的滋養潤育，就不會有如此地入骨沉哀。

又如〈蘭溪〉一詩，表達了詩人深刻的人生感悟和對宇宙世界的認識：

> 蘭溪春盡碧泱泱，映水蘭花雨發香。
>
> 楚國大夫憔悴日，應尋此路去瀟湘。（《樊川詩集注》卷三）

這首詩中，詩人眼前實在的蘭溪春水，雨中蘭花，芳風藻川等自然景物，與詩人的意識中虛幻的形容枯槁，顏色憔悴，披髮行吟的屈原圖象交融。兩部分意象由疊印、回憶，虛境、想像，幻覺來構成畫面，超越一千多年的時空，把詩人自己的意緒濃縮在四句詩中，從而構成了這首詩的多層結構與深層結構，深遠的美學境界中包孕詩人的瞬間感悟。這中間既有個人的感喟，也有對屈原的崇敬與追懷，更有深層次中蘊含的人類對生命的共感現象。詩人由眼前的自然景象，想到昔日「憂愁幽思」，「九死不悔」的屈原，山川依舊，屈原行吟之聲彷彿在身，然而人世滄桑，社稷已幾經變易，詩中具有濃郁的哲理意味，個的生命短暫即逝，人類與自然萬物的存在卻綿延不已。這種強烈的宇宙感，歷史感與時代感相互交融滲透，耐人品味，引人感傷。

晚唐五代詩人中，杜牧詩雖屬豪宕勁健一類風格，但仍帶來抹不去的感傷之痕，這是我們鑑賞杜牧詠史時不可偏忽的美學角度。

情、景是構成文學的基本要素，王國維說：

> 文學中有二原質焉：曰景，曰情。前者以描寫自然及人生之事實為主，後者則吾人對此種事實之精神的態度也。故前者客觀的，後者主觀的也；前者知識的，後者感情的也。……要之，文學者，不外知識與感情交代（案：交替、交融）之結果而已。苟無敏銳之知識與深邃之感情者，不足與於文學之事。（〈文學小言〉第四則，《全集》第五冊）

文學包含詩歌，詩歌之作，主要也是發攄情意，反映生活，黑格爾說：

頁 470。

「詩的出發點就是詩人的內心和靈魂，而最完美的抒情詩的表現就是凝聚於一個具體情境的心情」（《美學》）以宏觀的視角瀏覽晚唐五代詠史詩篇，我們可以發現詩人在「感物」、「言志」的審美基礎上，於景物的眞實描寫中，融入主觀情思，創造出情景交融的完美詩境，並衍爲一股時代的藝術潮流，這也是晚唐五代詠史詩美學特徵之一。

第五章　晚唐五代詠史詩美學風格

　　時賢對於「風格」之論多有獨特的見解，姚一葦說：「所謂風格，乃是一個時代的一般性或社會意識，與一個藝術家的特殊性或個人意識，透過藝術品的形式與品質，而形成的那一藝術家的世界。」〔註1〕林淑貞則認爲「詩歌風格是創作者資藉詩歌的語言形式，具現創作者才氣噴薄、性靈獨抒的風貌以及組構語言文字、搏造詩歌意境的能力，吾人透過詩歌鑑賞所感悟領會到的整體風貌，稱爲風格。」〔註2〕均屬學有心得而發于文字的界說。

　　考「風格」一詞出現於中國文獻當中甚早，最先使用它的要算東晉的葛洪。葛洪曾在《抱朴子・疾謬》篇裏談到：「以傾倚屈申者，爲妖妍標秀；以風格端嚴者，爲田舍樸駿。」這裏的「風格」所指是人物言行品德的綜合表現，亦即人品。〔註3〕之後，梁朝文學理論批評家劉勰于《文心雕龍・議對》篇使用「風格」來議論作家文學作品的藝術特色，其曰：「漢世善駁，則應劭爲首；晉代能

〔註1〕姚一葦著：《藝術的奧祕》，台北：開明書局，民國63年初版，頁309。
〔註2〕林淑貞著：《詩話論風格》，台北：文津出版社，民國88年7月一刷，頁478。
〔註3〕參考楊成鑒：《中國詩詞風格研究》，台北：洪葉文化事業公司，民國84年12月初版，頁3。

議，則傅咸為宗。然仲瑗博古，而銓貫有敘；長虞識治，而屬辭枝繁；及陸機斷議，亦有鋒穎，而腴辭弗翦，頗累文骨：亦各有美，風格存焉。」〔註4〕就中揭示應劭、傅咸、陸機三人之作品各有美的內涵與風格呈現。

　　大體而言，文學作品藝術風格的形成與作家的才情、個性，運用的語言文字技巧，作品的內容、形式等均有密切的關係，不同的作家，有不同的作品風貌格調，主要是受其獨特情性氣質的影響，這一點，在劉勰《文心雕龍・體性》篇得到說明：

> 夫情動而言形，理發而文見，蓋沿隱以至顯，因內而符外者也。然才有庸儁，氣有剛柔，學有淺深，習有雅鄭，並情性所鑠，陶染所凝，是以筆區雲譎，文苑波詭者矣。……才力居中，肇自血氣；氣以實志，志以定言，吐維英華，莫非情性。是以賈生俊發，故文潔而體清；長卿傲誕，故理侈而辭溢……孟堅雅懿，故裁密而思靡；平子淹通，故慮周而藻密……安仁輕敏，故鋒發而韻流；士衡矜重，故情繁而辭隱：觸類以推，表裏必符；豈非自然之恆資，才氣之大略哉！〔註5〕

可見由於才、氣、學、習的不同，而風格各異。藉著作品風格，讀者可以感受作家自然流露的獨特情性與藝術況味，具有美的意義，同時藝術風格的優劣也象徵作家美學創造成熟的標誌。

　　晚唐五代詠史詩是詩人內心情感潮汐的傾瀉，也是現實生活從語言文字中找到激情與想像的表現，透過審美經驗的不同會產生不同的美感於詩人筆底。當然，這是因為每一位詩人都有他們各自的生命質性，以及獨特的人生觀，但在相似的時代氛圍中所創作的詩歌作品也不乏相類的審美情感，於是，在諸多詠史詩中常見的美學風格則有含蓄美、精警美和悲慨美。

〔註4〕見劉勰著、周振甫注《文心雕龍注釋》，台北：里仁書局，民國73年5月20日，頁461～462。

〔註5〕同註4，頁535～536。

第一節　深婉蘊藉的含蓄美

所謂「含蓄」意指詩人提供篇內有限的情境，卻能讓人體會到藏在篇外、無限的世界（參陳滿銘《章法學綜論》頁 368），亦如童慶炳所云：「所寫的很少很少，可讓人感受到的很多很多，這就是所謂以少少許勝多多許，這就是含蓄。」（《中國古代心理詩學與美學》，北京中華書局，西元 1997 年 10 月，頁 96。）

歷代文人對於含蓄美的重視與追求均得見於詩學相關論著，如司空圖《詩品·含蓄》云：「不著一字，盡得風流。」〔註6〕梅堯臣論詩曰：「含不盡之意，見於言外，然後爲至矣。」（見歐陽脩《六一詩話》）；《詩憲》也說：「含蓄者，言不盡意也。」〔註7〕清代著名的詩評家葉燮曾在《原詩》裏具體指出優秀詩歌的特點在于「含蓄無垠」，其曰：

> 詩之至處，妙在含蓄無垠，思致微渺，其寄託在可言不可言之間，其指歸在可解不可解之會，言在此而意在彼，泯端倪而離形象，絕議論而窮思維，引人於冥漠恍忽之境，所以爲至也。〔註8〕

可見詩歌若能達到「言在此而意在彼」、「含不盡之意於言外」的境地自然而然呈現出一種美，這種美是詩人與詩評家所重視的。在晚唐五代詠史詩中，有不少作品均呈現此一藝術風格，試觀章碣〈焚書坑〉詩云：

> 竹帛煙銷帝業虛，關河空鎖祖龍居。
> 坑灰未冷山東亂，劉項元來不讀書。（《全唐詩》卷六六九）

秦始皇統一天下之後，爲確保江山穩固，曾施行諸多暴政，「焚書坑儒」即爲眾所周知的一項。當時秦始皇聽從李斯之言而下令焚書，主

〔註6〕郭紹虞注：《詩品集解續詩品注》，台北：河洛圖書出版社，民國 63 年 9 月，頁 21。
〔註7〕《詩憲》撰者不詳，《修辭鑑衡》曾稱引之。見郭紹虞輯《宋詩話輯佚》，台北：華正書局，民國 70 年 12 月初版，頁 534。
〔註8〕葉燮《原詩》內篇，見丁仲祜編訂：《清詩話》，台北：藝文印書館，民國 66 年 5 月再版，頁 723。

要在於避免士人的黨議批評朝政與惑亂百姓，藉此以達到愚民的政策。豈知坑灰尚溫而山東已亂，秦始皇苦心經營的帝業依然崩頹，而造成秦國帝業崩頹的主角卻是劉邦、項羽等不讀書的草莽英雄，焚書令對他們而言完全不起作用，如劉邦曾對陸賈說：「迺公居馬上而得之，安事詩書！」（《史記·酈生陸賈列傳》）項羽亦云：「書足記姓名而已。」（《史記·項羽本紀》）知二人皆不讀書者也。詩人一方面用含蓄的口脗點出此一事實，一方面也蘊藏「暴政必亡」的道理，周珽說：「亂不生于讀書之輩，乃兆於焚書之時」（《唐詩選脈會通評林》）誠為極佳的詮評。

含蓄，是一種藝術風格，也是一種藝術手法，手法的運用無非是要展現風格。含蓄的手法最易和諷刺相結合，屬於詩中的春秋筆法，如張祜〈集靈臺二首〉之二：

> 虢國夫人承主恩，平明騎馬入宮門。
>
> 却嫌脂粉污顏色，淡掃蛾眉朝至尊。（《張承吉文集》卷五）

由於楊貴妃得寵於唐玄宗，楊氏一門皆受封爵。據《舊唐書·楊貴妃傳》記載，貴妃「有姊三人，皆有才貌，玄宗並封國夫人之號：長曰大姨，封韓國；三姨，封虢國；八姨，封秦國，並承恩澤，出入宮掖，勢傾天下」〔註9〕此詩即通過虢國夫人朝見玄宗之描寫，微諷他們之間的曖昧關係和楊氏專寵的氣燄。詩的首句「承主恩」已隱含諷意，虢國夫人因妹妹的得寵，亦「承主恩」。次句則是對「承主恩」的具體描繪，虢國夫人並非后妃，竟可「騎馬入宮」，而「平明」天剛亮之時，此刻並非朝見皇帝的時辰，虢國夫人卻能上朝，顯示若非皇帝之特准，哪能如此。故而「平明騎馬入宮門」一句，看似平凡無奇，實則耐人深思。由於此一異常之舉，虢國夫人與玄宗的荒唐不言可喻。第三句「却嫌脂粉污顏色」，據樂史《楊太眞外傳》云：「虢國不施妝粉，自衒美豔，常素面朝天」〔註10〕她對自己的天然美色充滿自

〔註9〕劉昫撰：《舊唐書》，北京·中華書局，1997年11月，頁567。
〔註10〕引自汪辟疆編《唐人傳奇小說》之〈長恨歌傳〉附錄，台北：文史

負與自信，比起那人爲的脂粉粧飾要勝過許多。以此爲憑在皇帝面前
衒耀爭寵，實際上與濃妝豔抹取悅君王是同工異曲的方式。末句「淡
掃蛾眉朝至尊」乃「卻嫌脂粉污顏色」的結果。「朝至尊」呼應一、
二兩句，又坐實到朝見上來。三、四句基本上是單純誇耀虢國夫人超
乎常人的美色。但透過「卻嫌脂粉」而「淡掃蛾眉」，含而不露地勾
勒出虢國夫人那輕佻風騷、刻意承歡的形象。此一形象與「至尊」名
號相連，使人感到一種莫可名狀的諷喻。要而言之，本詩特點在於含
蓄，似褒實貶，欲揚反抑，以極恭維的語言進行十分深刻的諷刺，益
見藝術技巧之高明。

又其〈華清宮四首〉之一、之二云：
　　風樹離離月稍明，九天龍氣在華清。
　　宮門深鎖無人覺，半夜雲中羯鼓聲。
　　天閣沉沉夜未央，碧雲仙曲舞霓裳。
　　一聲玉笛向空盡，月滿驪山宮漏長。（《張承吉文集》卷五）
此二詩融微諷于清挺之中，含雋永于杳遠之外，以「羯鼓聲」暗暗點
出「安史之亂」，用「向空盡」表示往昔悵惘的情思及華清宮的寂寥，
其譏刺玄宗及吊古懷舊之情，盡入筆底。

溫庭筠〈經五丈原〉一詩，詠諸葛亮之餘，也有含蓄的諷刺劉禪
昏庸、譙周卑劣之處：
　　鐵馬雲雕共絕塵，柳營高壓漢宮春。
　　天清殺氣屯關右，夜半妖星照渭濱。
　　下國臥龍空寤主，中原得鹿不由人。
　　象床寶帳無言語，從此譙周是老臣。（《溫飛卿集箋注》卷四）
諸葛亮一生致力於北伐，希望實現統一中國、恢復漢室的宏願。但始
終困於國力微弱、時運不濟，加上一挫于劉備冒失攻吳、彝陵慘敗；
復挫于劉禪昏懦、國無英主，獨木難支將傾的大廈，屢次北伐徒然耗
損國力，致民生凋敝，國勢如江河日下。「出師未捷身先死，長使英雄

淚滿襟。」杜甫的感傷正道出了歷代有志而不遇之士的心聲，令人不由得發生共鳴。詩的前四句全是寫景，詩行與詩行間跳躍、飛動，前二句說，蜀漢雄壯的鐵騎，高舉著繪有熊虎與鷙鳥的戰旗，以排山倒海之勢，飛速北進，威震中原。三四句筆挾風雲、氣勢悲愴。「天清殺氣」既點明秋高氣爽的季節，同時暗示戰雲密佈，軍情緊急。「妖星」一詞具有鮮明的情感色彩，傳達詩人對諸葛亮齎志而終的無比痛惜。

詩的後四句純是議論，以歷史事實為根據，悲切而深中肯綮。「下國臥龍空寓主」諸葛亮竭智盡忠，卻無法使後主劉禪從昏庸裏醒悟過來；「中原得鹿不由人」這是歷史的真相，也是歷史的無情。任憑諸葛亮英才天縱，鞠躬盡瘁，亦無力回天。最後兩句帶有諷意，梅成棟說：「收二句痛煞、憤煞之言，卻含蓄無窮。」（《精選七律耐吟集》）「象床寶帳無言語」一幅引人神傷的場景，孔明死後，劉禪無賢相輔弼，再也聽不到忠言的規勸。譙周是孔明死後，蜀後主劉禪的寵臣，在其慫恿下，蜀國降魏。「老臣」本為杜甫讚譽諸葛亮的詩語：「兩朝開濟老臣心」（《蜀相》），此地卻成了諷刺譙周最犀利的用詞。詩人暗將譙周誤國降魏和孔明匡世扶漢作一比，讀者自不難聯想後主的昏憒、譙周的卑劣。無怪乎清詩評家沈德潛於此句旁批云：「誚之比於痛罵」（《唐詩別裁》飛卿用「含而不露」的手法，反而收到比痛罵更強烈的效果。

溫庭筠詩本以側豔為工，而此篇能以風骨遒勁見長，確是難得，余成教《石園詩話》云：「〈過陳琳墓〉、〈經五丈原〉、〈蘇武廟〉三詩，手筆不減於義山，溫、李齊名，良有以也。」（《清詩話續編》頁 1772）孫琴安說：「渾厚蒼老，字法句法，俱可與義山〈籌筆驛〉諸作相匹。」（《唐七律詩精品》頁 326）

相對於〈經五丈原〉，他的〈過華清宮二十二韻〉，是本色之作，仍不失含蓄蘊藉之諷：

> 憶昔開元日，承平事勝遊。貴妃專寵幸，天子富春秋。月
> 白霓裳殿，風乾羯鼓樓。鬥雞花蔽膝，騎馬玉搔頭。繡轂

千門伎，金鞍萬户侯。薄雲欺雀扇，輕雪犯貂裘。過客聞
韶濩，居人識晷旒。氣和春不覺，煙暖霽難收。澀浪和瓊
甃，晴陽上彩斿。卷衣輕鬢嬾，窺鏡澹娥羞。屏掩芙容帳，
簾褰玳瑁鉤。重瞳分渭曲，纖手指神州。御案迷萱艸，天
袍妒石榴。深巖藏浴鳳，鮮隰眉潛虯。不料邯鄲蟊，俄成
即墨牛。劍鋒揮太皞，旗颭拂蚩尤。内嬖陪行在，孤臣預
坐籌。瑤簪遺翡翠，霜仗駐驊騮。豔笑雙飛斷，香魂一哭
休。早梅悲蜀道，高樹隔昭丘。朱閣重霄近，蒼崖萬古愁。
至今湯殿水，嗚咽縣前流。（《溫飛卿集箋注》卷六）

此詩先寫開元、天寶時玄宗奢侈和貴妃得勢、炙手可熱的景況，他們
和權臣住著金碧輝煌的宮殿，穿著錦衣重裘，過著聲色犬馬、荒淫無
度的腐朽生活。詩中把安禄山比爲「邯鄲蟊」、「即墨牛」，含蓄地寫
出了「安史之亂」及貴妃之死。全詩自第一韻至第十四韻，極力鋪陳
華清宮的富麗堂皇，玄宗的驕奢淫逸。第十五韻至第二十二韻，則描
繪唐玄宗的衰敗命運。但詩人的藝術描寫並不是赤裸裸的，也不是令
人觸目驚心的，而是顯示在「豔笑」、「香魂」、「遺翡翠」、「駐驊騮」
等一幅幅畫面之中的。它顯得辭采閃爍、光澤耀眼、絢麗斑斕卻又溫
婉蘊藉。這種以含蓄風格表現唐室興衰過程的構思，乃是溫詩藝術獨
創性之所在。

　　含蓄是詩中隱藏著豐富的思想内容，讀了令人感到「言近而旨遠，
辭淺而義深，雖發語已殫，而涵義未盡。使夫讀者望表而知裏，捫
毛而辨骨，睹一事於句中，反三隅於字外。」（劉知幾《史通・敘事》）
簡潔、凝煉，其強大的藝術魅力正在於含蘊的豐富深厚，以李商隱詠
史詩而言，不僅含蓄蘊藉，亦有一唱三歎之妙，如〈龍池〉詩云：
　　龍池賜酒敞雲屏，羯鼓聲高眾樂停。
　　夜半宴歸宮漏永，薛王沉醉壽王醒。（《玉谿生詩集箋注》卷三）
前兩句描寫龍池宴飲的場面。後兩句宮宴時壽王的痛苦心情。此詩揭
示大膽，諷刺冷峭，但卻藏鋒不露，委婉含蓄，不下一字針砭，戟刺
之意已獲得充分表現。吳喬《圍爐詩話》卷一：「詩貴有含蓄不盡之

意，尤以不著意見、聲音、故事、議論者爲上，義山刺楊妃『夜半宴歸宮漏永，薛王沉醉壽王醒』是也。其詞微而意見，得風人之體。」清‧吳騫稱讚此詩末二句「用巧而見工」、「得言外不傳之妙」。〔註11〕表現手法委婉而意旨顯峻，不僅是〈龍池〉詩的特點，也是李商隱詠史詩的審美風格。

又如他的〈吳宮〉之作：

> 龍檻沈沈水殿清，禁門深揜斷人聲。
>
> 吳王宴罷滿宮醉，日暮水漂花出城。（《玉谿生詩集箋注》卷三）

這是譏刺當時皇帝荒淫、昏暗之作。「吳宮」、「吳王」當是假借之詞。前三句極意描繪他的醉生夢死情景，末句進一步揭出他宮幃中也隨著放浪淫逸。上三句明寫，末一字用比，措語極蘊藉，含諷卻尖銳。紀昀說：「末七字含多少荒淫在內，而渾然不覺，此之謂蘊藉。」〔註12〕

再看他的〈楚吟〉詩云：

> 山上離宮宮上樓，樓前宮畔暮江流。
>
> 楚天長短黃昏雨，宋玉無愁亦自愁。（《玉谿生詩集箋注》卷三）

這是一首借吟詠楚國之事表達作者思想情感的詠史七絕。詩中不實寫史實，不發議論，而是用圍繞主題的各種有代表意義之景物，構成一個特殊的環境，用它引起讀者的感受，以此寄托作者的內在心靈。馮浩說：「吐詞含味，妙臻神境，令人知其意而不敢指其事以實之。」（《玉谿生詩集箋注》）不僅給予很高的評價，也說出此詩藝術構思之巧妙絕倫。

杜牧詠史詩筆意豪宕，才氣縱橫，立意高絕，在發議論之餘，也能表現含蓄藝術風格，如〈赤壁〉詩云：

> 折戟沉沙鐵未銷，自將磨洗認前朝。
>
> 東風不與周郎便，銅雀春深鎖二喬。（《樊川詩集注》卷四）

此詩一開始以泥沙中一隻折斷的鐵戟起興，經由磨洗，辨認出爲六百

〔註11〕見吳騫《拜經樓詩話》卷四，引自劉學鍇等編《李商隱資料彙編》，北京‧中華書局，2001年11月一版，頁684。

〔註12〕見氏著《玉谿生詩說》。同註11，頁615。

多年前（赤壁之戰發生於西元 208 年，杜牧生卒為西元 803〜852 年）赤壁之戰所遺留之物，不禁引起「懷古之幽情」。後兩句是議論。當初周瑜若不是借東風之力，東吳恐將失敗，二喬亦將為魏武帝所得，藏諸銅雀臺中。作詩發議論，應當措辭微婉，杜牧此詩雖發議論，但能「含蓄深窈」（吳景旭《歷代詩話》庚集七）見其詠史功力非凡，吳喬盛稱此詩「用意隱然，最為得體」（《圍爐詩話》卷三，見《清詩話續編本》頁 558）。

　　通過上述詩例，我們知道含蓄是一種意在言外，美趣含在形象和意境中的藝術風格，是文學創作上一種重要的藝術手法，也是文學藝術上的一種美學特徵。含蓄美具有婉曲、蘊藉的藝術美感，是歷來十分受矚目的美學形態。﹝註 13﹞張表臣《珊瑚鉤詩話》云：「篇章以含蓄天成為上，破碎雕鏤為下。」（何文煥《歷代詩話》）舉凡含蓄之作，都具有含吐不露，渾然天成的美感。又宋・包恢說：「詩有表裏淺深，人直見其表而淺者，孰為能見其裏而深者哉！猶之花焉，凡其華彩光燄，漏洩呈露，燁然盡發于表，而其裏索然絕無餘蘊者淺。若其意味風韻，含蓄蘊藉，隱然潛寓于裏，而其表淡然若無外飾者，深也。然淺者韻美常多，而深者玩嗜反少，何也？知花斯知詩矣。」（〈書徐致遠無弦稿後〉）借觀花言詩，說明含蓄蘊藉的詩通常是深婉的，要能體驗作品中的言外之意，弦外之音，才稱得上是懂詩之人。

第二節　融理於情的精警美

　　詠史並非復述歷史，吟詠唱歎之間，亦可同時以議論表述對歷史的見解。然而，詠史詩又不是史論，絲毫不可忽略其詩美特質，議論必須是滲透作者真情而且不失具象性的議論。晚唐五代詠史詩另一藝術風格，即是議論中有情感，呈現「精煉警策」，辭達而理舉的神貌。

﹝註 13﹞見陳滿銘著：《章法學綜論》，台北：萬卷樓圖書公司，民國 92 年 6月初版，頁 367。

陸機《文賦》說：

> 立片言而居要，乃一篇之警策。雖眾辭之有條，必待茲而
> 效績。（《文選》）

《文選》李善注云：「以文喻馬也。言馬因警策而彌駿，以喻文資
片言而益明也。夫駕之法，以策駕乘，今以言之好，最于眾辭，若
策驅馳，故云警策。」所謂「立片言而居要」，能使全文生輝，是
一條具體的創作經驗，是文章求深、求精、求新的途徑，同時「警
策」而精煉，亦能呈顯獨特的審美風格。杜牧〈過華清宮絕句三首〉
之二云：

> 新豐綠樹起黃埃，數騎漁陽探使回。
> 霓裳一曲千峰上，舞破中原始下來！（《樊川詩集注》卷二）

黃叔燦評曰：「舞破中原始下來，造語驚人，奇絕痛絕」（《唐詩箋注》）
此句將唐玄宗的耽於享樂、執迷不悟刻畫得淋漓盡致。同時也顯出詩
人在遣詞造句方面的深厚功力，「立片言而居要」有力地烘托了主題，
正是精警的美感呈現。

再如〈過驪山作〉云：

> 始皇東游出周鼎，劉項縱觀皆引頸。削平天下實辛勤，卻
> 爲道旁窮百姓。黔首不愚爾益愚，千里函關囚獨夫。牧童
> 火入九泉底，燒作灰時猶未枯。（《樊川詩集注》卷一）

一二句說秦始皇東巡，欲出周鼎於泗水，而劉邦項羽均羨慕其威勢。
〔註14〕三四寫秦始皇統一天下，卻害苦了黔黎百姓，因爲他不施仁
政，而行暴政。五六最爲警策，述秦始皇的愚民政策適得其反，並使
自己眾叛親離。最後兩句則嘲笑秦始皇厚葬成空，其墓遭受掘焚。秦
始皇的驟起驟落，暴成暴廢常引來詩人之間的共鳴而寫下相似的詩
篇，如與杜牧友好的處士張祜即有〈經咸陽城〉之作：

〔註14〕《史記·項羽本紀》：「秦始皇帝游會稽，渡浙江，梁與籍俱觀。籍
曰：『彼可取而代也。』」《史記·高祖本紀》：「高祖常繇咸陽，縱
觀，觀秦皇帝，喟然太息曰：『嗟乎，大丈夫當如此也！』」。北京·
中華書局，1997年11月，頁79、91。

阿房宮盡客誰來，可惜連雲萬戶開。

秦地起爲千載業，楚兵焚作一場灰。

應知長者名終在，祇是生人意不迴。

何事暴成還暴廢，祖龍須死項須摧。（《張承吉文集》卷八）

詩詠秦宮而連及始皇與項羽，隱含行仁政才能國祚久長，暴政必亡的
道理。而〈讀西漢書十四韻〉可說是一篇西漢興亡史的濃縮版本：

日月中華正，星晨上國偏。經綸今四海，討伐舊三邊。失
道非無素，乘時不偶然。安劉機在早，誅呂計須權。禮樂
勝殘後，干戈止殺前。未聞晁氏戮，初幸賈生緣。善馬來
何利，窮兵去甚堅。國讎因破虜，民耗是求仙。忍憤中郎
節，殘形太史編。沖融當魏邴，覘衍自昭宣。故老心徒切，
先皇道益懸。元成眞漸地，哀少辛崩天。七廟傾王莽，三
公敗董賢。興亡豈無誡，爲看借秦篇。（《張承吉文集》卷九）

其中「失道非無素，乘時不偶然」、「國讎因破虜，民耗是求仙」、「興
亡豈無誡，爲看借秦篇」都有戒鑒意義，又異常奇警，使人讀之，牢
記內心，達到借前代史事諷喻當代的目的。

張祜另有〈詠史二首〉其一，是對漢武帝窮兵黷武、用兵西域的
非正義性作了尖銳的抨擊與批判：

漢代非良計，西戎世世塵。

無何求善馬，不算苦生民。

外國讎虛結，中華憤莫伸。

卻教爲後恥，昭帝遠和親。（《張承吉文集》卷二）

「漢代非良計，西戎世世塵」言漢朝無良好的治邊政策，幾乎每一朝
皇帝都與西邊部族發生戰爭。「無何求善馬，不算苦生民」揭露武帝
用兵西域只爲滿足掠奪西域財寶的私欲，從不顧及戰爭給雙方人民帶
來的深重苦難；「外國讎虛結，中華憤莫伸」指責武帝的黷武徒使漢
朝與西部歷來友好相處的兄弟民族結下仇怨，也聚集了中原人民的義
憤；「卻教爲後恥，昭帝遠和親」譴責武帝炫耀武力只逞威于一時，
卻爲後世子孫留下屈辱和親的遺患。總的說來，將武帝時期的西域戰

爭以五律作精審概括，復能辭達而理舉，不失其藝術風格。

晚唐五代詩人帶著幽深的情感沉吟于歷史中，苦思冥索歷史前進時顯示的哲理，探尋解答現實困惑的一線光明。這種思索的痕跡或隱或顯地呈現于詩中，溫庭筠〈達摩支曲〉云：

> 擣麝成塵香不滅，拗蓮作寸絲難絕。紅淚文姬洛水春，白頭蘇武天山雪。君不見無愁高緯花漫漫，漳浦宴餘清露寒。一旦臣僚共囚虜，欲吹羌笛先汍瀾。舊臣頭鬢霜華早，可惜雄心醉中老。萬古春歸夢不歸，鄴城風雨連天草。（《溫飛卿集箋注》卷二）

這是歌頌蔡文姬、蘇武的愛國情操和詠歎北齊君臣亡國恨的詠史詩，且是以樂府體裁而作。結構可分為三層。詩的前四句，「香不滅」、「絲難絕」，用麝香和蓮藕作比，頌揚了蔡琰、蘇武，他們雖然在匈奴之地十餘年，由於志堅心不殘，終究還是回到了漢朝。

中四句，是對北齊後主高緯的諷刺。「花漫漫」，說他荒淫無度。「共囚虜」、「先汍瀾」，言其遭受亡國之禍、身敗名裂，完全是咎由自取。

後四句，對北齊老臣深表惋惜。「頭鬢霜華早」、「雄心醉中老」，他們沒能遇到賢明的君主，即使有雄心，卻無處施展，只得借酒銷愁，白白虛擲一生的光陰。詩以「萬古春歸夢不歸，鄴城風雨連天草」作結，語勢矯健，以景含情，借遼闊宏偉的意象，表達咨嗟鑒戒之意旨，較直言譏刺尤勝一籌，別有警策之效，使人從中領會盛衰興亡之理，莫要重蹈覆轍。

又如李山甫〈上元懷古二首〉其一：

> 南朝天子愛風流，盡守江山不到頭。
> 總是戰爭收拾得，卻因歌舞破除休。
> 堯行道德終無敵，秦把金湯可自由？
> 試問繁華何處有，雨苔煙草古城秋。（《全唐詩》卷六四三）

詩人批判南朝天子荒淫誤國、喪德損身，總結出「堯行道德終無敵，秦把金湯可自由？」的經驗教訓，但結句又猛然把讀者從遙遠的歷史

拉回到「雨苔煙草古城秋」的殘酷冷寂的現實中來，心弦爲之震顫。

李商隱詠史常能以深刻的思理與微婉的情韻作完美結合，如〈詠史〉云：「歷覽前賢國與家，成由勤儉破由奢。」言閱覽歷史，得知前賢國家，莫不成由儉，敗由奢，並由此來評述歷代興亡成敗之因果法則，高度概括，精警動人。〈覽古〉云：「莫恃金湯忽太平，草間霜露古今情」闡發孟子所主張「固國不以山谿之險」（《孟子·公孫丑下》）的儒家思想，卻又融合自身關注國勢傾圮的情感。又〈詠史〉云：

> 北湖南埭水漫漫，一片降旗百尺竿。
>
> 三百年間同曉夢，鍾山何處有龍盤？（《玉谿生詩集箋注》卷三）

詩爲金陵懷古之作，總結六朝在金陵建都至陳亡教訓所在。末聯以提問口吻暗示，保國不在險勢，而在政治修明。後一句揭穿「金陵王氣」的風水迷信，總結了一筆六朝三百年興亡總帳，理直氣壯，遠勝於長篇政治論文，無怪乎傳誦不衰。

要而言之，融理於情的精警美，是詩人加強詩的形象性，借形象發議論，既維護了主題的尖新明確，又保護了詩的藝術性，因此，能呈示別於一般的藝術風格。

第三節　低迴淒切的悲慨美

由於時代精神、文化氛圍所使，晚唐五代詠史詩之主體情緒的個性化抒發，具有濃厚感傷沉鬱的底蘊，這使得許多作品中流露「悲慨」的美感。所謂「悲慨」，即悲傷感慨之意。司空圖《詩品·悲慨》云：

> 大風捲水，林木爲摧。適苦欲死，招憩不來。百歲如流，富貴冷灰。大道日喪，若爲雄才？壯士拂劍，浩然彌哀？蕭蕭落葉，漏雨蒼苔。〔註15〕

〔註15〕郭紹虞注：《詩品集解續詩品注》，台北：河洛圖書出版社，民國63年9月，頁35。

蔣勵材《二十四品近體唐詩選》詮評這段話說:「如捲水騰空的大風,使林木都為之摧毀,當必令人悲慨。遭遇痛苦,幾乎欲死;招致憩息,偏又不來;中心鬱結,自然悲慨。歲月如江水東流,富貴如雲煙過眼,感人生之無常,能不悲慨?而今大道日益淪喪,焉有雄傑之才,肩負此責?壯士不平,佛劍欲起,亦只徒呼負負,彌增悲哀而已。無邊落葉蕭蕭下,簷前漏雨長蒼苔,這都是引起悲慨的景象。」〔註16〕憑此,我們可以發現,晚唐五代詠史詩顯現此一風格的作品,屈指難數。如唐彥謙〈長陵〉詩:

> 長陵高闕此安劉,附葬纍纍盡列侯。
> 豐上舊居無故里,沛中原廟對荒丘。
> 耳聞英主提三尺,眼看愚民盜一抔。
> 千載豎儒騎瘦馬,渭城斜日重回頭。(《全唐詩》卷六七一)

首聯直說高祖長陵,及附葬墓冢之多,已啓悲慨之風;次聯推及豐居已無,沛廟亦荒,更增無名淒清;前半總寫陵廟故里空荒景象。後半以提筆振起,言聞當年輕儒之英主,提劍平天下,今人則眼見愚民掘其陵寢,千載下則儒生亦當為之咨嗟,總致憑弔英雄,感傷興亡之意。全篇氣格挺勁,音調悽朗。其中「三尺」、「一抔」,活用歇後語,造句工巧而自然。

復有崔櫓〈華清宮〉云:

> 門橫金鎖悄無人,落日秋聲渭水濱。
> 紅葉下山寒寂寂,濕雲如夢雨如塵。(《全唐詩》卷五六七)

空山廢宮,悄然無人,落日下只聞秋聲瑟瑟,但見紅葉飄落,寒意中透出寂靜,寂靜中更增寒意,而籠罩這一切的又是那如夢如塵的細雨濕雲。詩人只從眼前所見淒涼景象加以描寫,不著議論,而狀溢目前,情在詞外,具有更為深刻的情感力量,無怪楊慎《升庵詩話》評述:「崔櫓〈華清宮〉詩四首,每各精煉奇麗,遠出李義山、杜牧之上。」

〔註16〕蔣勵材編著:《二十四品近體唐詩選》,台北:國立編譯館中華叢書編審委員會編印,民國 70 年 4 月,頁 60。

（《歷代詩話續編》頁 821）

　　再看崔櫓另一首〈華清宮〉云：

　　　　草遮回磴絕鳴鑾，雲樹深深碧殿寒。

　　　　明月自來還自去，更無人倚玉闌干。（《全唐詩》卷五六七）

此詩形容離宮荒廢寂寞之狀，可謂極致。陸鎣《問花樓詩話》卷一說：
「〈華清宮〉詩，共推義山、牧之二作。崔魯（《全唐詩》作櫓）詩見
於《唐音》、《品彙》、《漁隱叢話》、《舊長安志》，共四首，皆工麗可
頌。余尤愛其「草遮回磴絕鳴鑾……」殊淒婉欲絕也。」（《清詩話續
編》頁 2293）淒婉欲絕亦是悲慨的具體表現之一。

　　又如韋莊〈上元縣〉：

　　　　南朝三十六英雄，角逐興亡盡此中。

　　　　有國有家皆是夢，爲龍爲虎亦成空。

　　　　殘花舊宅悲江令，落日青山弔謝公。

　　　　止竟霸圖何物在，石麟無主臥秋風。（《韋端己詩校注》卷四）

此詩借上元舊地詠歎南朝英雄霸業之消逝無蹤，固爲弔古題材，然其
著重強調所謂「國」所謂「家」之擁有「皆是夢」，如「龍」如「虎」
般建圖霸業「亦成空」，便顯然以其普遍性的意味構成借古傷時之指
向。吳融弔古詠史之作也寓有相同的意味，如〈過九成宮〉：「昇平舊
事無人說，萬疊青山但一川」、〈華清宮四首〉之二「一曲羽衣聽不盡，
至今遺恨水潺潺」之類，皆寫本朝盛衰之事，故喻時之意尤爲顯豁。

　　至於張祐〈雨霖鈴〉；杜牧〈登樂遊原〉、〈金谷園〉、〈驪山感舊〉、
〈題宣州開元寺水閣閣下宛溪夾溪居人〉；李商隱〈北齊〉、〈馬嵬〉、
〈曲江〉；唐彥謙〈仲山〉；溫庭筠〈過陳琳墓〉；韓偓〈吳郡懷古〉；
許渾〈金陵懷古〉、〈登故洛陽城〉；李群玉〈秣陵懷古〉；劉滄〈經煬
帝行宮〉、〈長洲懷古〉、〈咸陽懷古〉；薛逢〈開元後樂〉等作品也都
透顯著「悲慨」審美風格。王壽昌《小清華園詩談》卷上云：「詩之
慷慨悲歌者，易見精神」（《清詩話續編》頁 1871）在時代背景下孳
生、蔓延的傷時自傷的憂患意識，形成一種涵蓋廣泛的精神氛圍，普
遍滲入詩人心曲，時時透現于其創作實踐之中。即如「臥于笠澤之濱」

以隱士自居的陸龜蒙所作「歌詩賦頌銘記傳敘」，其實質亦皆爲「內抑鬱則外揚爲聲音」（〈笠澤叢書序〉）。羅隱的「《讒書》及其所賦詩」，更是「大抵忿勢嫉邪，舒洩胸中不平之蘊」（黃貞輔〈羅昭諫讒書題詞〉）而作。杜荀鶴則一方面將自己的創作實踐概括爲「一生中有苦心詩」（〈冬末自長沙遊桂嶺留獻所知〉），另一方面又將自己的創作態度概括爲「詩旨未能忘救物」（〈自敘〉），這種促使憂患意識導向詩教精神的主觀努力及其在表達載體中的客觀實現，實際上正是晚唐五代詩壇的一種重要創作傾向。

　　海德格認爲藝術的本質是「存有者之眞的成爲作品」，〔註17〕又在《藝術作品的本源》的〈後記〉中說：「眞理是存在的眞理。美不出現在眞理之外。當眞理自行置入作品時，美就出現。顯現，作爲藝術作品中眞理的這種存在的顯現，作爲作品的顯現，這就是美。」（李醒塵《西方美學史教程》頁 573）；大陸學者彭鋒則說：「文學藝術之所以以悲爲美，主要原因在于：悲能夠深入到自我心靈的最深層次，能夠使人意識到自己生命的眞實存在。」〔註18〕詠史詩的作者一方面歌詠歷史，一方面創造歷史，創造詠史詩的歷史，身處於自覺的歷史脈絡下，晚唐五代詩人通過詠史的美學實踐在昭顯著他們自身的存在。而詩文貴獨創，獨創顯風格，惟有開徑獨行，一空依傍，才是藝術創作成熟的標誌。宋・黃庭堅詩云：「文章最忌隨人後」，又云：「自成一家始逼眞」（阮閱《詩話總龜》卷一）說得也是這個道理。

〔註17〕參考項退結著：《海德格》，台北：東大圖書公司，民國78年3月，頁186。

〔註18〕參考《美學的意蘊》，北京・中國人民大學出版社，2000年1月一版，頁86。

第六章 結 論
——晚唐五代詠史詩美學價值與地位

　　美的事物有其價值，尤其像詩歌這種美文學，它的藝術價值應當被肯定。趙天儀在《美學與語言》中曾引用美國學者毛利斯（Charles William Marris, 1901-）的「語言使用的類型」，[註1] 指出「詩的語言底使用是價值的，詩的語言底模式是評價的意味作用」，[註2] 他認為「詩的語言之偉大的意義，乃是把獲得了的價值，予以記錄而保持著」、「所謂美文，所謂美麗的詞藻，如果沒有通過詩人或作家的『美的』感受，是缺乏美的靈魂的」[註3] 這話說得很正確，詩歌所記錄所保持下來的是詩人們心靈活動所獲得的審美經驗，透過詩人、創作家美的感受，散發美的靈魂，這樣的語言使用才有美的內涵與價值。

〔註1〕毛利斯的「語言使用的類型」如圖所示：（見於趙天儀：《美學與語言》，台北：三民書局，民國60年5月初版，頁103。）

樣式／使用	傳知的	價值的	誘發的	體系的
表徵的	科學的	虛構的	法規的	宇宙論的
評價的	神話的	詩的	道德的	批判的
命令的	技術的	政治的	宗教的	宣傳的
形式的	邏輯的‧數理的	修辭的	文法的	形而上學的

　　由圖中可知詩的語言是「價值的——評價的」。

〔註2〕同註1，頁104。
〔註3〕同註1，頁105。

　　進一步說，如果詩歌本身只是文字記錄而缺乏藝術功能的發揮，只是美麗辭藻而沒有感染人心的意蘊，那麼，這樣的作品，充其量也只是冰冷的符碼組合，很難保有它的美學價值，不但失去審美興味，無法流傳廣遠，更不會對後世產生任何文藝方面的影響，魏源于《詩比興箋‧序》云：「誦詩論世，知人闡幽，以意逆志，始知三百篇皆仁聖賢人發憤之所作爲，豈第藻繪虛車矣哉！」〔註4〕《詩》三百篇所以流傳久遠、影響廣闊，正是因爲它承載聖賢一貫的道統思想，世人無不奉爲詩學圭臬。基於這樣的認知，詩歌美的價值，在藝術價值與思想價值兩方面，詠史詩本身也具備這樣的價值，好的詠史詩由於美感經驗的傳遞，濡染人的精神意志，朝著向上向善的方位努力不懈，從而豐富自己的生命內涵。以下分爲兩節探討晚唐五代詠史詩審美價值與地位。

第一節　晚唐五代詠史詩美學價值

　　許鋼《詠史詩與中國泛歷史主義》一書曾揭示詠史詩的審美價值云：

> 詩是一種語言藝術，詩化是以語言爲媒介的審美化。當一個詩人在作品中對歷史素材進行詩化之時，他實際上做的，就是從審美角度來對歷史進行考察，並做相應的處理。作爲語言藝術作品，一首詠史詩即由此而獲得其審美特性，並將自己置於讀者的審美判斷之下。因此，一個新的標準，即「審美標準」，被應用於詠史詩作品。這一標準爲「美」，用於對歷史人物及其行爲進行審美判斷，並確保一首詠史詩作品的審美價值。〔註5〕

作者認爲在詠史詩裏，不道德的歷史人物及其行爲，已不再僅僅是不

〔註 4〕陳沆：《詩比興箋》，台北：樂天出版社，民國 59 年 10 月出版，頁 1～2。

〔註 5〕許鋼：《詠史詩與中國泛歷史主義》，台北：水牛出版社，民國 86 年 8 月，頁 142～143。

道德的了，而是醜陋的、令人厭惡的、可鄙的、可笑的……等等；而合乎道德的歷史人物及其行爲，也已不再僅僅是有道德的，而且是英勇的，崇高的，壯美的……等等。同時他還強調一首詠史詩作品本身可視爲具有三個向維，即「眞」的向維——涉及特定的歷史人物或事件，「善」的向維——以儒家道德規範爲準繩，「美」的向維——詩的形式（具審美特性）。成功的詠史作品是眞、善、美的有機統一與整合。〔註6〕

　　藉由許鋼的觀點，我們可以從喚起讀者審美判斷和眞善美的統一整合兩部分縷析晚唐五代詠史詩審美價值。

一、喚起讀者美的判斷

　　首先，詠史詩中歷史素材選擇的廣度與方向往往攸關詩人的創作心靈，如周曇《詠史‧閑吟》所云：「考摭姸媸用破心，翦裁千古獻當今」（《全唐詩》卷七二八）而且，詠史詩是以歌詠歷史人物、事件爲主的詩歌品類，若識見不明，賢愚不分，恐怕無法創作出令人滿意的詠史詩，不僅詩人人格與胸襟難以顯現，其詩作用心也不被讀者認知，就像袁枚《隨園詩話》所說：「詠古詩有寄託固妙，亦須讀者知其所寄託之意，而後覺其詩之佳。」〔註7〕在王壽昌的《小清華園詩談》卷上「總論」即主張：「詩有四正：性情宜正，志向宜正，本源宜正，是非取舍宜正。」其中是非取舍一項，關乎作家論人論事的識見與能力。何謂是非取舍？「曰好賢如〈緇衣〉，惡惡如〈巷伯〉。故賢愚不分，不足以論人；是非不辨，不足以論事；取舍不明，不足以御事變而服人心。」〔註8〕不管是論人論事，還是詠人詠事，都必要分賢愚、辨是非、明取舍，才足以正人心，裨世教，

〔註6〕同註5，頁143。

〔註7〕袁枚原著、張健精選：《隨園詩話精選》，台北：文史哲出版社，民國75年4月文一版，頁51。

〔註8〕郭紹虞：《清詩話續編》，上海：上海古籍出版社，1999年6月二刷，頁1855～1861。

懲悖亂，儆邪淫，進而透顯詠史詩的真正意義與價值。如聶夷中〈過比干墓〉云：

> 殷辛帝天下，厭為天下尊。乾綱既一斷，賢愚無二門。佞
> 是福身本，忠作喪己源。餓虎不食子，人無骨肉恩。日影
> 不入地，下埋冤死魂。腐骨不為土，應作直木根。余來過
> 此鄉，下馬弔此墳。靜念君臣間，有道誰敢論？（《全唐詩》
> 卷六三六）

這是詩人憑弔比干墓時所作的一首詠史詩，內容譴責紂王敗壞朝綱，
顛倒是非，殘殺忠良的暴行，讚揚比干的剛直精神和感歎君道難論。
全詩可析為三個部分，前八句皆著眼於殷紂王，層層剖析他的無道：
「殷辛帝天下，厭為天下尊」言紂王厭棄了作為天下君主所應遵守的
行為準則；「乾綱既一斷，賢愚無二門」說紂王執政，朝綱斷絕，賢
愚不分；「佞是福身本，忠作喪己源」把奸邪視為福身之本，把忠貞
看作喪己之源，益發強調其昏庸程度；「餓虎不食子，人無骨肉恩」
言加害骨肉至親，人不如獸，將紂的殘暴展露無遺。中間四句，則焦
點轉向比干，在太陽照射不到的地下，埋葬著比干的忠魂，其正直精
神永世長存，宛如高大挺拔的樹木。最後四句，是詩人語重心長的咨
嗟，著重在君道的難論。古以仁德慈愛、從諫如流、賞罰得宜為君道；
以忠于王事、直言極諫為臣道。二道相合，君聖臣賢，方為治世。但
事實上，行君道，聽取臣子諫言的國君，能有多少？而上諫君王，得
以平安無事的臣子，又有多少？詩人透過紂的醜惡和比干的美善作強
烈對比，無形中引導了讀者自身美的判斷，作者最後丟出一個費思量
的問題，喚醒讀者不斷從正反角度思索，進而提升至與作者同情，以
心印心，如此循環往復，詩歌的藝術價值於焉顯現，辛文房《唐才子
傳》說聶夷中詩作「含蓄諷刺，亦有謂焉」、「古樂府尤得體，皆警省
之辭，裨補政治，『樂而不淫，哀而不傷』，正《國風》之義也」在他
的詠史詩也能看到此一特質。

再者，詠史詩不是堆垛古人的「點鬼簿」，它是「作者直接歌詠

歷史題材，以寄寓思想感情，表達議論見解的一個類別」〔註9〕詩人面對現實，有感而發，將歷史題材熟練地選擇鎔裁，化爲瑰麗的詩篇，達到內容與形式完美的統一，可以說從選材開始，就已經融入詩人的審美意識，而涵攝審美意識的詠史詩最能喚醒讀者相對的審美判斷能力，我們來看李商隱〈籌筆驛〉詩：

猿鳥猶疑畏簡書，風雲長爲護儲胥。
徒令上將揮神筆，終見降王走傳車。
管樂有才眞不忝，關張無命欲何如。
他年錦里經祠廟，梁父吟成恨有餘。

這首詩是在大中九年（西元 855 年）冬柳仲郢調長安，義山隨仲郢返京途中所作。詩寫諸葛亮的威嚴、智慧、才能、功勳，不同於一般的讚頌，而是集中寫一「恨」字。爲凸顯「恨」字，作者使用烘雲托月、抑揚交替之手法。首聯說猿鳥畏其簡書，風雲護其藩籬，極寫其威嚴，一揚。范溫《潛溪詩眼》說：「誦此兩句，使人凜然復見孔明風烈。」〔註10〕此處並未直接刻畫諸葛亮，只通過猿鳥風雲的狀態就已突出他的善於治軍，完全是詩人審美意識融入作品之中，使讀者、鑑賞者心領神會所呈現的效果。頷聯卻言其徒有神智，終見劉禪投降，一抑；頸聯出句稱其才無愧于管仲、樂毅又一揚；對句寫關羽、張飛無命早亡，失卻羽翼，又一抑。即是在這一揚一抑地追敘史實，發表議論中，詩人感慨遙深地歎道：「他年錦里經祠廟，梁父吟成恨有餘。」心中湧起無限悵恨。一位偉大人物，壯志未酬，鬱鬱以歿，他該是何等悲憤。而偉大的憾恨不也是詩人的恨事麼！以一揚一抑的議論來表現「恨」的情懷顯得特別婉轉有致。要之，全詩把敘事、議論、寫景、抒情巧妙地融合在一起，唱歎有情，是詩人晚年時藝術已臻最高之境的作品。值得讀者再三諷誦。

〔註 9〕降大任〈試論我國古代詠史詩〉，見降大任選注：《詠史詩注析》，太原‧山西教育出版社，1991 年 6 月，頁 490。

〔註10〕郭紹虞著：《宋詩話輯佚》，台北：華正書局，民國 70 年 12 月初版，頁 329。

同是詠諸葛武侯，羅隱的〈籌筆驛〉與義山有相仿之處，其云：

抛擲南陽爲主憂，北征東討盡良籌。

時來天地皆同力，運去英雄不自由。

千里山河輕孺子，兩朝冠劍恨譙周。

唯餘岩下多情水，猶解年年傍驛流。（《全唐詩》卷六五七）

此詩慨歎諸葛亮生不逢時，雖志大才高，終不能一酬壯志，遺恨而逝。中心論點仍是「時運」。「時來天地皆同力，運去英雄不自由」是千古名聯，含蘊精深，感慨良多。諸葛亮受制于時、地、人，客觀條件十分不利，本無可爲。但他「知其不可而爲之」的儒家精神，正足以喚起讀者由崇敬而朝向善向上的自我實現之路邁進，因此，前人以爲此詩是羅隱七律中最好的一首，如余成教《石園詩話》卷二：「昭諫（羅隱）《籌筆驛》詩，亦七律中最佳者，議論亦頗似義山。」（《清詩話續編本》）

劉勰《文心雕龍·知音》說：「夫綴文者情動而辭發，觀文者披文以入情，沿波討源，雖幽必顯。世遠莫見其面，覘文輒見其心；豈成篇之足深，患識照之自淺耳。」沈德潛《唐詩別裁》亦說：「讀詩者心平氣和，涵泳浸漬，則意味自出；不宜自立意見，勉強求合也。況古人之言，包含無盡，後人讀之，隨其性情淺深高下，各有會心。」（凡例，頁4）作品之所以存在，是因爲作者與讀者雙方的需要，需要藉它來進行溝通；而要完成這種溝通，作品就必須具備可傳達性。詠史詩鮮明的形象性呈顯它的藝術特質，通過作品的藝術形象使讀者和作者聯繫起來，當詩人勇於呈露以一己的生命爲試探的歷程與結果時，往往留給讀者的不只是詩，而且是史。晚唐五代詠史詩即兼具了詩的意興、史的鼓舞，是以令人產生一種「哲人日已遠，典型在夙昔。風簷展書讀，古道照顏色。」的深刻的感動，從而顯現其美的價值所在。

二、眞善美的統一整合

優質的詠史詩具有它本身的特點和魅力。相較于其他詩歌，晚唐

五代詠史詩反映的歷史題材，更有特徵和概括力，具有某種歷史的典型性，因而也更容易給人以認識社會歷史的啓發、教益。黑格爾《美學》說：「美就是理念的感性顯現。」和許多歷史教科書及專著對比，詠史詩所富有的感情色彩和生動的形象，及特定的故事性或情節性，都使它具備相當感人的藝術力量。

　　以藝術價值的角度來看，由於詠史詩創作必須取材於歷史，于史有徵；同時它還必須採用詩歌的表現形式，因此，詠史詩是臻于融敘述、抒情、寫景與議論爲一體的文學藝術，如前述李商隱〈籌筆驛〉詩即是一例，而這也正是晚唐五代詠史詩區別于其他詩歌的特殊藝術價值。具體說來，主要有三點：

　　其一，歷史感與現實性的結合。晚唐五代詠史詩的歷史感是不言而喻的，只是在不同作者、不同詩作中有不同程度的體現，其分量有輕重之別，其程度有深淺之異，其境界有高下之分。若只有歷史感仍稱不上是成功、上乘之作，應有其現實針對性，即對生活的折射，也就是體現「古爲今用」的原則。應該強調的是，現實性是晚唐五代詠史詩創作核心，是其存在合理性的體現。惟有達到歷史感與現實性的結合，詠史詩才有生命力，才能體現其審美價值。如杜牧在吟出「東風不與周郎便，銅雀春深鎖二喬」（《赤壁》）時，不僅爲翻案，也是抒發身具將才無由施展之悲憤。而溫庭筠的「今日愛才非昔日，莫拋心力作詞人」（《蔡中郎墳》）則更是鋒芒畢露的控訴。

　　其二，理性美與詩意美的統一。理性所指在思辨。詠史抒情亦可發諸議論，精深尖新的議論構成了晚唐五代詠史的審美內涵之一，但議論要避免質直徑露，它必須在詩意中發出，融合詩美而成，在一定的程度上，即如吳喬推崇的「用意隱然」，像李商隱〈龍池〉詩厥爲佳例。理趣與詩情的統縮，理性美與詩意美的統一，深刻史識與濃郁詩意的交織，造就了成功的晚唐五代詠史詩。

　　其三，深層內蘊的哲學況味。這是一種具體的人生精義、深刻的生活眞諦、歷史的本質規律，它具有超越時空的普遍性、超越具象的

概括性，富有啓迪價值，如「歷覽前賢國與家，成由勤儉破由奢」（李商隱《詠史》）；「總是戰爭收拾得，卻因歌舞破除休。」（李山甫〈上元懷古二首〉其一）；「未必片言資國計，只應邪說動人心。」（羅隱《詠史》）；「廣德者強朝萬國，用賢無敵是長城。君王若悟治安論，安史何人敢弄兵。」（杜牧〈詠歌聖德遠懷天寶因題關亭長句四韻〉）均是警策之語。

就思想價值的角度而言，由於詠史詩直接反映歷史材料，讀者能從詩中「看到」歷史的若干場景、畫面，了解人類生活的昨日與前日，回顧社會歷史的變化和經過。人類的社會生活既然是繼往開來的，人們就不可能與歷史絕緣。因此，人們欲改善社會，開創新生，尋求美麗未來，仍須了解歷史知識，撫今追昔，以古爲鑒，吸收經驗和教訓。晚唐五代詠史詩乃是具有此種認識功能和價值的作品。它從如下的三方面表現出來：

一是歷史教育的價值。晚唐五代詠史詩有助於讀者認識歷史，使眼界開闊，並加深對歷史規律的掌握。譬如羅隱的〈西施〉：

　　家國興亡自有時，吳人何苦怨西施。
　　西施若解傾吳國，越國亡來又是誰？

詩中提出「家國興亡自有時」的命題，雖沒有給以正面的科學解釋，但以嚴密有力的邏輯、尖銳明快的反詰，戳穿了封建統治限級企圖推卸罪責，污蔑蛾眉招致亡國的謊言。讀者不難理解，詩人的對象所指爲昏瞶無道的國君。此一識見顯然比那些封建衛道者所宣揚的「女禍論」要高明得多。又如陸龜蒙的〈吳宮懷古〉云：

　　香徑長洲盡棘叢，奢雲豔雨祇悲風。
　　吳王事事堪亡國，未必西施勝六宮。

與羅隱之作不謀而合。吳越之戰，夫差獲得勝利以後，於生活上窮奢極欲，迷於女色；於軍事上好大喜功，只想稱霸中原；於政治上寵信佞臣，荒怠國事，殺戮忠良。吳王的所作所爲，事事都將招致亡國，並不只是因爲有了西施而造成亡國命運。

　　二是歷史研究價值。詠史詩為一種藝術創作，又是作者思想意識的反映，透過晚唐五代詠史詩提供我們有關作者的思想觀點、政治主張以及人生態度等多方面的材料，有助於我們了解和研究作者本人。張祜〈讀狄梁公傳〉：

> 失運盧陵厄，乘時武后尊。
> 五丁扶造化，一柱正乾坤。
> 上保儲皇位，深然國老勳。
> 聖朝雖百代，長合問王孫。（《張承吉文集》卷一）

詩詠狄仁傑得時志伸及安邦定國之成就，亦是對其人的欣羨仰慕。《唐才子傳》載張祜云：

> 祜久在江湖，早工篇什。研幾甚苦，搜象頗深。筆流所推，
> 風格罕及。……祜至京師，屬元稹號有城府，偃仰內庭，
> 上因召問祜之詞藻上下，稹曰：「張祜雕蟲小巧，壯夫不為。
> 若獎激太過，恐變陛下風教。」上頷之。由是寂寞而歸……。
> 〔註11〕

從此段文字中得知張祜偃蹇不遇，因而對政治上有所建樹的人物，藏有一份深深的情感，其另一首詠張九齡的詩也帶有這種色彩。〔註12〕又如陸龜蒙〈離騷〉詩：「天問復招魂，無因徹帝閽。豈知千麗句，不敵一讒言。」雖是傳達對屈原的哀思，而詩人個己的忠憤之情也溢於字裏行間。李商隱〈賈生〉歌詠宣室夜召、前席問鬼神之事翻出新意，將諷喻的矛頭指向「不問蒼生問鬼神」的唐代統治者；〈四皓廟〉：「本為留侯慕赤松，漢庭方識紫芝翁。蕭何只解追韓信，豈得虛當第一功？」則借「蕭何功第一」的異議，表達了對武宗、李德裕君臣未能定儲的遺憾。此外皮日休〈七愛詩〉中所詠七人均為詩人心目中的理想人物，如其序曰：

〔註11〕辛文房：《唐才子傳》，貴陽：貴州人民出版社，1995年2月第一版。
〔註12〕題為〈讀始興公傳〉：「歿世議方存，昇平道幾論。詩情光日月，筆
　　　力動乾坤。亂首光雄算，朝綱在典墳。明時封禪績，山下見丘門。」
　　　（《張承吉文集》卷一）

皮子之志，常以純眞自許。每謂立大化者，必有眞相，以
房杜爲眞相焉；定大亂者，必有眞將，以李太尉爲眞將焉；
傲大君者，必有眞隱，以盧徵君爲眞隱焉；鎭澆俗者，必
有眞吏，以元魯山爲眞吏焉；負逸氣者，必有眞放，以李
翰林爲眞放焉；爲名臣者，必有眞才，以白太傅爲眞才焉。
嗚呼！吾之道時耶，行其事也，在乎愛忠矣；不時耶，行
其事也，亦在乎愛忠矣。苟有心歌詠者，豈徒然哉！〔註13〕

劉克莊《後村詩話》評曰：「皮有〈七愛詩〉，爲房、杜、李西平、盧
鴻、元魯山、李太白、白居易七人而作。以嵩山處士、魯山，令次三
大臣；李翰林、白少傅名位不輕，列於處士、縣令之下：其高致卓識
如此。」至於杜牧〈題魏文貞〉則主要歌頌魏徵不畏困難、勇于用世、
敢于因勢利導改革政治的那種積極進取的精神，這些內容都有歷史研
究價值。

　　三是思想引導價值，藉由了解晚唐五代詠史詩中對同一（或同類）
歷史人物、事件種種不同觀點、議論，加以分析比較，有助於我們打
開思路，全面認識歷史人物的眞相和歷史事件的本質，從而進行正確
評價，同時也培養、鍛鍊我們辨證地思考問題、分析問題的能力。就
像詠王昭君的詩歌，晚唐五代詩人即從和親、望鄉、客死、哀紅顏、
斬畫工等主題作詮釋，引導讀者思想更上一層。

　　中國古代詩論一向重視詩歌的實踐效果，《毛詩序》稱「正得失，
動天地，感鬼神，莫近于詩。先王以是經夫婦，成孝敬，厚人倫，美
教化，移風俗」，所謂「經夫婦，成孝敬，厚人倫，美教化，移風俗」
即強調詩的社會功能。漢‧王符《潛夫論‧務本》篇云：「詩賦者，
所以頌善醜之德，泄哀樂之情也，故溫雅以廣文，興喻以盡意。」除
了提到詩歌頌美（善）、斥醜（惡）的社會功能，也體現其「泄哀樂
之情」的抒情本質。晚唐五代詠史詩客觀上融合歷史的眞、道德的善、
詩歌的美於一體，閱讀與欣賞之餘，能使我們獲得多方的教育，促進

〔註13〕見於《全唐詩》卷六〇八。

我們追求眞善美，反對假惡醜，其內蘊深沉、浩渺，對讀者具有普遍、恆久的感染力，這就是它的美學價值。

第二節　晚唐五代詠史詩美學地位

　　晚唐五代詠史詩，前有所承，後有所啓，而己有所立。它不但吸收前人詠史詩的精華，發展到最高峰，在繼承中也能開創新局，不落俗套，更重要的是，它獨特的藝術表現方式影響了後來詠史詩的寫作流風，具有一定的審美地位，本節擬從繼承與啓引的角度觀察之。

一、從繼承前人的角度觀察

　　詠史詩的發展脈絡，若從東漢班固（西元 32～92 年）創作第一首以〈詠史〉爲題的作品至晚唐五代（西元 836～960 年）來算，大約經歷了九百餘年，我們可以梳理出一條基本創作路線與型態，即史傳→詠懷→覽跡懷古→史論，其創作手法不外是敘事、抒情、寫景（抒情）、議論。

　　晚唐五代詩人在前人的詠史基礎上，強化了詠史詩抒情的特點，全面發揚左思詠懷的精神，而徹底擯棄了班固「櫽括本傳」的古老筆法，通過對于歷史人物、事件或歷史遺跡的描繪和詠歎來抒發自己的情懷，從這個意義上講，是趨於進步的。並且將中唐以來逐漸發展的懷古、史論型詠史加以吸收、轉變，從而到達融敘述、抒情、寫景、議論於一爐的新型範，更有象徵時代精神的義涵。

　　從美學思想上而言，晚唐五代儘管沒有盛唐時期雄姿勃勃、激越豪邁的特質，卻產生一種「晚香之韻」，〔註 14〕此一審美理想促使詩

〔註 14〕葉燮《原詩》外篇下：「論者謂『晚唐之詩，其音衰颯。』然衰颯之論，晚唐不辭，若以衰颯爲貶，晚唐不受也。夫天有四時，四時有春秋。春氣滋生，秋氣肅殺。滋生則敷榮，肅殺則衰颯。氣之候不同，非氣有優劣也。使氣有優劣，春與秋亦有優劣乎？故衰颯以爲氣，秋氣也；衰颯以爲聲，商聲也。俱天地之出於自然者，不可以爲貶也。又盛唐之詩，春花也；桃李之穠華，牡丹芍藥之妍豔，其

人于藝術上更加著意錘煉，精益求精，從而產生許多深具情味令人讀
之雋永的詠史詩，它們與前人作品相較，不但絲毫不遜色，以整體詠
史詩審美成就來看，已臻于渾融圓滿之境界。

（一）與初盛唐詠史名篇的比較

　　初盛唐詠史詩只有一九九首（據王紅統計），卻出現了李白、杜
甫等詠史大家，其詠史名篇每為後世所傳誦，而在晚唐五代詠史詩
中，不乏優秀詩人的作品與之頡頏，如杜牧、李商隱、溫庭筠的詠史
詩，即是一例。試以李白〈烏棲曲〉與杜牧〈悲吳王城〉為比較，李
白〈烏棲曲〉云：

> 姑蘇臺上烏棲時，吳王宮裏醉西施。吳歌楚舞歡未畢，青
> 山欲銜半邊日。銀箭金壺漏水多，起看秋月墜江波。東方
> 漸高奈樂何！（《李太白全集》卷三）

杜牧〈悲吳王城〉云：

> 二月春風江上來，水精波動碎樓臺。
> 吳王宮殿柳含翠，蘇小宅房花正開。
> 解舞細腰何處往，能歌姹女逐誰迴。
> 千秋萬古無消息，國作荒原人作灰。（《樊川詩集注》外集）

李白在抒發弔古情懷之餘，對吳王的荒唐生活表示了無可如何的嗟
歎，凸顯了氛圍渲染，淡化了傷今情調；而杜牧著重的是夫差「國作
荒原人作灰」的歷史悲劇，論史與抒懷得到了深化。這除了審美主體
才性、氣質、性格、修養、秉賦等方面的差異之外，時代的影響是顯
而易見的，劉勰《文心雕龍・時序》云：「文變染乎世情，興廢繫乎

品華美貴重，略無寒瘦儉薄之態，固足美也。晚唐之詩，秋花也：
江上之芙蓉，籬邊叢菊，極幽豔晚香之韻，可不為美乎？」（見《清
詩話》，頁 754）又牛運震《五代詩話・序》：「……若韋莊、陳陶、
羅隱、和凝、楊凝式、王貞白、杜荀鶴、韓熙載、徐仲雅，以及黃
滔、廖圖、齊己、貫休諸人，或清麗可喜，或怪峭自異……蓋亦有
足采者。……如自開平以訖顯德，上下六七十年，摧挹逸韻流風，
猶足以踵晚唐啓初宋。」（見王士禎原編、鄭方坤刪補《五代詩話》，
台北：鼎文書局，民國 60 年 3 月初版，頁 1。）

時序」在這裏也獲得印證。

　　再如李白〈蘇武〉與溫庭筠〈蘇武廟〉同是歌詠西漢民族英雄蘇
武的名篇，然敘述方式的不同，讀者所感受的美也有差別。李白詩云：

　　　蘇武在匈奴，十年持漢節。白雁上林飛，空傳一書札。牧
　　　羊邊地苦，落日歸心絕。渴飲月窟水，飢飱天上雪。東還
　　　沙塞遠，北愴河梁別。泣把李陵衣，相看淚成血。（《李太白
　　　全集》卷二十二）

溫庭筠詩云：

　　　蘇武魂銷漢使前，古祠高樹兩茫然。

　　　雲邊雁斷胡天月，隴上羊歸塞草煙。

　　　回日樓臺非甲帳，去時冠劍是丁年。

　　　茂陵不見封侯印，空向秋波哭逝川。（《溫飛卿集箋注》卷八）

李白用五古體式按時間先後敘述蘇武持節於匈奴之事，其詩貴在不著
議論，而情感自深，覽者在十二句的篇幅裏，彷彿可以聽到李白爲蘇
武在匈奴國度過漫長歲月所發出的嗟悼，透過高度的語言技巧傳達了
詩人深層的底蘊，加上韻腳用的是入聲屑韻，增添幾許黯淡悽惻。清·
王夫之評曰：「詠史詩以史爲詠，正當于唱歎寫神理，聽聞者之生其
哀樂。一加論贊，則不復有詩用，何況其體？」〔註15〕所謂「于唱歎
寫神理，聽聞者生其哀樂」正說明了作者對所詠的古人投注強烈眞切
的感情，而能將人物的精神氣貌體現出來，使讀者自然受其情感之薰
染而動容。

　　不同於李白，溫庭筠用的是七律體式，卻在敘述手法上有較爲靈
活的變化。他發揮了律詩章法結構之特性，妙運時空錯綜，跳躍交叉
於古今之際，使讀者更能感受其情志衝擊。首聯用一古一今的方法，
把時間上和空間上的距離拉近，點出主題「蘇武」與「廟」（古祠），
凸顯作者巧思。頷聯借兩幅圖畫，描述蘇武被羈留北地之苦境，似與
李白〈蘇武〉詩中「白雁上林飛，空傳一書札。牧羊邊地苦，落日歸

─────────────

〔註15〕王夫之：《唐詩評選》，北京·文化藝術出版社，1997年4月，頁56。

心絕」等句同一衷曲,而融情入景,化典故於渾茫無跡,相形之下,句法更爲精煉,義涵也更加豐贍。頸聯以逆挽法,形成今昔強烈對比,其韶華空逝、物是人非之慨,讀者自可於言外思而得之。末聯寫蘇武「回日」所見所感,隱含對武帝的追思。王壽昌《小清華園詩談》云:「如此諸作,其淒惻既足以動人,其抑揚復足以懲勸,猶有詩人之遺意也。」(《清詩話續編》)孫琴安認爲:「八句皆佳,一起有百感交集意,而『魂銷』二字尤甚。飛卿之作與許渾、劉滄、薛逢、吳融諸家不同。無他,許渾等作,無自己在內,而飛卿卻往往因己或傷今而詠,有自己在內,故感情愈加深摯,往往高於他人。」(《唐七律精品》)均賦予不凡的評價。

至於李商隱的詠史詩,前人以爲得杜甫之餘響,沈德潛云:「少陵胸次閎闊,議論開闔,一時盡掩諸家,而義山詠史,其餘響也。」(《唐詩別裁·凡例》)施補華《峴傭說詩》云:「義山七律得少陵者深,故穠麗之中,時帶沉鬱。如《重有感》、《籌筆驛》等篇,氣足神完,直登其堂,入其室矣。」〔註16〕許建華〈杜甫李商隱詠史詩之比較〉一文曾就杜甫、李商隱兩位詩人的詠史詩作整體的比較,他認爲李商隱在對杜甫學習繼承的基礎上,有其感慨同調之處,也有大膽的創新和突破。〔註17〕感慨同調之作,如杜甫〈詠懷古跡〉其二和李商隱〈宋玉〉,杜詩云:

> 搖落深知宋玉悲,風流儒雅亦吾師。
> 悵望千秋一灑淚,蕭條異代不同時。
> 江山故宅空文藻,雲雨荒臺豈夢思?
> 最是楚宮俱泯滅,舟人指點到今疑!(《杜甫全集》卷十五)

李詩云:

> 何事荊臺百萬家,惟教宋玉擅才華。

〔註16〕見劉學鍇等編:《李商隱資料彙編》下冊,北京·中華書局,2001年11月第一版,頁847。

〔註17〕許建華:〈杜甫李商隱詠史詩之比較〉,《杜甫研究學刊》總第五九期,1999年第一期。

　　楚辭已不饒唐勒，風賦何曾讓景差。

　　落日渚宮供觀閣，開年雲夢送煙花。

　　可憐庾信尋荒徑，猶得三朝託後車。(《玉谿生詩集箋注》卷二)

這兩首詩都是借宋玉抒發懷才不遇之感的作品。歷史上，宋玉以文字
獻賦進身，然不見信于楚王，終身只作一介文學侍從，不被重用，困
頓不得志，與杜甫、李商隱相似。杜甫以異代不同時而蕭條則一，總
結出封建文人生活的規律；李商隱則在詩中隱含自己才華不亞於宋
玉，宋玉因擅才華而得為文學侍從之臣，自己雖才比宋玉，而三朝
（文、武、宣宗三朝）淪落，寄跡幕府，不免深為悲憤。

　　李商隱繼承並發展了杜甫以詠史而批判時事的優良傳統，其諸多
詠史均展露批駁現實政治的一面。就像朱鶴齡說：「〈漢宮〉、〈瑤池〉、
〈華清〉、〈馬嵬〉諸作，無非諷方士為不經，警色荒之覆國。此其指
事懷忠，鬱紆激切，直可與曲江老人相視而笑，斷不得以放利偷合，
詭薄無行嗤摘之者也。」(《玉谿生詩集箋注》頁 832)。

　　詩有感慨同調，亦不免有創新和突破。杜甫詠史往往以賦為主而
兼比興，將自己深厚誠摯的感情，蘊含在典型的敘事之中，結尾予以
唱歎，詩的感情深沉，旨意明晰，體裁多用七律。李商隱一方面繼承
杜甫七律詠史的特點，以賦法鋪采馳情。另一方面則具有較高的概括
性和典型性。較之老杜，其詠史之作七絕多於七律，約佔其詠史詩的
三分之二。義山詠史七絕的特點在篇幅短小，將濃郁的情韻融鑄于典
型的情節之中，如〈北齊二首〉之一：

　　一笑相傾國便亡，何勞荊棘始堪傷。

　　小憐玉體橫陳夜，已報周師入晉陽。(《玉谿生詩集箋注》卷三)

前兩句以議論發端，點出荒淫即亡國取敗的先兆，後兩句撇開議論而
展示形象畫面，把一個極豔極淫的鏡頭和一個極危急險惡的鏡頭組接
在一起，形成強烈對比、產生驚心動魄的效果。如果除卻後兩幅醒目
場景之銜接，那「當局者迷，旁觀者清」的驚險效果就不能顯現，而
全詩也變得平庸，其藝術說服力相對銳減。〈齊宮詞〉末二句：「梁臺

歌管三更罷，猶自風搖九子鈴。」通過九子鈴這一典型事物，不僅諷慨南齊後主荒淫昏憒，自取滅亡，而且串連齊梁兩代統治者淫靡相繼的情景，深寓無視前朝亡國教訓，必將重蹈覆轍的意旨。此外，像「晉陽已陷休迴顧，更請君王獵一圍」（〈北齊二首〉之二）、「夜半宴歸宮漏永，薛王沉醉壽王醒」（〈龍池〉）、「吳王宴罷滿宮醉，日暮水漂花出城」（〈吳宮〉）、「春風舉國裁宮錦，半作障泥半作帆」（〈隋宮〉）等，均為精心提煉而成的最富內蘊的情節場景。正如屈復所評：「荒淫亡國，安能一一寫盡，只就微物點出，令人思而得之。」（《玉谿生詩意》）

（二）與中唐詠史名篇的比較

中唐詠史詩較初盛唐為多，約有二二九首（據王紅之統計），其中也有不少名篇，如劉禹錫、白居易、元稹等人的作品，晚唐五代詩人與之相較，在構思上有所承襲與超越，如許渾〈金陵懷古〉是對劉禹錫〈西塞山懷古〉的承襲：

> 玉樹歌殘王氣終，景陽兵合戍樓空。
> 松楸遠近千官塚，禾黍高低六代宮。
> 石燕拂雲晴亦雨，江豚吹浪夜逐風。
> 英雄一去豪華盡，唯有青山似洛中。（許渾〈金陵懷古〉）

> 王濬樓船下益州，金陵王氣黯然收。
> 千尋鐵鎖沉江底，一片降旛出石頭。
> 人世幾回傷往事，山形依舊枕寒流。
> 今逢四海為家日，故壘蕭蕭蘆荻秋。（劉禹錫〈西塞山懷古〉）

許詩寫六代豪華消歇，唯有山川景物依舊，由此而發出時光流逝、盛衰迭代的感慨，這種對往昔盛世的懷想與傷悼，就其思想內涵而言，乃在借古喻時，以作現實之鑒戒，而就其藝術表現特徵來說，則顯然與劉禹錫〈西塞山懷古〉因晉、吳興亡史實而慨歎山川險扼之不足恃，以江山依舊襯托世事盛衰之頻繁暫促同一淵藪。

光有承襲總是不足，必有超越才能奠定審美地位。試看白居易〈隋堤柳〉和溫庭筠〈春江花月夜詞〉的內涵，白詩〈隋堤柳〉云：

隋堤柳，歲久年深盡衰朽。風飄飄兮雨蕭蕭，三株兩株汴
河口。老枝病葉愁殺人，曾經大業年中春。大業年中煬天
子，種柳成行夾流水。西自黃河東至淮，綠陰一千三百里。
大業末年春暮月，柳色如煙絮如雪。南幸江都恣佚遊，應
將此柳繫龍舟。紫髯郎將護錦纜，青娥御史直迷樓。海內
財力此時竭，舟中歌笑何日休。上荒下困勢不久，宗社之
危如綴旒。煬天子，自言福祚長無窮，豈知皇子封酅公。
龍舟未過彭城閣，義旗已入長安宮。蕭牆禍生人事變。晏
駕不得歸秦中。土墳數尺何處葬，吳公臺下多悲風。二百
年來汴河路，沙草和煙朝復暮。後王何以鑒前王，請看隋
堤亡國樹。（《全唐詩》卷四二七）

溫詩〈春江花月夜詞〉云：

玉樹歌闌海雲黑，花庭忽作青蕪國。秦淮有水水無情，還
向金陵漾春色。楊家二世安九重，不御華芝嫌六龍。百幅
錦帆風力滿，連天展盡金芙容。珠翠丁星復明滅，龍頭劈
浪哀笳發。千里涵空照水魂，萬枝破鼻團香雪。漏轉霞高
滄海西，玻璃枕上聞天雞。鸞弦代雁曲如語，一醉昏昏天
下迷。四方傾動煙塵起，猶在濃香夢魂裏。後主荒宮有曉
鶯，飛來只隔西江水。（《溫飛卿集箋注》卷二）

白居易〈隋堤柳〉反覆描寫了隋煬帝如何種柳、如何南遊、又如何遇
到「蕭牆之禍」，屬於淺白一路，並且說教直接，如其新樂府自序所
云：「其辭質而徑，欲見之者易喻也；其言直而切，欲聞之者深誡也。」
〔註18〕因而減損許多藝術風味。

　　同題材之作，溫庭筠的〈春江花月夜詞〉採用的是陳後主創製的
用以描繪宮廷淫靡生活的樂府舊題，具體描寫也類似南朝宮體詩那樣彩
麗綺豔，但在意象的聯結與轉換中著重表現對隋煬帝重蹈陳後主荒淫亡
國覆轍的尖利譏刺乃至借以警醒當時昏君的意向仍是明晰可見的。開篇
即以「玉樹」、「後庭」鋪就彩繪底色，寫陳亡卻以「秦淮水」、「漾春色」

〔註18〕清聖祖御定：《全唐詩》，上海：上海古籍出版社，1986 年 10 月第一
　　　　版，頁 1044。

這樣明麗柔和而又含蘊豐富的意象表現出來。接著寫隋煬帝遠遊,合錦帆珠翠的輝煌景象、哀笳蠻弦的幽麗樂聲、香豔撲鼻的濃郁香氣爲一體,極盡豔美富贍描繪之能事,然而,詩人通過「忽作」、「猶在」、「只隔」等詞語的暗中轉度,則使得這一系列美豔意象成爲對昏君荒淫誤國覆轍的鑒示與渲染,在美豔意象與諷喻意旨的融合中完成詩境的深化。詩評家以爲「後主荒宮有曉鶯,飛來只隔西江水」兩句也較李商隱「地下若逢陳後主,豈宜重問後庭花」(〈隋宮〉)要含蓄許多。〔註19〕

　　至於中唐白居易〈長恨歌〉、元稹〈連昌宮詞〉和晚唐鄭嵎〈津陽門詩〉是敘述玄宗與楊妃事蹟的三首歌行體詠史詩。邱燮友認爲〈津陽門詩〉敘事詳細,保留了當時的歷史故實和民間傳說,其內容之充實,當勝于〈長恨歌〉與〈連昌宮詞〉,邱師說:「這些對古今的盛衰事,雖然含有無限的感傷,但對史實的保留和民間的傳說,確是相當有價值的。因此,從這方面來看,〈津陽門詩〉的價值,又在〈長恨歌〉和〈連昌宮詞〉之上。」〔註20〕就〈津陽門詩〉(詩長,見附錄二)的藝術表現而言,主要有四點:

　　其一,序言道述寫作緣起,自作詩歌自作注解。〈津陽門詩〉共一千四百字,略相當於〈長恨歌〉加上〈連昌宮詞〉的長度,篇幅如此宏博,卻不見紊亂,原因在這首詩的序言裏已點明寫作緣起,加上注解的幫助,讓讀者更接近詩中欲表達的概念。其注解少者十言,多者百餘言,粗淺的統計序言及注解的文字,其數已然超越全詩的長度。而首句「津陽門北臨通逵」也像元稹〈連昌宮詞〉首句「連昌宮中滿宮竹」一樣標明其目。

　　其二,坐落位置記載詳細,門樓宮殿敘寫分明。〈津陽門詩〉的特色之一是對於長安驪山一帶的宮室、殿堂、寺院、門闕、樓房的名

〔註19〕賀裳:《載酒園詩話又編》,見郭紹虞:《清詩話續編》,上海:上海古籍出版社,1999年6月,頁373。

〔註20〕邱燮友著:《中國歷代故事詩(二)》,台北:三民書局,民國80年4月六版,頁282～283。

稱與坐落位置，諸多描摹，茲據鄭嵎詩中注解記錄於下：

「津陽門」：華清宮的外闕，南局禁闈，北走京道。

「華清宮」：在驪山南，開元十一年初置溫泉宮。天寶六年改爲華清宮。

「觀風樓」：在華清宮之外東北隅，寶應中，魚朝恩毀之，樓南有鬥雞殿。

「長湯池」：華清宮本名溫泉宮，宮內有「蓮花湯」，爲貴妃之浴室。（見樂史《楊太眞外傳》卷下）宮內除供奉兩湯，內外更有湯十六所。「長湯」每賜諸嬪御。

「瑤光樓」：即「飛霜殿之北門」。「飛霜殿」，即寢殿。

「梨園」：玄宗時教授伶人之所，在今長安縣西北故宮城內。

「長生殿」：乃齋殿也。（邱師以爲白居易〈長恨歌〉中「七月七日長生殿，夜半無人私語時」玄宗與貴妃七夕私語，當於飛霜殿爲宜。）鄭嵎詩註：飛霜殿，即寢殿，而白傳〈長恨歌〉以長生殿，殊誤矣。

「勤政樓」：玄宗每大會宴萬國使節之所。

「望賢宮」：在咸陽之東數里。

「持國寺」：本名慶安寺。德宗始改其額。

「石甕寺」：開元中以創造華清宮餘材修繕而成。

由詩與注解之敘述詳細，推知鄭嵎長期置身於長安，年輕時，在石甕寺下帷讀書，對驪山上的寺廟宮闕極爲熟悉，加上開成中甚聞宮中陳跡，於是創作這樣一篇長詩。

其三，述史傳說豐贍充實，辭藻妍麗色彩浪漫。除了對長安驪山一帶門樓宮殿的敘寫，也融合述史、傳說於一爐。楊愼《升庵詩話》舉鄭嵎詩中七件事，說「其事皆與雜錄小說符合」。[註21] 此七件事爲：

（一）敘五王遊獵：「五王扈遊夾城路，傳聲校獵渭水湄。彫弓

〔註21〕楊愼：《升庵詩話》見於丁福保輯《歷代詩話續編（中）》，台北：木鐸出版社，民國77年7月，頁762。

繡韉不知數,翻身滅沒皆蛾眉。赤鷹黃鶻雲中來,妖狐狡兔無所依。」自注:「申王有高麗赤鷹,岐王有北山黃鶻,逸翮奇姿,特異他等。」(案:楊氏省略「羽林六軍各出射」二句)

(二) 敘賜浴:「暖山度臘東風微,宮娃賜浴長湯池。刻成玉蓮噴香液,漱回煙浪深透迤。犀屏象薦雜羅列,錦鳧繡雁相追隨。」注與王建「池底鋪錦」事相合。

(三) 敘三國姣淫:「上皇寬容易承事,十家三國爭光輝。鳴鞭後騎何躞蹀,宮妝禁袖皆仙姿。」。(楊氏省略八句)

(四) 敘教坊歌舞:「瑤光樓南皆紫禁,梨園仙宴臨花枝。迎娘歌喉玉窈窕,蠻兒舞帶金葳蕤。」自注:「迎娘蠻兒,乃梨園子弟之名聞者」。

(五) 敘離宮之盛:「飲鹿泉邊春露晞,粉梅檀杏飄朱墀,金沙洞口長生殿,玉蕊峰頭王母祠。蓬萊池上望秋月,無雲萬里懸清輝。上皇夜半月中去,三十六宮愁不歸。」末四句,則世所傳「遊月宮」事也。(楊氏省略四句)

(六) 敘幸蜀歸復至華清:「鑾輿卻入華清宮,滿山紅實垂相思。飛霜殿前月悄悄,迎風亭下風颸颸。雪衣女失玉籠在,長生鹿瘦銅牌垂。象床塵凝罳颯被,畫檐蟲網頗梨碑。煙中壁碎摩詰畫,雲間字失玄宗詩。孔雀松殘赤琥珀,鴛鴦瓦碎青琉璃。」。(楊氏省略二十八句,又引文或有異字,據《唐詩紀事》改正。)

(七) 敘舞馬羽裳:「馬知舞徹下珠榻,人惜曲中更羽衣。」自注:「宮妓梳九騎仙髻,衣孔雀翠衣,佩七寶瓔珞,為霓裳羽衣之類,曲終,珠翠可掃。」(注文異字據《唐詩紀事》改正)

邱燮友對〈津陽門詩〉有諸多讚譽,其《中國歷代故事詩》列舉鄭嵎詩中五則史實和民間傳說,說明〈津陽門詩〉在史料的保存上,

功勞不小，亦使作品平添不少浪漫的色彩。所舉事件與注解除了第一條「十家三國的豪貴」、第三條「唐明皇遊月宮」略與楊慎見解相同以外，還有其他新的創獲，今整理於下：

（一）十家三國的豪貴。詩云：「十家三國爭光輝」，十家，指壽王瑁（玄宗第十八子）的五子與楊貴妃的三位姐姐和兩位哥哥。三國，指楊貴妃的三位姐姐，天寶七年，封大姨爲「韓國夫人」，三姨爲「虢國夫人」，八姨爲「秦國夫人」。他們的驕奢豪貴，鄭嵎用「路人擁篲爭珠璣」來烘托，意指車騎經過，珠寶金釵落滿地，路人爭拾。

（二）玄宗與貴妃善於聲樂。詩云：「三郎紫笛弄煙月，怨如別鶴呼羈雌。玉奴琵琶龍香撥，倚歌促酒聲嬌悲。」三郎指玄宗；玉奴，乃太眞子字也。鄭嵎自注：「上皇善吹笛，常寶一紫玉管，貴妃妙彈琵琶，其樂器聞於人間者，有邏迤檀槽，龍香柏爲撥者。上每執酒卮，必令迎娘歌〈水調曲〉遍，而太眞輒彈弦倚歌，爲上送酒」。

（三）唐明皇遊月宮。詩云：「蓬萊池上望秋月，無雲萬里懸清暉。上皇夜半月中去，三十六宮愁不歸。月中秘樂天半聞，丁璫玉石和塤篪。宸聰聽覽未終曲，卻到人間迷是非。」。鄭嵎自注：「葉法善引上入月宮時，秋已深，上苦淒寒，不能久留。歸於天半，尙聞仙樂，及上歸，且記憶其半，遂於笛中寫之。會西涼都督楊敬述進〈婆羅門曲〉，與其聲調相符，遂以月中所聞，爲之散序，用敬述所進曲，作其腔，而名〈霓裳羽衣法曲〉」。

（四）羅公遠和金剛三藏的鬥法。詩云：「禁庭術士多幻化，上前較勝紛相持。羅公如意奪顏色，三藏袈裟成散絲。」鄭嵎自注：「上頗崇羅公遠，楊妃尤信金剛三藏。上嘗幸功德院，將謁七聖殿，忽然背癢，公遠折竹枝，化作七寶如意以進，上大喜，顧謂金剛曰：『上人能致此乎？』三藏

曰：『此幻術耳，僧為陛下取真物。』乃於袖中出如意七寶，炳耀而光，遠所進即時復為竹枝耳。後一日，楊妃始以二人定優劣，時禁中將創小殿，三藏乃舉一鴻梁於空中，將中公遠之首，公遠不為動容，上連命止之，公遠飛符於他處，竊三藏金襴袈裟於匱中，守者不之見，三藏怒，又咒取之，須臾而至，公遠復噀水龍符於袈裟上，散為絲縷以盡也。」。

（五）改葬楊貴妃。詩云：「宮中親呼高驃騎，潛令改葬楊貴妃。花膚雪艷不復見，空有香囊和淚滋。」鄭嵎自注：「時肅宗詔令改葬太真。高力士知其所瘞，在鬼坡驛西北十餘步。當時乘輿匆遽，無復備周身之具，但以紫褥裹之，及改葬之時，皆已朽壞，惟有胸前紫繡香囊中，尚得冰麝香，時以進上皇，上皇泣而佩之。」。

就以上列舉的歷史事件與民間傳說，均顯示鄭嵎深諳玄宗與楊貴妃的相關行誼。此外，他用妍麗的辭藻，生動的表現技巧來增添詩歌的浪漫色彩，如視覺的摹寫：「鼎湖一日失弓劍，橋山煙草俄霏霏」；聽覺的摹寫：「津陽門北臨通逵，雪風獵獵飄酒旗」、「飛霜殿前月悄悄，迎春亭下風颸颸」。

其四，賓主入詩淡中有情，長篇巨構一韻到底。鄭嵎將賓客（自己）與主翁（老翁）置於詩裏，平淡中不失韻致，與〈連昌宮詞〉的宮邊老人有同工異曲之妙，如首段云：「主翁移客挑華燈，雙肩隱膝烏帽欹。笑云：『鮐老不為禮』，飄蕭雪鬢雙垂頤。問余：『何往凌寒曦』，顧翁枯朽郎豈知？翁曾豪盛客不見，我自為君陳昔時。」短短的八句中，有對老翁外貌的描寫「雙肩隱膝烏貌欹」、「飄蕭雪鬢雙垂頤」，也有老翁與賓客的互動，「笑云鮐老不為禮」、「問余何往凌寒曦」、「我自為君陳昔時」。在一長段的道承平事之後，到全詩的末段，老翁感歎「今我前程能幾許，徒有娛息筋力羸。逢君話此空灑淚，卻憶歡娛無見期。」於是賓客（詩人自己）安慰老翁「主翁莫泣聽我語，

寧勞感舊休吁嘻。」並訴說太平之日可期，希望老翁保重身體，明早
酒醒便要分離，今晚以酒爲敬，主翁切莫推辭。這樣的表現方式讓讀
者吟誦起來別具風味，而全篇一千四百字的長詩，卻一韻到底不曾換
韻，以「支」、「微」、「齊」、「灰」等韻通押，益見鄭嵎詩作才情，無
怪學者給予不凡的評價。

　　邱燮友認爲鄭嵎的〈津陽門詩〉「可以和文壇盛名的白居易所著
的〈長恨歌〉，元稹所著的〈連昌宮詞〉鼎立而不朽」；李日剛則說
「觀嵎（鄭嵎）之紀事雖與元白同一用意，以楊妃爲中心，寫開元、
天寶間興衰。然其聲律則自有其妙，與〈長恨歌〉、〈連昌宮詞〉及
劉禹錫〈華清宮〉不同，而辭藻之豔麗，篇章之結構，復與各家異
其旨趣。常言以晚唐人學中唐，不出其範圍者，僅其題材耳。不知
鄭嵎與元白，仍各有面貌。」〔註22〕足見鄭嵎之作有一定的價值與
地位。

二、從啓引後人的角度觀察

　　晚唐五代時期將詠史詩的發展推至繁榮之境，許多詩人的作品對
後世詠史詩產生相當程度的影響。從內涵來說，杜牧、李商隱等名家
所完成的以詠史抒發議論和翻案立新等藝術手法，間接開啓宋人對歷
史進行反思而「以議論爲主」的詠史方式，明·胡應麟說：「晚唐絕
『東風不與周郎便，銅雀春深鎖二喬』、『可憐夜半虛前席，不問蒼生
問鬼神』，皆宋人議論之祖。」（《詩藪》內編卷六）其中「東風」二
句爲杜牧〈赤壁〉詩的內容；「可憐」二句爲李商隱〈賈生〉詩的內
容，兩者均爲詠史詩且帶有議論、翻新色彩。

　　以形式而言，晚唐五代已蔚爲風尚的詠史七絕體式，不僅爲宋代
詩人所傳承，宋以後的元明清諸朝運用七絕來論史、詠史均有顯著的
跡象。以下採重點式舉引相關詩例說明。

〔註22〕李日剛著：《中國詩歌流變史》，台北：文津出版社，民國 76 年 2 月
　　　　出版，頁 481。

（一）對宋人詠史的啟引

晚唐五代詠史詩作眾多，其中李商隱的詠史詩，在質量上均有高度的展現，其對宋代詩人的影響相對較爲明顯，如北宋初，楊億、劉筠等人逕相模仿其詩作風格和取材，觀楊億〈南朝〉詩，略可知其沿襲之跡，詩云：

> 五鼓端門漏滴稀，夜籤聲斷翠華飛。
>
> 繁星曉埭聞雞度，細雨春場射雉歸。
>
> 步試金蓮波濺襪，歌翻玉樹淚沾衣。
>
> 龍盤王氣終三百，猶得澄瀾對敞扉。（《西崑酬唱集》（四部叢刊本））

全詩以典麗華美的辭藻，摹寫南朝歌舞游獵的場景。前六句主要結合齊東昏侯蕭寶卷、陳後主陳叔寶之荒淫奢靡作描繪，後兩句則慨歎曾經龍蟠虎踞的金陵，王氣已失，惟見澄澈江水猶光浮敞扉。此一藝術表現手法，于李商隱〈南朝〉之作已然呈顯：

> 玄武湖中玉漏催，雞鳴埭口繡襦迴。
>
> 誰言瓊樹朝朝見，不及金蓮步步來。
>
> 敵國軍營漂木柹，前朝神廟鎖煙煤。
>
> 滿宮學士皆顏色，江令當年只費才。（《玉谿生詩集箋注》卷三）

兩相對照，篇中的玉漏催時、曉埭聞雞、金蓮步步等歷史故實，二位詩人均熟稔於心，差異在於義山之篇雖將南朝種種荒奢敗象一一呈露，卻案而無斷，留給讀者想像空間，而楊億作品有意學李，只作陳事之筆，並無新意可言。再看劉筠〈南朝〉詩：

> 華林酒滿勸長星，青漆樓高未稱情。
>
> 麝壁燈回偏照畫，雀航波漲欲浮城。
>
> 鐘聲但恐嚴妝晚，衣帶那知敵國輕。
>
> 千古風流佳麗地，盡供哀思與蘭成。（《西崑酬唱集》（四部叢刊本））

此詩亦敘南朝歷代君王奢侈淫靡、失政誤國史事，但不像義山以一朝之事爲主兼及他朝，而是取用漫筆博涉、多例並舉的方式，圍繞

著揭示南朝君王荒于酒色、不恤政事的題旨，時前時後、或此或彼地列陳諸端史事，對所陳之事，點到即止，較少概括與典型性。

　　王安石詠史絕句常能借題發揮，意在言外，明‧李東陽即盛稱「其詠史絕句，極有筆力，當別用一具眼觀之。」（《懷麓堂詩話》）而荊公晚年喜稱李商隱詩，其詠史作品間有受其影響之作，如〈賈生〉詩云：

　　　　一時謀議略施行，誰道君王薄賈生。

　　　　爵位自高言盡廢，古來何嘗萬公卿。（《全宋詩》卷五六九）

從同題詩歌來說，王安石作的是翻案文章，明顯地是針對李商隱的〈賈生〉。作為政治家的王安石，他所看重的是政治主張能否實際施行，至於爵位高低則可不予計較。當然，王安石如此評價賈誼，也反映了他對宋神宗放手讓他革新變法的知遇之恩。〔註23〕

　　李商隱之外，杜牧的作品也影響宋人，如李綱〈四皓〉詩云：

　　　　皓髮龐眉四老翁，商山採盡紫芝叢。

　　　　安劉畢竟成何事，空墮留侯巧計中。（《梁谿全集》卷十二）

詩人從商山四皓（東園公庚宣明、用里先生周元道、夏黃公崔少通、綺里季）出山安劉的事件作一評論，後兩句「安劉畢竟成何事，空墮留侯巧計中」，一番杜牧「四老安劉是滅劉」詩意，〔註24〕揭示四老不過是棋子，真正的發巧計是留侯張良，昭著詩人明察秋毫的史觀。

　　宋代詠史詩數量龐大，不能盡舉，而作品風格取向以議論為主，強化哲理性，不乏受到晚唐五代詩人史論型詠史作品的影響。

（二）對元明清詠史的啟引

　　晚唐五代詠史對元明清時期詠史詩的啟引，主要是從詠史七絕體式來觀察。這一時期，古典詩歌的發展走向衰落，詠史詩創作卻仍不絕如縷，尤其到了清代，甚而可說是有增無減。以下僅以七絕體式詠

〔註23〕見萬萍等編：《中國歷代詠史詩辭典》，南昌：江西教育出版社，1998年9月一版，頁164。

〔註24〕杜牧〈題商山四皓廟一絕〉：「呂氏強梁嗣子柔，我於天性豈恩讎！南軍不袒左邊袖，四老安劉是滅劉。」（《樊川詩集注》卷四）

史爲例說明。如元・陳孚〈博狼沙〉云：

> 一擊車中膽氣豪，祖龍社稷已驚搖。
>
> 如何十二金人外，猶有人間鐵未銷？（《中國歷代詠史詩辭典》
>
> 頁 100）

博狼沙在今河南原陽縣東南，六國爲秦統一後，韓國名門後代張良，爲報國破家亡之仇，乃於秦始皇二十九年（公元前 218 年），招募力士，帶上百二十斤之鐵椎，狙擊東巡中的始皇乘輿，而誤中副車。本詩即詠這段歷史。

起句稱頌張良，以亡國之餘民，敢襲擊氣勢如日中天的一代雄主，可謂「膽氣豪」，而這一擊雖未能中的，卻讓始皇大爲震恐，下令遍索國中捉拿刺客。「如何十二金人外，猶有人間鐵未銷？」是對秦始皇的嘲笑，當年秦始皇統一天下，即下令將天下兵器聚集到咸陽銷毀，鑄爲樂器和十二個「重各千石」的金人（《史記・秦始皇本紀》）。既然全國兵器皆已銷毀，成了金人，爲何民間還有餘鐵未銷？其弦外之音，不難分辨：愈是高壓統治，反彈的聲浪愈加猛烈，秦皇諸多措施，只是徒勞無功，民間的鐵、民眾的反抗心，並不是暴力能「銷」得完的。明・敖英輯評章碣〈焚書坑〉一詩言：「近人詠〈長城〉詩云：『誰知削木爲兵者，盡是長城裏面人！』又詠〈博狼沙〉云：『如何十二金人外，猶有民間鐵未銷？』皆從此詩翻出。」（《唐詩絕句類選》）即具體指出陳孚〈博狼沙〉詩的傳承之跡乃是從晚唐五代章碣〈焚書坑〉而來。

又明・袁宏道的〈經下邳〉，也屬同一作意的詩篇：

> 諸儒坑盡一身餘，始覺秦家網目疏。
>
> 枉把六經灰火底，橋邊猶有未燒書。（《明詩綜》卷五十七）

這是一首翻案的詠史，主要針對秦始皇「焚書坑儒」的行徑作批判，詩人認爲秦始皇百密一疏，未將天下書籍燒盡，而留下《太公兵法》，讓張良得以熟讀後，得以輔佐劉邦推翻秦政。其言下之意也是嘲笑秦之焚書和坑儒都是枉費心機。

　　清·陳恭尹〈讀秦紀〉和袁宏道〈經下邳〉構思相同，意義甚明：

　　　　謗聲易弭怨難除，秦法雖嚴亦甚疏。

　　　　夜半橋邊呼孺子，人間猶有未燒書。（《清詩別裁》卷八）

此外，還有清·陸次雲〈詠史〉云：

　　　　儒冠儒服委丘墟，文采風流化土苴。

　　　　尚有陸生坑不盡，留他馬上說《詩》《書》。（《清詩別裁》卷
　　　十五）

論述秦始皇焚書坑儒之暴政，並不能眞正斷絕儒生輔佐社稷之命脈，
後兩句活用劉邦與陸賈之對答而來。〔註25〕

　　最後看清·吳祖修的兩首詠史，一是〈讀司馬相如傳〉：

　　　　綺靡文傳是〈子虛〉，曲終雅奏竟何如？

　　　　後人嗤點凌雲賦，曾讀當時〈諫獵書〉。（《清詩別裁》卷二十
　　　一）

此詩透過司馬相如著名文章而發議論，主要是爲相如平反。史載，漢
武帝讀了他的〈子虛賦〉，極爲讚賞，經同鄉（楊得意）推薦，得到
武帝召見（《漢書·司馬相如傳》）。後人批評他獻賦是爲了求得高車
駟馬的一時榮耀，並不公平，他也曾上疏勸諫武帝勿耽於游獵。太史
公曰：「相如雖多虛辭濫說，然要其歸引之節儉，此與〈詩〉之風諫
何異。」（《史記·司馬相如列傳》）這才是詩人所欲傳達的訊息。

　　又其〈讀王褒傳〉云：

　　　　金馬祠神事已遙，子淵才擅漢宣朝。

　　　　非無〈聖主賢臣頌〉，只教宮人記〈洞簫〉。（《清詩別裁》卷
　　　二十一）

本詩與上一首屬同一手法，也是議論中帶有情感。沈德潛說：「連上
章俱用議論，義山詠賈誼詩其初祖也。」（《清詩別裁》卷二十一，長
沙·岳麓書社，西元 1998 年 2 月，頁 617。）可見晚唐五代詠史詩

〔註25〕司馬遷《史記·酈生陸賈列傳》：「陸生時時前說稱《詩》《書》。高
　　　帝罵之曰：「迺公居馬上而得之，安事《詩》《書》！」陸生曰：「居
　　　馬上得之，寧可以馬上治之乎？」，北京·中華書局，1997 年 11 月，
　　　頁 683。

對清詩人詠史作品也獲得一定的啓引作用。

　　通過詩歌內容、形式的比較，我們可以看出晚唐五代詠史詩于繼往、開來兩方面的卓越成就和貢獻，如果說，詠史詩的發展像一條長河，那麼，晚唐五代恰好是這條長河流到河面最寬廣的地方。我們在品賞觀覽晚唐五代詠史詩人飽含情感思想的作品而受其陶染的同時，也應該正視其美學價值與地位。

附錄一　晚唐五代詠史詩一覽表

詩　人	詩　　　作	詩　　　作
一、張祜 （五九首）	一、讀狄梁公傳 二、吳宮曲 三、賦昭君塚 四、讀始興公傳 五、南宮歎亦述玄宗追恨 　　太眞妃事 六、隋宮懷古 七～八、詠史二首 九、華清宮和杜舍人 一〇～一一、昭君怨二首 一二、松江懷古 一三、題孟處士宅 一四、元日仗 一五、連昌宮 一六、正月十五夜燈 一七、上巳樂 一八、千秋樂 一九、春鶯囀 二〇～二一、大酺樂二首 二二、邠王小管 二三、李謨笛	二四、寧哥來 二五、鄴中懷古 二六、邠娘羯鼓 二七～二八、退宮人二首 二九、耍娘歌 三〇、悖拏兒舞 三一、洛中作 三二～三五、華清宮四首 三六、長門怨 三七、讀老莊 三八、偶題 三九～四〇、集靈臺二首 四一、阿鴇湯 四二、馬嵬坡 四三、太眞香囊子 四四、雨霖鈴 四五、馬嵬歸 四六、李夫人詞 四七、過石頭城 四八、玉環琵琶 四九、感春申君

	五〇、鉤弋夫人詞 五一、鴻溝 五二、經咸陽城 五三、上元懷古 五四、隋堤懷古	五五、讀韓文公集十韻 五六、吳中懷古十六韻 五七、讀西漢書十四韻 五八、大唐聖功詩 五九、夢李白
二、楊乘 （一首）	一、吳中書事	
三、雍陶 （三首）	一、經杜甫舊宅 二、夷陵城	三、武侯廟古柏
四、李遠 （四首）	一、悲銅雀臺 二、過馬嵬山	三、吳越懷古 四、讀田光傳
五、杜牧 （三七首）	一、過驪山作 二、登樂遊原 三、華清宮三十韻 四、題永崇西平王宅太尉 　　愬院六韻 五、過勤政樓 六、題魏文貞 七～九、過華清宮絕句三 　　首 一〇、春申君 一一、讀韓杜集 一二、故洛陽城有感 一三、西江懷古 一四、江南懷古 一五、題宣州開元寺水閣 　　閣下宛溪夾溪居人 一六～一七、臺城曲二首 一八、題武關 一九、詠歌聖德遠懷天寶 　　因題關亭長句四韻	二〇、赤壁 二一、雲夢澤 二二、題桃花夫人廟 二三、題烏江亭 二四、題橫江館 二五、汴河懷古 二六、和野人殷潛之題籌筆驛 　　十四韻 二七、題商山四皓廟一絕 二八、金谷園 二九、隋宮春 三〇、悲吳王城 三一、經闔閭城 三二、題青雲館 三三、題木蘭廟 三四、華清宮 三五、青塚 三六、邊上聞胡笳之一 三七、蘭溪
六、許渾 （二八首）	一、途經李翰林墓 二、金陵懷古 三、姑蘇懷古	四、凌歊臺 五、驪山 六、汴河亭

	七、題衛將軍廟	一八、過湘妃廟
	八、登尉佗樓	一九、秦樓曲
	九～一〇、題四老廟二首	二〇～二一、楚宮怨二首
	一一～一二、陳宮怨二首	二二～二三、學仙二首
	一三、經故太尉段公廟	二四、金谷園
	一四、途經秦始皇墓	二五、田皓廟
	一五、鴻溝	二六、旌儒廟
	一六、讀吏太子傳	二七～二八、重經姑蘇懷古二首
	一七、韓信廟	
七、李商隱（七二首）	一、韓碑	二八、賈生
	二、富平少侯	二九、舊將軍
	三、陳後宮	三〇、過楚宮
	四、陳後宮	三一、武侯廟古柏
	五、覽古	三二、井絡
	六、隋師東	三三、梓潼望長卿山至巴西復懷譙秀
	七、五松驛	
	八～一〇、漫成三首	三四～三七、漫成五章之一、二、三、五
	一一、四皓廟	
	一二、曲江	三八、題漢祖廟
	一三、景陽井	三九、隋宮守歲
	一四、詠史	四〇、讀任彥昇碑
	一五、潭州	四一、有感
	一六、楚宮	四二、籌筆驛
	一七、漢宮詞	四三、鄠杜馬上念漢書
	一八、自眖	四四、齊宮詞
	一九、寄蜀客	四五、吳宮
	二〇、茂陵	四六、華清宮
	二一、漢宮	四七、華清宮
	二二、華嶽下題西王母廟	四八、驪山有感
	二三、瑤池	四九、思賢頓
	二四、過景陵	五〇、龍池
	二五、四皓廟	五一～五二、馬嵬二首
	二六、岳陽樓	五三、咸陽
	二七、宋玉	五四、代魏宮私贈

	五五、代元城吳令暗爲答 五六、東阿王 五七、涉洛川 五八、楚吟 五九、楚宮 六〇、夢澤 六一、南朝 六二、南朝 六三、隋宮	六四、隋宮 六五、詠史 六六、過鄭廣文舊居 六七、楚宮 六八～六九、北齊二首 七〇、過華清內廄門 七一、王昭君 七二、曼倩辭
八、劉得仁 （一首）	一、長門怨	
九、殷潛之 （一首）	一、題籌筆驛	
一〇、薛逢 （五首）	一、漢武宮辭 二、開元後樂 三、金城宮	四、悼古 五、題籌筆驛
一一、趙嘏 （三首）	一、題曹娥廟 二、廣陵道	三、經汾陽舊宅
一二、項斯 （二首）	一、題李白墓	二、舜城懷古
一三、馬戴 （五首）	一、雀臺怨 二、廣陵曲 三、經咸陽北原	四、湘川弔舜 五、易水懷古
一四、孟遲 （五首）	一、長信宮 二、烏江 三、吳故宮	四、過驪山 五、廣陵城
一五、鄭畋 （一首）	一、馬嵬坡	
一六、薛能 （三首）	一、籌筆驛 二、過驪山	三、銅雀臺
一七、劉威 （一首）	一、三閭大夫	

一八、劉皂 （一首）	一、長門怨	
一九、鄭嵎 （一首）	一、津陽門詩	
二〇、崔櫓 （四首）	一～四、華清宮四首	
二一、李群玉 （九首）	一、穆天子 二、法性寺六祖戒壇 三、秣陵懷古 四、黃陵廟	五、讀賈誼傳 六、題二妃廟 七、黃陵廟 八～九、宿巫山廟二首
二二、溫庭筠 （二四首）	一、雞鳴埭歌 二、謝公墅歌 三、達摩支曲 四、春江花月夜詞 五、馬嵬驛 六、奉天西佛寺 七、題望苑驛 八、過陳琳墓 九、老君廟 一〇、經五丈原 一一、蔡中郎墳 一二～一四、渭上題三首	一五、四皓 一六、過孔北海墓二十韻 一七、過華清宮二十二韻 一八、蘇武廟 一九、馬嵬佛寺 二〇、鴻臚寺有開元中錫宴堂 　　樓臺池沼雅爲勝絕荒 　　涼遺址僅有存者偶成 　　四十韻 二一、過吳景帝陵 二二、龍尾驛婦人圖 二三、簡同志 二四、湖陰詞
二三、段成式 （一首）	一、題商山廟	
二四、劉駕 （四首）	一、讀史 二、釣臺懷古	三、姑蘇臺 四、蘭昌宮
二五、劉滄 （一一首）	一、長洲懷古 二、經煬帝行宮 三、題王母廟 四、洛神怨 五、經曲阜城 六、題四皓廟	七、望未央宮 八、咸陽懷古 九、經過建業 一〇、題巫山廟 一一、題吳宮苑
二六、李頻 （二首）	一、過四皓廟	二、樂遊原春望

二七、曹鄴 （七首）	一、姑蘇臺 二、讀李斯傳 三、始皇陵下作 四、代班姬	五、過白起墓 六、題山居 七、洛原西望
二八、儲嗣宗 （三首）	一、垓城 二、吳宮	三、長安懷古
二九、于武陵 （一首）	一、夜泊湘江	
三〇、司馬扎 （一首）	一、築臺	
三一、高駢 （四首）	一、湘妃廟 二、馬嵬驛	三、太公廟 四、蜀路感懷
三二、于濆 （五首）	一、馬嵬驛 二、長城 三、經館娃宮	四、金谷感懷 五、巫山高
三三、翁綬 （一首）	一、婕妤怨	
三四、李昌符 （一首）	一、綠珠詠	
三五、汪遵 （五九首）	一、彭澤 二、杜郵館 三、細腰宮 四、瑤臺 五、吳坂 六、箕山 七、息國 八、梁寺 九、南陽 一〇、杞梁臺 一一、夷門 一二、汴河 一三、燕臺 一四、聊城 一五、西河	一六、密縣 一七、昇仙橋 一八、破陳 一九、白頭吟 二〇、短歌吟 二一、晉河 二二、干將墓 二三、金谷 二四、三閭廟 二五、易水 二六、嚴陵臺 二七、淮陰 二八、雞鳴曲 二九、採桑婦 三〇、漁父

	三一、越女 三二、望思臺 三三、比干墓 三四、郢中 三五、北海 三六、招屈亭 三七、屈祠 三八、銅雀臺 三九、斑竹祠 四〇、題李太尉平泉莊 四一、戰城南 四二、延平津 四三、項亭 四四、烏江	四五、綠珠 四六、升仙橋 四七、隋柳 四八、楊柳 四九、桐江 五〇、招隱 五一、陳宮 五二、樊將軍廟 五三、東海 五四、昭君 五五、五湖 五六、澠池 五七、函谷關 五八、蒼頡臺 五九、長城
三六、許棠 （二首）	一、汴河十二韻	二、過故洛陽城
三七、邵謁 （四首）	一、覽孟東野集 二、金谷園懷古	三、覽張騫傳 四、漢宮井
三八、林寬 （一首）	一、華清宮	
三九、皮日休 （一四首）	一、七愛詩 二、襄州漢陽王故宅 三、南陽 四、館娃宮懷古 五、女墳湖	六、泰伯廟 七～一一、館娃宮懷古五絕 一二～一三、汴河懷古二首 一四、泰伯廟
四〇、陸龜蒙 （一五首）	一、奉和襲美館娃宮懷古 　　次韻 二、離騷 三、和襲美泰伯廟 四～八、和襲美館娃宮懷 　　古五絕	九、景陽宮井 一〇、嚴光釣臺 一一、讀陳拾遺集 一二、吳宮懷古 一三、范蠡 一四～一五、連昌宮詞二首
四一、司空圖 （一二首）	一、華清宮 二、有感	三～一二、南北史感遇十首

四二、聶夷中（三首）	一～二、燕臺二首	三、過比干墓
四三、張喬（二首）	一、臺城	二、長門怨
四四、李山甫（七首）	一、讀漢史 二～三、上元懷古二首 四、隋堤柳	五、代孔明哭先主 六、又代孔明哭先主 七、項羽廟
四五、李咸用（六首）	一、蒼頡臺 二、荊山 三、銅雀臺	四、倢伃怨 五、昭君 六、金谷園
四六、胡曾（一五〇首）	一、烏江 二、章華臺 三、細腰宮 四、沙苑 五、石城 六、荊山 七、陽臺 八、居延 九、沛宮 一〇、金谷園 一一、湘川 一二、夷門 一三、黃金臺 一四、夷陵 一五、漢江 一六、蒼梧 一七、陳宮 一八、南陽 一九、即墨 二〇、渭濱 二一、五湖 二二、易水 二三、長平 二四、西園	二五、長沙 二六、圯橋 二七、銅雀臺 二八、東晉 二九、吳江 三〇、函谷關 三一、武關 三二、垓下 三三、郴縣 三四、東海 三五、故宜城 三六、成都 三七、檀溪 三八、青塚 三九、李陵臺 四〇、河梁 四一、軹道 四二、漢宮 四三、豫讓橋 四四、華亭 四五、東山 四六、殺子谷 四七、馬陵 四八、玉門關

四九、滹沱河
五〇、黃河
五一、鳳皇臺
五二、五丈原
五三、平城
五四、汴水
五五、蘭臺宮
五六、金牛驛
五七、望思臺
五八、鄲鄲
五九、箕山
六〇、會稽山
六一、不周山
六二、虞坂
六三、秦庭
六四、延平津
六五、瑤池
六六、銅柱
六七、關西
六八、高陽池
六九、瀘水
七〇、細柳營
七一、葉縣
七二、杜郵
七三、柯亭
七四、葛陂
七五、博浪沙
七六、隴西
七七、白帝城
七八、牛渚
七九、朝歌
八〇、谷口
八一、武陵溪
八二、大澤

八三、澠池
八四、峴山
八五、滎陽
八六、長城
八七、赤壁
八八、田橫墓
八九、青門
九〇、姑蘇臺
九一、息城
九二、上蔡
九三、武昌
九四、鴻溝
九五、褒城
九六、金陵
九七、洛陽
九八、潘禺
九九、汨羅
一〇〇、彭澤
一〇一、涿鹿
一〇二、洞庭
一〇三、嶓冢
一〇四、塗山
一〇五、商郊
一〇六、傅巖
一〇七、鉅橋
一〇八、首陽山
一〇九、孟津
一一〇、流沙
一一一、鄧城
一一二、召陵
一一三、綿山
一一四、魯城
一一五、驪驪陂
一一六、夾谷

	一一七、吳宮	一三四、雲夢
	一一八、摩笄山	一三五、高陽
	一一九、房陵	一三六、四皓廟
	一二○、濮水	一三七、霸陵
	一二一、柏舉	一三八、昆明池
	一二二、望夫山	一三九、迴中
	一二三、金義嶺	一四○、東門
	一二四、云云亭	一四一、射熊館
	一二五、阿房宮	一四二、昆陽
	一二六、沙丘	一四三、七里灘
	一二七、咸陽	一四四、潁川
	一二八、廢丘山	一四五、江夏
	一二九、廣武山	一四六、官渡
	一三○、長安	一四七、灞岸
	一三一、鴻門	一四八、濡須橋
	一三二、漢中	一四九、豫州
	一三三、泜水	一五○、八公山
四七、方干 （一首）	一、題嚴子陵祠二首之一	
四八、羅鄴 （七首）	一、長城 二、春望梁石頭城 三、登凌歊臺 四、驪山。汴河。陳宮。 　過王濬墓。	五、汴河 六、陳宮 七、過王濬墓
四九、羅隱 （四九首）	一、汴河 二、焚書坑 三、始皇陵 四、武牢關 五、四皓廟 六、鄴城 七、西施 八、銅雀臺 九、籌筆驛 一○、謁文宣王廟	一一、代文宣王答 一二、煬帝陵 一三、馬嵬坡 一四、隋堤柳 一五、孟浩然墓 一六、秦紀 一七、建康 一八、姑蘇臺 一九、王濬墓 二○、臺城

	二一、覽晉史	三六、王夷甫
	二二、經耒陽杜工部墓	三七、書淮陰侯傳
	二三、詠史	三八、青山廟
	二四、臺城	三九、燕昭王墓
	二五、故都	四〇、江南
	二六、董仲舒	四一、江北
	二七、江都	四二、許由廟
	二八、息夫人廟	四三、題段太尉廟
	二九、漂母塚	四四、湘妃廟
	三〇、羅敷水	四五、八駿圖
	三一、嚴陵灘	四六、題杜甫集
	三二、華清宮	四七、題磻溪垂釣圖
	三三、韓信廟	四八、金陵夜泊
	三四、望思臺	四九、西塞山
	三五、帝幸蜀	
五〇、高蟾 （二首）	一、長門怨	二、華清宮
五一、章碣 （一首）	一、焚書坑	
五二、秦韜玉 （二首）	一、隋堤	二、陳宮
五三、唐彥謙 （一四首）	一、長陵 二、穆天子傳 三、楚天 四、鄧艾廟 五、仲山 六、漢嗣 七、四老廟	八、南梁戲題漢高廟 九、洛神 一〇、見煬帝寶帳 一一、嚴子陵 一二、北齊 一三、楚世家 一四、驪山道中
五四、鄭谷 （二首）	一、讀李白集	二、題張衡廟
五五、許彬 （一首）	一、經李翰林廬山屏風疊 　所居	

五六、崔塗 （一二首）	一、讀段太尉碑 二、過昭君故宅 三、巫山廟 四、過洛陽故城 五、過陶徵君隱居 六、屈原廟	七、讀留侯傳 八、赤壁懷古 九、東晉 一〇、續紀漢武 一一、過二妃廟 一二、讀庾信集
五七、韓偓 （五首）	一～二、北齊二首 三、吳郡懷古	四、金陵 五、過茂陵
五八、吳融 （一六首）	一～二、華清宮二首 三、過九成宮 四～七、華清宮四首 八、陳琳墓 九、王母廟 一〇、楚事	一一、豫讓 一二、經苻堅墓 一三、宋玉宅 一四、過澠池書事 一五、首陽山 一六、隋堤
五九、吳仁璧 （一首）	一、賈誼	
六〇、杜荀鶴 （二首）	一、經青山弔李翰林	二、經嚴陵釣臺
六一、王轂 （二首）	一、玉樹曲	二、鴻門讌
六二、孫郃 （二首）	一～二、古意二首	
六三、褚載 （二首）	一、定鼎門	二、陳倉驛
六四、韋莊 （一八首）	一、尹喜宅 二、立春日作 三、合歡蓮花 四、楚行吟 五、洛陽吟 六、題李斯傳 七、題潁源廟 八、上元縣 九、謁蔣帝廟	一〇、題淮陰侯廟 一一、過當塗縣 一二、過揚州 一三、雜感 一四、江邊吟 一五、謁巫山廟 一六、咸陽懷古 一七、臺城 一八、金陵圖

六五、王貞白 （七首）	一、湘妃怨 二～三、長門怨二首 四、金陵	五、金陵懷古 六、題嚴陵釣臺 七、釣臺
六六、張蠙 （三首）	一、弔孟浩然 二、青塚	三、經范蠡舊居
六七、翁承贊 （一首）	一、隋堤柳	
六八、黃滔 （六首）	一、司馬長卿 二、靈均 三、馬嵬	四、嚴陵釣臺 五～六、馬嵬二首
六九、殷文圭 （一首）	一、經李翰林墓	
七〇、徐寅 （二三首）	一、釣臺 二、華清宮 三、再幸華清宮 四、蜀 五、魏 六、吳 七、兩晉 八～九、宋二首 一〇、陳 一一、讀史 一二、漢宮新寵	一三、開元即事 一四、李翰林 一五、古往今來 一六、依御史溫飛卿華清宮二 　　十二韻 一七、楚國史 一八、張儀 一九、讀漢紀 二〇～二一、李夫人二首 二二、明妃 二三、馬嵬
七一、崔道融 （一一首）	一、西施灘 二、漢宮詞 三、班婕妤 四、長門怨 五、西施 六、馬嵬	七、長門怨 八、過隆中 九、題李將軍傳 一〇、讀杜紫微集 一一、楚懷王
七二、錢珝 （二首）	一、蜀國偶題	二、春恨三首之一
七三、曹松 （四首）	一、石頭懷古 二、金谷園	三、南朝 四、弔李翰林

七四、蘇拯 （六首）	一、頌魯 二、西施 三、金谷園	四、巫山 五、長城 六、經馬嵬坡
七五、裴說 （一首）	一、經杜工部墳	
七六、李洞 （一首）	一、金陵懷古	
七七、唐求 （一首）	一、馬嵬感事	
七八、胡令能 （一首）	一、王昭君	
七九、周曇 （一九三首）	一、（唐虞門）唐堯 二、虞舜 三、舜妃 四、再吟 五、（三代門）夏禹 六、再吟 七、太康 八、后稷 九、文王 一○、武王 一一、太公 一二、再吟 一三、又吟 一四、子牙妻 一五、周公 一六、夷齊 一七、管蔡 一八、成王 一九、幽王 二○、平王 二一、（春秋戰國門）祭足 二二、再吟 二三、隱公	二四、莊公 二五、哀公 二六、再吟 二七、平公 二八、文公 二九、景公 三○、衛靈公 三一、陳靈公 三二、陳蔡君 三三、楚惠王 三四、楚懷王 三五、再吟 三六、韓惠王 三七、頃襄王 三八、武公 三九、華元 四○、臧孫 四一、公叔 四二、莊辛 四三、孫臏 四四、靈輒 四五、郭開 四六、樂羊

四七、虞卿	八一、管仲
四八、豫讓	八二、再吟
四九、毛遂	八三、范蠡
五〇、再吟	八四、屈原
五一、田文	八五、黃歇
五二、再吟	八六、王后
五三、馮讙	八七、樊姬
五四、章子	八八、齊桓公
五五、卞和	八九、中山君
五六、季札	九〇、趙簡子
五七、孫武	九一、再吟
五八、夫差	九二、趙宣子
五九、少孺	九三、韓昭侯
六〇、蘇厲	九四、魏文侯
六一、鶡拳	九五、郄成子
六二、荊軻	九六、秦武陽
六三、再吟	九七、田子方
六四、陳軫	九八、淳于髡
六五、田饒	九九、再吟
六六、鮑叔	一〇〇、再吟
六七、晏嬰	一〇一、田子奇
六八、再吟	一〇二、百里奚
六九、又吟	一〇三、孫叔敖
七〇、叔向	一〇四、魯仲連
七一、師曠	一〇五、宋子罕
七二、智伯	一〇六、宮之奇
七三、再吟	一〇七、王孫滿
七四、襄子	一〇八、顏叔子
七五、楊回	一〇九、張孟譚
七六、顏回	一一〇、公子無忌
七七、子貢	一一一、再吟
七八、再吟	一一二、侯嬴朱亥
七九、鄭相	一一三、再吟
八〇、子產	一一四、（秦門）胡亥

一一五、再吟	一五〇、曹娥
一一六、趙高	一五一、周都妻
一一七、陳涉	一五二、鮑宣妻
一一八、項籍	一五三、呂母
一一九、范增	一五四、（三國門）蜀先主
一二〇、（前漢門）高祖	一五五、再吟
一二一、再吟	一五六、後主
一二二、周苟紀信	一五七、吳後主
一二三、鄼侯	一五八、王表
一二四、曲逆侯	一五九、魯肅
一二五、薛公	一六〇、（晉門）晉武帝
一二六、條侯	一六一、再吟
一二七、平津侯	一六二、惠帝
一二八、博陸侯	一六三、賈后
一二九、夏賀良	一六四、懷帝
一三〇、王莽	一六五、愍帝
一三一、再吟	一六六、郭欽
一三二、又吟	一六七、王夷甫
一三三、毛延壽	一六八、王茂弘
一三四、劉聖公	一六九、吳隱之
一三五、樊崇徐宣	一七〇、再吟
一三六、僭號公孫述	一七一、（六朝門）前趙劉聰
一三七、（後漢門）光武	一七二、前涼張軌
一三八、明帝	一七三、後魏武帝
一三九、桓帝	一七四、三廢帝
一四〇、靈帝	一七五、苻堅
一四一、廢帝	一七六、再吟
一四二、獻帝	一七七、又吟
一四三、再吟	一七八、宋武帝
一四四、子密	一七九、二廢帝
一四五、羊續	一八〇、齊廢帝東昏侯
一四六、楊震	一八一、梁武帝
一四七、趙孝	一八二、再吟
一四八、馬后	一八三、簡文帝
一四九、魏博妻	一八四、元帝

	一八五、謝舉 一八六、朱异 一八七、傅昭 一八八、宣帝 一八九、李集	一九〇、（隋門）隋文帝 一九一、獨孤后 一九二、煬帝 一九三、賀若弼
八〇、黃損 （一首）	一、讀史	
八一、王仁裕 （一首）	一、題孤雲絕頂淮陰祠	
八二、熊皦 （一首）	一、祖龍詞	
八三、廖凝 （一首）	一、彭澤解印	
八四、陳賆 （一首）	一、景陽臺懷古	
八五、劉洞 （一首）	一、石城懷古	
八六、江爲 （一首）	一、隋堤柳	
八七、沈彬 （一首）	一、再過金陵	
八八、陳陶 （三二首）	一、經徐穉墓 二～三〇、續古二十九首	三一、吳苑思 三二、題徐穉湖亭
八九、李中 （四首）	一～二、姑蘇懷古二首 三、讀蜀志	四、王昭君
九〇、魚玄機 （一首）	一、浣紗廟	
九一、神穎 （一首）	一、宿嚴陵釣臺	
九二、貫休 （一五首）	一、讀離騷經 二、杞梁妻 三、經吳宮 四、讀玄宗幸蜀記	五～六、觀李翰林眞二首 七～八、讀杜工部集二首 九、讀孟郊集

	一〇～一一、經孟浩然鹿門舊居二首 一二、經先主廟作	一三、讀吳越春秋 一四、曹娥碑 一五、比干傳
九三、齊己 （七首）	一、嚴陵釣臺 二、讀峴山碑 三、過鹿門作 四、弔杜工部墳	五、看金陵圖 六、讀李白集 七、弔汨羅
九四、栖一 （二首）	一、垓下懷古	二、武昌懷古
九五、杜光庭 （一作鄭遨） （一首）	一、詠西施	
九六、盧注 （當作盧汪） （一首）	一、西施	
九七、孫元晏 （七五首）	一、（吳）黃金車 二、赤壁 三、魯肅指囷 四、甘寧斫營 五、徐盛 六、魯肅 七、武昌 八、顧雍 九、呂蒙 一〇、介象 一一、濡須塢 一二、周泰 一三、張紘 一四、太史慈 一五、孫堅后 一六、陸統 一七、青蓋 一八、（晉）七寶鞭 一九、庾悅鵝炙	二〇、謝玄 二一、謝混 二二、陸玩 二三、王坦之 二四、蒲葵扇 二五、王郎 二六、劉毅 二七、王恭 二八、謝公賭墅 二九、苻堅投箠 三〇、衛玠 三一、郭璞脫襦 三二、庾樓 三三、新亭 三四、（宋）大峴 三五、放宮人 三六、借南苑 三七、謝澹雲霞友 三八、烏衣巷

	三九、袁粲	五八、蔡撙
	四〇、劉伯龍	五九、楚祠
	四一、王方平	六〇、謝朓小輿
	四二、黃羅襦	六一、八關齋
	四三、謝朓	六二、庾信
	四四、羊玄保	六三、（陳）王僧辨
	四五、（齊）謝朓	六四、武帝蚌盤
	四六、小兒執燭	六五、虞居士
	四七、王僧祐	六六、姚察
	四八、王僧虔	六七、宣帝傷將卒
	四九、明帝裹蒸	六八、臨春閣
	五〇、鬱林王	六九、綺閣
	五一、何氏小山	七〇、望僊閣
	五二、王倫之	七一、三閣
	五三、潘妃	七二、狎客
	五四、王亮	七三、淮水
	五五、（梁）分宮女	七四、江令宅
	五六、馬仙埤	七五、後庭舞
	五七、勍敵	
九八、蔣吉（二首）	一、四老廟	二、昭君塚
九九、李郢（一首）	一、故洛陽城	

附錄二　〈津陽門詩〉

　　津陽門北臨通逵，雪風獵獵飄酒旗。泥寒款段蹶不進，疲童退問前何為？酒家顧客催解裝，案前羅列樽與巵。青錢瑣屑安足數，白醪軟美甘如飴。開壚引滿相獻酬，枯腸渴肺忘朝飢。愁憂似見出門去，漸覺春色入四肢。主翁移客挑華燈，雙肩隱膝烏帽欹。笑云鮐老不為禮，飄蕭雪鬢雙垂頤。問余何往凌寒曦，顧翁枯朽郎豈知？翁曾豪盛客不見，我自為君陳昔時。時平親衛號羽林，我纔十五為孤兒。射熊搏虎眾莫敵，彎弧出入隨伩飛。此時初創觀風樓，簷高百尺堆華榱。樓南更起鬥雞殿，晨光山影相參差。其年十月移禁仗，山下櫛比羅百司。朝元閣成老君見，會昌縣以新豐移。幽州曉進供奉馬，玉珂寶勒黃金羈。五王扈駕夾城路，傳聲校獵渭水湄。羽林六軍各出射，籠山絡野張罝維。彫弓繡鞘不知數，翻身滅沒皆蛾眉，赤鷹黃鶻雲中來，妖狐狡兔無所依。人煩馬殆禽獸盡，百里腥羶禾黍稀。暖山度臘東風微，宮娃賜浴長湯池。刻成玉蓮噴香液，漱迴煙浪深透迤。犀屏象薦雜羅列，錦鳧繡雁相追隨。破簪碎鈿不足拾，金溝殘溜和纓緌。上皇寬容易承事，十家三國爭光輝。繞床呼盧恣樗博，張燈達晝相謾欺。相君侈擬縱驕橫，日從秦虢多游嬉。朱衫馬前未滿足，更驅武卒羅旌旗。畫輪寶軸從天來，雲中笑語聲融怡。鳴鞭後騎何躞蹀，宮粧襟袖皆仙姿。青門紫陌多春風，風中數日殘春遺。驪駒吐沫一奮迅，路人

擁篲爭珠璣。八姨新起合歡堂，翔鷗賀燕無由窺。萬金酬工不肯去，矜能恃巧猶嗟咨。四方節制傾附媚，窮奢極侈沽恩私。堂中特設夜明枕，銀燭不張光鑒帷。瑤光樓南皆紫禁，梨園仙宴臨花枝。迎娘歌喉玉窈窕，蠻兒舞帶金葳蕤。三郎紫笛弄煙月，怨如別鶴呼羈雌。玉奴琵琶龍香撥，倚歌促酒聲嬌悲。飲鹿泉邊春露晞，粉梅檀杏飄朱墀。金沙洞口長生殿，玉蕊峰頭王母祠。禁庭術士多幻化，上前較勝紛相持。羅公如意奪顏色，三藏袈裟成散絲。蓬萊池上望秋月，無雲萬里懸清輝。上皇夜半月中去，三十六宮愁不歸。月中秘樂天半間，丁璫玉石和塤篪。宸聰聽覽未終曲，卻到人間迷是非。千秋御節在八月，會同萬國朝華夷。花萼樓南大合樂，八音九奏鸞來儀。都盧尋橦誠齷齪，公孫劍伎方神奇。馬知舞徹下床榻，人惜曲終更羽衣。祿山此時侍御側，金雞畫障當罘罳。繡衫衣袴日鳳矗，甘言狡計愈嬌癡。詔令上路建甲第，樓通走馬如飛翬。大開內府恣供給，玉缸金筐銀籭箕。異謀潛熾促歸去，臨軒賜帶盈十圍。忠臣張公識逆狀，日日切諫上弗疑。湯成召浴果不至，潼關已溢漁陽師。御街一夕無禁鼓，玉輅順動西南馳。九門回望塵坌多，六龍夜馭兵衛疲。縣官無人具軍頓，行宮徹屋屠雲螭。馬嵬驛前駕不發，宰相射殺冤者誰？長眉髩髮作凝血，空有君王潛涕洟。青泥阪上到三蜀，金堤城邊止九旍。移文泣祭昔臣墓，度曲悲歌秋雁辭。明年尚父上捷書，洗清觀闕收封畿。兩君相見望賢頓，君臣鼓舞皆歔欷。宮中親呼高驃騎，潛令改葬楊貴妃。花膚雪豔不復見，空有香囊和淚滋。鑾輿卻入華清宮，滿山紅實垂相思。飛霜殿前月悄悄，迎春亭下風颸颸。雪衣女失玉籠在，長生鹿瘦銅牌垂。象床塵凝黿颭被，畫檐蟲網頗梨碑。碧菱花覆雲母陵，風篁雨菊低離披。真人影帳偏生草，果老藥堂空掩扉。鼎湖一日失弓劍，橋山煙草俄霏霏。空聞玉椀入金市，但見銅壺飄翠帷。開元到今踰十紀，當初事跡皆殘隳。竹花唯養棲梧鳳，水藻周游巢葉龜。會昌御宇斥內典，去留二教分黃緇。慶山汗漫石甕毀，紅樓綠閣皆支離。奇松怪柏爲樵蘇，童山智谷亡巉巇。煙中壁碎摩詰畫，雲間字失玄宗詩。石魚

巖底百尋井，銀床下卷紅綆遲。當時清影蔭紅葉，一旦飛埃埋素規。韓家燭臺倚林杪，千枝燦若山霞擒。昔年光彩奪天月，昨日銷鎔當路岐。龍宮御榜高可惜，火焚牛挽臨崎嶬。孔雀松殘赤琥珀，鴛鴦瓦碎青琉璃。今我前程能幾許，徒有餘息筋力羸。逢君話此空灑涕，卻憶歡娛無見期。「主翁莫泣聽我語，寧勞感舊休吁嘻。河清海晏不難睹，我皇已上昇平基。湟中土地昔湮沒，昨夜收復無瘡痍。戎王北走棄青塚，虜馬西奔空月支。兩逢堯年豈易偶，願翁頤養豐膚肌。平明酒醒便分首，今夕一樽翁莫違。」

主要參考文獻

（依作者姓名次序排列）

一、專　書

（一）

1. 《松陵集》（景印文淵閣四庫全書），皮日休等撰，台北：臺灣商務印書館，民國 75 年 7 月。

2. 《皮子文藪》（景印文淵閣四庫全書），皮日休撰，台北：臺灣商務印書館，民國 75 年 7 月。

3. 《樊川詩集注》，杜牧撰、馮集梧注，台北：漢京文化事業公司，民國 72 年 9 月。

4. 《玉谿生詩集箋注》，李商隱撰、馮浩箋注，台北：里仁書局，民國 70 年 8 月。

5. 《全五代詩》，李調元編定，成都・巴蜀書社，1992 年。

6. 《韋端己詩校注》，韋莊撰、江聰平校注，台北：臺灣中華書局，民國 73 年 3 月。

7. 《張承吉文集》，張祜撰，上海：上海古籍出版社，1978 年。

8. 《唐宋詩醇》，清高宗御選，台北：臺灣中華書局，民國 60 年出版。

9. 《全唐詩》，清聖祖御定，上海：上海古籍出版社，1996 年 11 月第 14 次印刷。

10. 《溫飛卿集箋注》，溫庭筠撰、曾益謙注，台北：臺灣中華書局，出版年月未載。

11. 《全唐文》，董誥等編，上海：上海古籍出版社，1995 年 11 月第三次印刷。

12. 《全唐詩補編》，陳尚君輯校，北京‧中華書局，1992 年。

13. 《笠澤叢書》（景印文淵閣四庫全書），陸龜蒙撰，台北：臺灣商務印書館，民國 75 年 7 月。

14. 《甫里集》（景印文淵閣四庫全書），陸龜蒙撰，台北：臺灣商務印書館，民國 75 年 7 月。

15. 《韓內翰別集》（景印文淵閣四庫全書），韓偓撰，台北：臺灣商務印書館，民國 75 年 7 月。

（二）

1. 《審美體驗論》，王一川著，天津‧百花文藝出版社，1999 年 10 月第二次印刷。

2. 《李澤厚美學思想研究》，王生平著，台北：駱駝出版社，民國 76 年 8 月。

3. 《中國美學論稿》，王興華，天津‧南開大學出版社，1993 年 3 月一版。

4. 《文藝美學》，王夢鷗著，台南‧新風出版社，民國 60 年 11 月初版。

5. 《美學與美學史論集》，北京大學哲學系美學教研室編，烏魯木齊‧新疆人民出版社，1982 年 7 月一版。

6. 《朱光潛全集》，朱光潛著，合肥‧安徽教育出版社，1987 年 8 月一版。

7. 《中國古代美學藝術論》，朱孟實等著，台北：木鐸出版社，民國 74 年 9 月初版。

8. 《詩性邏輯與詩化美學──中國古典美學的思維結構》，何明著，昆明‧雲南大學出版社，1995 年 8 月一版。

9. 《美學論集》，李澤厚著，台北：三民書局，民國 85 年 9 月。

10. 《美學四講》，李澤厚著，台北：三民書局，民國 88 年 8 月。

11. 《華夏美學》，李澤厚著，台北：三民書局，民國 88 年 10 月。

12. 《美的歷程》，李澤厚著，台北：三民書局，民國 89 年 11 月。

13. 《美學概論》，李戎主編，濟南李澤厚著，台北：三民書局，民國 85 年 9 月。齊魯書社，1999 年 3 月四刷。

14. 《藝術的哲學思考》，杜書瀛著，瀋陽‧遼寧人民出版社，2001 年 7 月。

15. 《宗白華全集》，宗白華著，合肥‧安徽教育出版社，1994 年 12 月一版。

16. 《宗白華美學思想研究》，林同華著，台北：駱駝出版社，民國 76 年 8 月。

17. 《文藝美學》，胡經之著，北京‧北京大學出版社，1999 年 1 月。

18. 《古代中國人的美意識》，笠原仲二著、魏常海譯，北京‧北京大學出版社，1987 年 12 月一刷。

19. 《美學的意蘊》，彭鋒著，北京‧中國人民大學出版社，2000 年 1 月一版。

20. 《美學原理》，楊辛、甘霖著，北京‧北京大學出版社，1996 年 3 月六刷。

21. 《美學原理新編》，楊辛、甘霖著，北京‧北京大學出版社，1996 年 6 月一版。

22. 《詩美的積澱與選擇》，楊匡漢著，北京‧人民文學出版社，1987 年 10 月一版。

23. 《中國詩歌美學史》，莊嚴、章鑄著，長春‧吉林大學出版社，1994 年 10 月一版。

24. 《中國美學論集》，漢寶德等著，台北：南天書局，民國 78 年 5 月二版。

25. 《審美心理描述》，滕守堯著，成都‧四川人民出版社，1998 年 3 月一版。

26. 《中國美學的開展（上）》，葉朗著，台北：金楓出版公司，民國 76 年 7 月。

27. 《中國美學的巨擘》，葉朗著，台北：金楓出版公司，民國 76 年 7 月。

28. 《美學的雙峰》，葉朗主編，合肥‧安徽教育出版社，1999 年 7 月一刷。

29. 《美的探索》，葉航著，台北：志文出版社，民國 77 年 4 月。

30. 《中國古典美學史》，陳望衡著，台北：華正書局，民國 90 年 8 月。

31. 《朱光潛美學思想研究》，閻國忠著，台北：駱駝出版社，民國 76 年 8 月。

32. 《文藝美學》，樂貽信、蓋光著，北京‧華齡出版社，1990 年 6 月一版。

（三）

1. 《歷代詩話續編》，丁福保輯，台北：木鐸出版社，民國 77 年 7 月。

2. 《昭昧詹言》，方東樹著，台北：廣文書局，民國 51 年 8 月初版。

3. 《歷代詩話》，何文煥訂，台北：藝文印書館，民國 63 年 4 月三版。

4. 《宋詩話全編（全十冊）》，吳文治主編，南京・江蘇古籍出版社，1998 年 12 月一版一刷。

5. 《清詩話訪佚初編（全十冊）》，杜松柏主編，台北：新文豐出版公司，民國 76 年 6 月臺一版。

6. 《說詩晬語》，沈德潛撰，台北：臺灣中華書局，民國 76 年 8 月臺三版。

7. 《詩境淺說》，俞陛雲著，台北：臺灣開明書店，民國 71 年 3 月臺十一版。

8. 《唐音癸籤》，胡震亨撰，台北：世界書局，民國 74 年 11 月五版。

9. 《唐詩紀事》，計有功撰，台北：鼎文書局，民國 67 年 4 月再版。

10. 《隨園詩話》，袁枚著，台北：廣文書局，民國 60 年 6 月初版。

11. 《隨園詩話精選》，袁枚原著、張健精選，台北：文史哲出版社，民國 75 年 4 月文一版。

12. 《箋注隨園詩話》，袁枚著、楊家駱箋注，台北：鼎文書局，民國 63 年 10 月初版。

13. 《分類古今詩話》，許啟鑅著，台北：國立編譯館，民國 77 年 8 月再版。

14. 《談龍錄・石洲詩話》，趙執信、翁方綱撰，台北：木鐸出版社，民國 71 年 5 月初版。

15. 《甌北詩話》，趙翼撰，台北：木鐸出版社，民國 71 年 4 月初版。

16. 《楊柳詩話》，禇夢庵著，台北：臺灣商務印書館，民國 61 年 1 月初版。

17. 《清詩話續編》，郭紹虞編選、富壽蓀校點，上海：上海古籍出版社，1999 年 6 月二刷。

18. 《詩林廣記》，蔡正孫撰，台北：仁愛書局，民國 74 年 5 月出版。

（四）

1. 《唐詩形成的研究》，方瑜著，台北：嘉新水泥公司文化基金會，民國 61 年 3 月出版。

2. 《中晚唐三家詩析論》，方瑜著，台北：牧童出版社，民國 64 年 1 月初版。

3. 《古典詩詞時空設計美學》，仇小屏著，台北：文津出版社，民國九一年 11 月一刷。

4. 《唐詩鼓吹箋註》，元好問選、郝天挺註、廖文炳解，台北：新文

豐出版公司，民國 68 年 10 月初版。

5. 《唐宋詩詞選——詩選之部》，巴壺天編，台北：東大圖書公司，民國 79 年 12 月初版。

6. 《漢語詩律學》，王力著，上海：上海教育出版社，1979 年出版。

7. 《古代漢語》，王力著，台北：藍燈文化事業公司，民國 78 年 1 月初版。

8. 《明詩評選》，王夫之評選，北京・文化藝術出版社，1997 年 3 月一版。

9. 《唐人萬首絕句選》，王士禎選輯，台北：藝文印書館，民國 89 年 11 月初版三刷。

10. 《唐百家詩選》，王安石編，台北：世界書局，民國 68 年 10 月再版。

11. 《唐詩風格論》，王明居著，合肥・安徽大學出版社，2001 年 7 月第一版。

12. 《唐賢三體詩法詮評》，王禮卿著，台北：臺灣學生書局，民國 87 年 8 月初版。

13. 《李商隱研究論集》，王蒙等編，桂林・廣西師範大學出版社，1998 年 1 月一版。

14. 《文鏡秘府論校注》，弘法大師原撰、王利器校注，台北：貫雅文化事業公司，民國 80 年 12 月初版。

15. 《詩論》，朱光潛著，合肥・安徽教育出版社，1999 年 1 月三刷。

16. 《中國詩歌的境界與情趣》，朱孟實等，台北，莊嚴出版社，民國 7 年 9 月初版。

17. 《朱自清說詩》，朱自清撰，上海：上海古籍出版社，1996 年 11 月一版。

18. 《唐詩風貌及其文化底蘊》，合恕誠著，台北：文津出版社，民國 88 年 8 月一刷。

19. 《唐代文學史》，吳庚舜、董乃斌主編，北京・人民文學出版社，1995 年 12 月第一版。

20. 《李商隱研究》，吳調公著，台北：明文書局，民國 77 年 9 月 30 日初版。

21. 《中國歷代著名文學家評傳》第二卷，呂慧鵑等編，濟南・山東教育出版社，1997 年。

22. 《中國歷代著名文學家評傳》續編一，呂慧鵑等編，濟南・山東教

育出版社，1997 年。

23. 《詩美學》，李元洛著，台北：東大圖書公司，民國 79 年 2 月初版。

24. 《唐代文苑風尚》，李志慧著，台北：文津出版社，民國 78 年 7 月初版。

25. 《中國詩學六論》，李壯鷹，濟南・齊魯書社，1989 年 6 月第一版。

26. 《唐詩的美學詮釋》，李浩著，台北：文津出版社，民國 89 年 5 月。

27. 《時空情境中的自我影像——以阮籍、陸機、陶淵明詩爲例》，李清筠著，台北：文津出版社，民國 89 年 10 月。

28. 《連雅堂詩詞評介》，李嘉德著，台北：大中國圖書公司，民國 51 年 1 月初版。

29. 《初盛唐詩的文化闡釋》，杜曉勤著，北京・東方出版社，1997 年 7 月第一版。

30. 《隋唐五代文學研究》，杜曉勤撰，北京・北京出版社，2001 年 12 月。

31. 《李商隱詩歌賞析集》，周振甫主編，成都・巴蜀書社，1996 年 8 月一刷。

32. 《詩話摘句批評研究》，周慶華著，台北：文史哲出版社，民國 82 年 9 月初版。

33. 《中唐詩歌之開拓與新變》，孟二冬著，北京・北京大學出版社，1998 年 9 月第一版。

34. 《漢文大系》二，服部宇之吉等編，台北：新文豐出版公司，民國 67 年 10 月初版。

35. 《漢文大系》十八，服部宇之吉等編，台北：新文豐出版公司，民國 67 年 10 月初版。

36. 《中國詩歌原理》，松浦友久著、孫昌武・鄭天剛譯，台北：洪葉文化事業公司，民國 82 年 5 月初版一刷。

37. 《詩話論風格》，林淑貞著，台北：文津出版社，民國 88 年 7 月一刷。

38. 《唐詩》，林繼中著，桂林・廣西師範大學出版社，2000 年 4 月一版。

39. 《南宋詠史詩研究》，李明華撰，台北：文津出版社，民國 86 年 11 月一刷。

40. 《聖歎選批唐才子詩》，金聖歎編著，台北：正中書局，民國 76 年 3 月初版第六次印行。

41. 《今體詩鈔》，姚鼐選、方東樹評，台北：聯經出版事業公司，民國 64 年 5 月初版。

42. 《唐詩百話》，施蟄存著，上海：上海古籍出版社，1987 年 9 月第一版。

43. 《唐詩研究》，胡雲翼著，香港·商務印書館，1959 年 5 月版。

44. 《唐代文學》，胡樸安、胡懷琛著，香港·商務印書館，1964 年 3 月。

45. 《中國古典文學研究叢刊——詩歌之部（二)》，柯慶明、林明德主編，台北：巨流圖書公司，民國 75 年 10 月一版。

46. 《古典詩詞藝術探幽》，夏紹碩撰，台北：漢京文化事業公司，民國 73 年 7 月初版。

47. 《唐詩說》，夏敬觀著，台北：河洛圖書出版社，民國 64 年 12 月初版。

48. 《唐七律詩精品》，孫琴安著，上海：上海社會科學院出版社，1995 年 6 月第三次印刷。

49. 《唐人七言近體詩格律的研究》，席涵靜著，台北：昌言圖書公司，民國 65 年 6 月初版。

50. 《先秦儒家詩教思想研究》，康曉城著，台北：文史哲出版社，民國 77 年 8 月初版。

51. 《中國詩歌藝術研究》，袁行霈著，北京·北京大學出版社，1997 年 5 月一刷。

52. 《憂患意識的體認》，高明等著，台北：文津出版社，民國 76 年 4 月出版。

53. 《六朝唯美文學》，張仁青著，台北：文史哲出版社，民國 69 年初版。

54. 《古詩賞析》，張玉穀，台北：新文豐出版公司，民國 67 年出版。

55. 《中國詩歌史》，張建業著，台北：文津出版社，民國 84 年 6 月初版一刷。

56. 《中國詩歌史》，張敬文著，台北：幼獅文化事業公司，民國 59 年 12 月出版。

57. 《李義山詩析論》，張淑香著，台北：藝文印書館，民國 63 年初版。

58. 《唐詩新賞（全十五冊)》，張淑瓊主編，台北：地球出版社，民國 78 年 4 月。

59. 《唐詩新葉》，張夢機、顏崑陽審訂，台北：故鄉出版社，民國 70

年 5 月初版。

60. 《近體詩創作理論》，許清雲著，台北：洪葉文化事業公司，民國 86 年 9 月初版一刷。

61. 《詠史詩與中國泛歷史主義》，許鋼著，台北：水牛圖書公司，民國 86 年 8 月 31 日。

62. 《唐詩史》上下冊，許總著，南京・江蘇教育出版社，1995 年 3 月二刷。

63. 《唐代文學研究》第二輯，傅璇琮主編，桂林・廣西師範大學出版社，1990 年 10 月第一版。

64. 《唐代文學研究》第三輯，傅璇琮主編，桂林・廣西師範大學出版社，1992 年 8 月第一版。

65. 《唐代文學研究》第四輯，傅璇琮主編，桂林・廣西師範大學出版社，1993 年 11 月第一版。

66. 《唐代文學研究》第五輯，傅璇琮主編，桂林・廣西師範大學出版社，1994 年 10 月第一版。

67. 《唐代文學研究》第六輯，傅璇琮主編，桂林・廣西師範大學出版社，1996 年 9 月第一版。

68. 《唐代文學研究》第七輯，傅璇琮主編，桂林・廣西師範大學出版社，1998 年 10 月第一版。

69. 《唐五代文學編年史》，傅璇琮等著，瀋陽・遼海出版社，1998 年 12 月出版。

70. 《唐人選唐詩新編》，傅璇琮編撰，台北：文史哲出版社，民國 88 年 2 月初版。

71. 《唐詩三百首詳析》，喻守眞著，台北：臺灣中華書局，民國 61 年 3 月臺十一版。

72. 《詩歌與戲曲》，曾永義著，台北：聯經出版事業公司，民國 77 年 4 月初版。

73. 《中國古代心理詩學與美學》，童慶炳著，北京・中華書局，1997 年 10 月二刷。

74. 《中國歷代故事詩》，邱燮友著，台北：三民書局，民國 58 年 4 月。

75. 《品詩吟詩》，邱燮友著，台北：東大圖書公司，民國 78 年 6 月。

76. 《美讀與朗誦》，邱燮友著，台北：幼獅文化事業公司，民國 80 年 8 月初版。

77. 《童山詩論卷》，邱燮友著，台北：萬卷樓圖書公司，民國 92 年 4

月初版。

78. 《詩心》，黃永武著，台北：三民書局，民國 60 年 7 月初版。

79. 《中國詩學——思想篇》，黃永武著，台北：巨流圖書公司，民國 88 年 9 月初版十三印。

80. 《中國詩學——設計篇》，黃永武著，台北：巨流圖書公司，民國 88 年 9 月初版十三印。

81. 《中國詩學——鑑賞篇》，黃永武著，台北：巨流圖書公司，民國 88 年 9 月初版十三印。

82. 《中國詩學——考據篇》，黃永武著，台北：巨流圖書公司，民國 88 年 9 月初版十三印。

83. 《李義山詩偶評》，黃侃撰，台北：學海出版社，民國 63 年 12 月初版。

84. 《李義山詩研究》，黃盛雄著，台北：文史哲出版社，民國 76 年 9 月初版。

85. 《詩苑英華》，黃瑞雲選注，武漢・湖北教育出版社，2002 年 1 月第一版。

86. 《中國詩詞風格研究》，楊成鑒著，台北：洪葉文化事業公司，民國 84 年 12 月初版一刷。

87. 《中國詩論史》，鈴木虎雄著、洪順隆譯，台北：臺灣商務印書館，民國 68 年 9 月二版。

88. 《詩詞曲藝術》，趙山林著，杭州・浙江教育出版社，1998 年 6 月一版一刷。

89. 《詩賦論集》，趙逵夫主編，蘭州・甘肅人民出版社，1995 年 2 月初版。

90. 《唐七律藝術史》，趙謙著，台北：文津出版社，民國 81 年 9 月初版。

91. 《中國詩學》，劉若愚著、杜國清譯，台北：幼獅文化事業公司，民國 68 年 2 月再版。

92. 《唐詩研究論文集》，劉開揚等著，北京・人民文學出版社，1959 年 2 月一刷。

93. 《詩話概說》，劉德重、張寅彭著，台北：學海出版社，民國 82 年 12 月初版。

94. 《李商隱詩歌集解》，劉學鍇、余恕誠著，台北：洪葉文化事業公司，民國 81 年 10 月初版一刷。

95. 《李商隱詩選》，劉學鍇、余恕誠選注，北京‧人民文學出版社，1997 年 6 月二刷。

96. 《昭君詩評》，葉婉之評釋，台北：臺灣商務印書館，民國 65 年 12 月初版。

97. 《中國文學史》，葉慶炳著，上下冊，台北：臺灣學生書局，民國 81 年 9 月三刷。

98. 《樂府詩粹箋》，潘重規著，九龍‧人生出版社，1963 年 6 月初版。

99. 《三李神話詩歌之研究》，盧明瑜著，台北：國立臺灣大學出版委員會，民國 89 年 6 月初版。

100. 《李商隱絕句詩闡微》，盧清青著，台北：天工書局，民國 90 年初版。

101. 《唐詩清賞》，陳友冰、田素謙著，台北：正中書局，民國 90 年 5 月初版。

102. 《中國古典詩歌接受史研究》，陳文忠著，合肥‧安徽大學出版社，1998 年 8 月第一版。

103. 《陳世驤文存》，陳世驤，台北：志文出版社，民國 61 年出版。

104. 《漢語詩歌的節奏》，陳本益著，台北：文津出版社，民國 83 年 8 月初版。

105. 《唐詩匯評（全三冊）》，陳伯海主編，杭州‧浙江教育出版社，1996 年 5 月第三次印刷。

106. 《中國詩學史》（隨唐五代卷），陳伯海主編，廈門‧鷺江出版社，2002 年 9 月第一版。

107. 《中華民國史詩》，陳成豐著，台北：臺灣商務印書館，民國 60 年 7 月初版。

108. 《緣情文學觀》，陳昌明著，台北：臺灣書店，民國 88 年 11 月初版。

109. 《詩歌意象論》，陳植鍔著，北京‧中國社會科學出版社，1992 年 11 月第二次印刷。

110. 《中國詩學》，陳慶輝著，台北：文史哲出版社，民國 83 年 12 月初版。

111. 《章法學新裁》，陳滿銘著，台北：萬卷樓圖書公司，民國 90 年 1 月初版。

112. 《章法學綜論》，陳滿銘著，台北：萬卷樓圖書公司，民國 92 年 6 月初版。

113. 《唐代文學研究年鑑》（西元 1991 年），霍松林等主編，桂林‧廣西師範大學出版社，1992 年 8 月第一版。

114. 《唐代文學研究年鑑》（西元 1992 年），霍松林等主編，桂林‧廣西師範大學出版社，1993 年 11 月第一版。

115. 《唐代文學研究年鑑》（西元 1993、4 年），霍松林等主編，桂林‧廣西師範大學出版社，1996 年 7 月第一版。

116. 《唐代文學研究年鑑》（西元 1995、6 年），霍松林等主編，桂林‧廣西師範大學出版社，1997 年 12 月第一版。

117. 《唐代文學研究年鑑》（西元 1997 年），霍松林等主編，桂林‧廣西師範大學出版社，1998 年 8 月第一版。

118. 《唐代文學研究年鑑》（西元 1998 年），霍松林等主編，桂林‧廣西師範大學出版社，1998 年 10 月第一版。

119. 《興亡千古事》，蔡英俊著，台北：新自然主義公司，民國 89 年 5 月二版一刷。

120. 《比興物色與情景交融》，蔡英俊，台北：大安出版社，民國 75 年 5 月初版。

121. 《二十四品近體唐詩選》，蔣勵材編著，台北：國立編譯館中華叢書編審委員會，民國 70 年 4 月印行。

122. 《詩學美論與詩詞美境》，韓經太著，北京‧語言文化大學出版社，1999 年 1 月第一版。

123. 《唐詩鑑賞集成》上下冊，蕭滌非等撰寫，台北：五南圖書公司，民國 79 年 9 月初版。

124. 《唐代遊仙詩研究》，顏進雄著，台北：文津出版社，民國 85 年 10 月初版。

125. 《詩與詩人》第二集，鄭騫等著，台北：文學雜誌社，民國 48 年 4 月初版。

126. 《隋唐五代文學思想史》，羅宗強著，上海：上海古籍出版社，1986 年 8 月一版。

127. 《盛唐邊塞詩的審美特質》，蘇珊玉著，台北：文津出版社，民國 89 年 11 月初版。

128. 《唐詩三百首集解》，蘅塘退士選輯、王進祥集解，台北：國家出版社，民國 69 年 4 月出版。

129. 《文學散步》，龔鵬程著，台北：漢光文化事業公司，民國 74 年 9 月初版。

二、學位論文

1. 《晚唐詠史詩研究》，李宜涯撰，台北：中國文化大學中國文學研究所博士論文，民國 90 年 6 月。

2. 《明末清初詩學復古與創新的思維體系──以詩藪、原詩爲主》，金鍾吾撰，台北：中國文化大學中國文學研究所博士論文，民國 81 年 9 月。

3. 《唐代詠史詩與中國傳統士文化關係之研究》，徐亞萍撰，高雄·高雄師範大學國文學系博士論文，民國 88 年。

4. 《中晚唐詩研究》，馬楊萬運撰，台北：臺灣大學中國文學研究所博士論文，民國 63 年 6 月。

5. 《杜荀鶴及其詩研究》，許周會撰，台北：政治大學中國文學研究所碩士論文，民國 89 年 6 月。

6. 《晚唐詩歌中黃昏意象研究》，黃大松撰，台北：政治大學中國文學研究所碩士論文，民國 88 年 5 月。

7. 《魏晉詠史詩研究》，黃雅歆撰，台北：臺灣大學中國文學研究所碩士論文，民國 79 年。

8. 《中國美學的建構──宗白華美學思想研究》，黃郁博撰，台北：政治大學中國文學研究所碩士論文，民國 89 年 6 月。

9. 《唐代詠史詩之發展與特質》，廖振富撰，台北：臺灣師範大學國文研究所碩士論文，民國 78 年 5 月。

10. 《西施故事源流考述》，葉仲容撰，台北：政治大學中國文學研究所碩士論文，民國 80 年 1 月。

11. 《晚唐三家詠史詩研究》，潘志宏撰，新竹·清華大學中國文學研究所碩士論文，民國 82 年。

12. 《北宋詠史詩探論》，陳吉山撰，台南·成功大學歷史研究所碩士論文，民國 82 年。

13. 《張詩研究》，陳怡秀撰，台北：政治大學中國文學研究所碩士論文，民國 85 年 8 月。

14. 《盛唐詩歌時空意識研究》，陳清俊撰，台北：臺灣師範大學國文研究所博士論文，民國 85 年 6 月。

15. 《韓偓詩新探》，蔡靖文，高雄·中山大學中文研究所碩士論文，民國 87 年 6 月。

16. 《李商隱詠史詩探微》，韓惠京撰，台北：中國文化大學中國文學研究所碩士論文，民國 76 年 6 月。

17. 《胡震亨《唐音癸籤》詩學體系研究》，蕭靜怡，台北：政治大學中文研究所碩士論文，民國 89 年 6 月。

三、期刊論文

1. 〈杜牧創作個性與藝術風格綜論〉，王西平，西安《陝西師大學報（哲學社會科學版）》，1989 年，第三期。

2. 〈論中晚唐詠史詩的憂患意識與落寞心態〉，王定璋，廣州《江海學刊》，1990 年，第六期。

3. 〈試論晚唐詠史詩的悲劇審美特徵〉，王紅，西安《陝西師大學報（哲學社會科學版）》，1989 年，第三期。

4. 〈簡談杜牧的詠史詩〉，王寶玲，安陽《殷都學刊》，1993 年，第一期。

5. 〈論詠史詩〉，丘良任，《華僑大學學報（哲學社會科學版）》，1995 年，第二期。

6. 〈唐末五代的詠史詩〉，任元彬，《中國人民大學學報》，2000 年，第一期。

7. 〈傷悼與反思：晚唐詠史詩的焦點指向〉，任海天，《THE NORTHERN FORUM》，1998 年，第三期。

8. 〈漫談中國的詠史詩〉，向以鮮，西安《人文雜誌》，1985 年，第四期。

9. 〈溫庭筠詩歌藝術風格初探〉，成松柳，《長沙水電師院學報》，1992 年，第一期。

10. 〈大江東去：沉浸在歷史中的思索——對晚唐詠史詩的一種描述〉，成松柳，長沙《求索》，1994 年，第五期。

11. 〈論杜牧與牛李黨爭〉，朱碧蓮，北京《文學遺產》，1989 年，第二期。

12. 〈試論古代詠史詩〉，李士龍，《學習與探索》總第一〇七期，1996 年，第六期。

13. 〈唐代的詠史詩〉，周小龍，《中南民族學院學報（哲學社會科學版）》總第六十三期，1993 年，第六期。

14. 〈杜牧李商隱之詠史詩比較〉，房日晰，《西北大學學報（哲學社會科學版）》，1994 年，第二期。

15. 〈盛唐氣象〉，林庚，《北京大學學報》，1958 年，第二期。

16. 〈唐代懷古詩研究〉，侯迺慧，台北《中國古典文學研究》，民國 89 年 6 月，第三期。

17. 〈皎然司空圖美學思想辨異〉，查清華，廣州《江海學刊》，1990 年，第六期。

18. 〈論詠史詩的寄托〉，孫立，《中山大學學報（社會科學版）》，1997 年，第一期。

19. 〈杜甫李商隱詠史詩之比較〉，許建華，《杜甫研究學刊》，1999 年，第一期。

20. 〈晚唐的抗爭和激憤之談——略論羅隱、皮日休、陸龜蒙的雜文〉，邵傳烈，廣州《江海學刊》，1990 年，第六期。

21. 〈詩歌意象的表現〉，邱燮友，台北《幼獅文藝》，民國 67 年 6 月，第四十七卷第六期。

22. 〈中國詠史詩的發展與評價〉，黃筠，北京《中國文化研究》，1994 年。

23. 〈杜牧的性行與其議論型詠史詩〉，黃菊芳，台北《中文研究學報》，民國 88 年 6 月，第二期。

24. 〈韓偓詩歌創作簡論〉，楊旺生，《安慶師院學報（社科版）》，1992 年，第一期。

25. 〈杜甫的「詩史」思維（上）〉，楊義，《杭州師範學院學報》，2000 年，第一期。

26. 〈杜甫的「詩史」思維（下）〉，楊義，《杭州師範學院學報》，2000 年，第二期。

27. 〈詠史詩淵源的探討暨詠史詩內涵之界定〉，雷恩海，貴陽《貴州社會科學》，1996 年，第四期。

28. 〈論班固的〈詠史詩〉與文人五言詩的發展成熟問題——兼評當代五言詩研究中流行的一種錯誤觀點〉，趙敏俐，哈爾濱《北方論叢》，1994 年，第一期。

29. 〈談六朝詠史詩的類型〉，齊益壽，台北《中華文化復興月刊》，民國 66 年 4 月，第十卷第四期。

30. 〈評杜牧的詠史詩〉，劉維俊，天津《天津師院學報》，1981 年，第六期。

31. 〈李商隱詠史詩的主要特徵及其對古代詠史詩的發展〉，劉學鍇，北京《文學遺產》，1993 年，第一期。

32. 〈義山七絕三題〉，劉學鍇，北京《文學遺產》，2000 年，第二期。

33. 〈杜牧詠史詩的審美特徵〉，葉繼奮，《寧波高等專科學校學報》，2000 年 3 月，第十二卷，第一期。

34. 〈論中晚唐詠史詩的三大體式〉，陳文華，北京《文學遺產》，1989

年，第五期。

35. 〈唐代詠史詩論三題〉，陳松青，《松遼學刊（社會科學版）》總第八八期，1999 年，第五期。

36. 〈簡論胡曾及其〈詠史詩〉〉，陳書良，長沙《求索》，1983 年，第六期。

37. 〈刺露異鋒各顯其銳──中國古代詠史詩詠物詩及寓言詩的諷刺藝術〉，陳華，《鹽城師專學報（哲學社會科學版）》，1994 年，第四期。

38. 〈詠懷詠史各臻其妙──兩首〈赤壁〉詩比較賞析〉，陸精康，北京《語文月刊》，1993 年，第十一期。

39. 〈晚唐社會與晚唐詠史詩的主題〉，蔣長棟，湘潭《中國韻文學刊》，1998 年，第一期。

40. 〈意象〉，蔡英俊，台北《國文天地》，民國 75 年 11 月，第二卷第六期。

四、外　文

1. 《晚唐詩人考──李商隱、溫庭筠、杜牧の比較と考察》，桐島薰子，福岡・中國書店，1998 年 2 月出版。

2. 〈關於李商隱的詠史詩〉，淺見洋二，日本《文化》五十卷，1987 年，第三、四號。

3. 〈李商隱〈詠史〉──歷史と現實の交差〉，齊藤茂，伊藤漱平編《中國の古典文學作品選讀》，東京大學出版社，1981 年。